大地与尘埃

王新程 著

重庆出版社

图书在版编目（CIP）数据

大地与尘埃 / 王新程著. — 重庆：重庆出版社，2024.3
ISBN 978-7-229-18310-3

Ⅰ.①大… Ⅱ.①王… Ⅲ.①散文集—中国—当代 Ⅳ.①I267

中国国家版本馆CIP数据核字（2023）第253098号

大地与尘埃
DADI YU CHENAI

王新程　著

出　品：	华章同人
出版监制：	徐宪江　秦　琥
责任编辑：	徐宪江
特约编辑：	颜　楠　张晴晴
营销编辑：	史青苗　刘晓艳
责任校对：	王　颖
责任印制：	梁善池
装帧设计：	周科位　彭平欣

重庆出版集团　出版
重庆出版社

（重庆市南岸区南滨路162号1幢）

北京盛通印刷股份有限公司　印刷
重庆出版集团图书发行有限公司　发行
邮购电话：010-85869375
全国新华书店经销

开本：787mm×1092mm　1/32　印张：11.25　字数：200千
2024年3月第1版　2024年3月第1次印刷
定价：69.80元

如有印装质量问题，请致电023-61520678

版权所有，侵权必究

目 录

序一
I 有故乡的人是幸福的

序二
VI 疼痛的家族秘史 温情的生命献歌

第一辑
001 大地上的母亲

第二辑
065 父亲是一棵树

第三辑
135 官渡

第四辑
229 道路尽头是茶园

附录
319 消逝与重构
325 菜园小记

337 后记

序一
有故乡的人是幸福的

解振华[*]

这是我第一次完整地读王新程的书稿《大地与尘埃》,有的章节反复看了多遍。一开始并不太理解《大地与尘埃》这个书名。看完整本书稿,又听了他的介绍,我对这位年过半百的小伙子既赞许又心疼,还有钦佩。书的内容虽然主要讲的是新程家乡——武陵山区一个叫官渡滩的土家族小寨子的故事,但通过新程成长奋斗和回馈家乡亲人的事例,也反映出

---

[*] 解振华,天津人,曾任国家环保总局局长、国家发改委副主任(正部长级),现任中国气候变化事务特使。中共十六、十八届中央委员。曾获联合国环境保护最高奖"联合国环境规划署笹川环境奖"、全球环境基金"全球环境领导奖"、诺贝尔首届可持续发展特别贡献奖等多种荣誉。

了我们国家大多数山区从贫穷到富裕的发展过程。我与共和国同龄,我们这一代人,无论出生在农村,还是城市,都有一个共同的感受:一个人的进步和成功,离不开时代的变迁与发展,离不开各级组织给予的机会,更离不开亲人背后的付出,甚至是一个家族的支持、努力。新程走到今天也不例外。所以他为国家和家乡作的贡献再多都是应该的,也是值得的。

认识新程是2004年春,那时候我在国家环保总局工作。总局有个出版社,需要招纳一名懂经营的人才,充实到领导班子中。人事部门四处物色,最终筛选出几名人选,其中就有新程。人事司的同志带着新程来我办公室,说让我亲自把关,言外之意是有"情况"。

果然,一见面,新程简单介绍了他的经历后,就坦诚说明,在之前,他参加了国务院国资委面向全球公开选拔高级管理人员的考试。国资委已经对他进行了考察,打算安排到一个央企任党组成员、总会计师。"跟环保工作无缘,十分遗憾。"他说。他的普通话乡音很重,我完全听不出来自哪里。那时候,他还年轻,是个小伙子,嗓门大,音调高亢,一边说话一边打着手势,显得有点强硬,又有一种开阔之气,整个人生机勃勃、元气淋漓。我很欣赏这个年轻人丰富的阅历,更欣赏他的闯劲。

我做人事工作多年,知道什么岗位需要什么样的人,什么人值得托付。谈话结束,新程起身告辞时,我问他的家乡在哪里。"重庆酉阳，就是《桃花源记》写的地方。"他说。我也听过不少重庆人说普通话，但让我听起来这么费劲的不多。那是我第一次听说新程的家乡酉阳。

新程最终来了中国环境科学出版社工作。工作之余，他偶尔与我聊天，聊得最多的，还是他的家乡，重庆酉阳山区一个土家族村寨。寨前有条小河，寨后有片山坡，坡上种玉米、土豆、红薯。再往后，就是森林。"很偏僻，相当于与世隔绝。"我听着，却感觉像桃花源。新程说，家乡美是美，但从前生活很苦。他小时候，吃不饱，也没衣服穿。上学时，把布鞋脱了，一只手拿一只，光脚跑到学校，进了教室才穿上。出山的路，又陡又远，村里只有几个人走出大山，出来工作。那句话让我印象非常深刻。从此，我脑海中一直有个小小年纪、光着脚在崎岖的上学路上奔跑的孩子模样。新程说，他的家乡有句古话："光脚板，跑得远。"我想，这大概是他走得最远、最终走到我面前的原因之一吧。这个年轻人总是一边说话，一边打着手势，普通话一点长进也没有。

不见面时，我也时常惦念着他的成长和变化。

我到国家发改委工作后，有一天新程告诉我，他要到青海省海西州挂职工作两年。恰好那一阵，我计划到柴达木循环经济示范区实地考察。我开玩笑地说："我先去给你打前站。"

海西州在青藏高原上，是青海省最大的州，幅员宽广，风景壮丽，但是海拔高，氧气稀薄。我一到格尔木，就感到头疼，头重脚轻，说话提不上劲儿。风很大，吹得人摇摇晃晃的。考察返京途中，我也思虑再三，还是给新程打了个电话，提醒他要做好思想准备，身体可能不适应海西的气候和生活。甚至，对他的人生也可能会产生重大影响。新程在电话里沉吟片刻，就爽朗地说："我身体棒着呢。"接着，他又说到他的家乡，那个小寨子的生活环境，以及他辛苦的童年。他说，童年的饥寒，锻炼了他的体格和意志。"没有什么坚持不下来。"他的语气十分坚定。

后来的事实证明，新程低估了海西的地理和气候条件。他出生在武陵地区的青山绿水间，海西严重的高原气候条件对他是严峻的考验。两年挂职期间，青藏高原的气候给他留下深刻的岁月痕迹，但也给他人生带来宝贵的精神财富。

他辞去中国环境出版集团董事长职务，单独出来发展这几年，他忙，我也忙。见面少，只是偶尔打个电话或者发个微信，但时常惦念他的境况。他在体制内多年，如今赤手空拳独自打拼，个中艰辛，不难想见。但他只字不提，语气还是生机勃勃、元气淋漓，对未来总是充满了梦想和自信。他漫长人生的发展、变化和进步可能也源于这永不停止的梦想和永不磨灭的自信。

三年前，新程为悼念他的母亲，在微信里发了一篇缅怀文章，我老伴看后泪水涟涟，感慨到，虽然人离开世间，但留下这么一位有孝心、懂感恩的孩子,做一回母亲也值了。这两年,他陆续发布了写亲人、写家乡、写土家族风土人情的作品,我和老伴读到,很受感动。

有故乡的人是幸福的。故乡是用来离开的,又是用来思念的,还是用来激发奋斗意志的。新程人到中年,拿起笔写故乡的人和事,用情之深,让人感动。故乡养育游子,游子赋能故乡。两者彼此成就,情深意长。

祝福新程,祝福他的故乡。

序二
疼痛的家族秘史 温情的生命献歌

丁小炜[*]

什么时候认识王新程的，已经想不起来了，当我断断续续读完他发来的这些文字，才猛然惊觉，我们之间原来早已相通。仿佛有一条根在我们足下延伸，连接着那些远去的场景、认知、感觉，甚至于毫无来由的缕缕冲动和淡淡忧伤……何其相似啊，也许缘于我们皆生于重庆大山的乡间大地。

新程这本《大地与尘埃》的写作，源于对母亲的缅怀和纪念，后来又写到故土和亲人。人到中年，尚为生计奔波，不免

---

[*] 丁小炜，重庆云阳人，军旅诗人、作家，中国作家协会军事文学委员会委员，出版诗歌、散文、纪实文学十余部，曾获冰心散文奖、《解放军文艺》双年奖、川观文学奖、长征文艺奖等奖项。

忙碌疲惫。新程坦言，书作亦是断断续续写出来的，有时一天写一段，有时一天写几段，有时几天也写不了一段，但都发自肺腑。他说每每落笔，就像在跟亲人们聊天，从没把这种方式看成是文学写作，更没顾及所谓技巧，他想通过这些文字，让母亲在儿女心中永生。无心插柳，无意于佳，恰恰是这种沿着时光漫溯、和着眼泪流淌的言说，让人瞬间触摸到了作者抒写的执着纯粹、语言的原始粗粝、情绪的浓烈绵密、表达的内敛节制。无疑，这是一部厚重之书，一部疼痛的家族秘史，一首温情的生命献歌。

沿着他的文字，我的目光开始找寻一个叫官渡滩的地方。纸上的官渡滩，是遥远的存在，也是梦中的依凭。新程回望故乡，没有居高临下的审视，没有先入为主的状写，没有归去来兮的疏离感，而是怀着一颗赤子之心重涉时间之河，把那段往事再经历一遍，让自己的故乡生命再活一回。在这种文字回溯当中，新程的内心变得非常脆弱，也异常本真，让他这个曾有着十几年出版经验的人完全跳出了职业身份的影响，忽略了轮廓、逻辑、节奏的限制，进而完成了故事、人物、情绪的超越，他笔下流出的文字，也自然而然形成了一种更为高级的审美取向，平静却不平庸，深沉却不孤傲。

他写母亲。母亲生于贫困农家，自幼亡父，很小担起养家重任，嫁给官渡滩同样贫穷的丈夫后，诞下四个儿女，存活三个。年轻时是方圆几十里出名的美人，但土地消耗了她也磨损了她。新程是小儿子，母亲宠他，五岁还在吃母乳。后因喂奶耽误劳动，被生产队长责骂，母亲虽然宠爱儿子，但还是坚决地给新程断了奶，随即送他上了学校。断奶当晚，"我躺在床上眼巴巴地看着母亲，母亲坐在床头，就着煤油灯光纳鞋底，看都不看我一眼。我一个劲儿地淌泪，觉得被母亲抛弃了。我就断了奶。那是我与母亲的第一次离别。"

写母亲这篇文章标题为《大地上的母亲》，新程把母亲与大地联系在一起，赋予母爱正大庄严。大地是母亲的来路，也是母亲的归宿。母亲八十五岁往生，躺进她生前耕种的一小片土地里。"葬礼那天早晨，我们跪伏在她的墓穴前，看着一铲铲黄土纷纷落下，把她掩埋。大地接纳她的一位女儿回家了。这是人世播撒进大地深处的又一粒种子。从此她成为大地的一部分，与大地一起滋养和孕育，一同经历四季、雨水，一起承担耕种、收获，一起包容，一起忍耐，一起希冀。在她长眠的地方，会长出新的庄稼、草木，新的悲伤和幸福，以此养育一代又一代儿孙。"读到这里，我们发现，这篇文章的情感落地了。

虽已为人父，但失去了母亲的照拂与仁爱，那种巨大的悲伤让新程难以自持，灵魂无边荒凉，这是他与母亲真正的离别。母亲去世后的第一个清明节，新程回乡祭奠母亲，站在母亲活着时劳动的一块地边，"我把车停下，站在路边久久凝望着那片地，但不见母亲从地里直起腰来，也不见她抱着一捆稻禾从一棵桤子树后走出来……大地接纳了她,再不打算把她归还我了。"

就在不久之前,新程发我一篇他写给母亲的小诗,读来令人不禁动容:

> 抽身而去
> 你留下来的空,是世界巨大的伤口
> 母亲,失去了你的爱,我会爱更多的人
> 今年九月,年年九月
> 光阴堆积,慢慢遮蔽伤口,只留下痛
> 母亲,请容我把它慢慢磨砺成珍珠
> 圆润,晶莹
> 你在天上疼我一下,它就在我心里亮一下

母亲,为新程的一生奠定了生命、成长、进取的朴素基调。回忆母亲的人生岁月,字里行间始终奔涌着他内心深处难以遏制的探寻和仰望。

他写父亲。父亲在新程心目中是一部传奇,但他没有把父亲塑造成英雄、斗士或圣人。父亲坚韧、专制、强硬、仁义,父子之间少有温情表达。在官渡滩,这是最正常不过的父子关系。严格来说,父亲不是一个标准意义上的农民,而是一位行走的工匠,靠一身手艺养家糊口,行脚宽,见识广,格局

大,一直都在努力,把儿女从贫瘠的官渡滩度送出去。"童年的记忆中,父亲是一个背影。他总是背着一个梁背,下了吊脚楼,走到河边,沿着河岸一直往下走,从不回头望一眼。母亲和我们立在院坝边,目送他的背影消失在河流的拐弯处,梁背上的帆布包也隐在河边的芭茅里,才默默回转身。"这幅景象恍若年代久远的水墨,摇曳出纯朴漫漶的乡村风情。新程的文字如同官渡滩门前的河水缓缓流淌,村寨、牲畜、庄稼、草木,落墨一宗宗具体的物件,又聚焦一个个亲人。这些不着雕饰的笔墨,真实地还原了故乡人物的生活质感和岁月印迹。

父亲的童年、作者的童年,都伴随着苦难,苦难是文学的源泉。《父亲是一棵树》这篇文章叙述强劲,内容丰富,尤其是人物形象塑造十分有特色。在历经苦难与艰辛之后,身居京城的他,常常在暗夜里对曾经的苦难一一反刍,父亲与家族的命运,便愈加清晰与深刻。

"我的祖父去世那年,父亲十五岁,叔叔四岁,姑姑两岁。在他和叔叔之间,还有过六个叔叔。但后来都没有了。他从八岁开始,就帮助我的祖父埋葬自己的弟弟。最后一次,天下起了雪……祖父抱着孩子走在前面。他拖着锄头,踉踉跄跄跟在他身后……我想跑上前去抱住他,像一个父亲那样抱住他,把他搂紧,让他扑在我的怀里大声哭泣。"这些文字,让我触摸到新程对自己生命和情感源头的父亲那种恒久的敬畏与怜爱,触摸到他对官渡滩那片苦难之地永远的惦记和眷念。

他写姑姑。开篇就写到"姑姑是我的另一个父亲和另一个母亲"。而姑姑家的茶园,是新程家的另一个出路和收留。"道路尽头是茶园"这个意象,被赋予浓重的感恩意义。

为了帮哥嫂带孩子,姑姑一生没进过学校,不识字。姑姑聪明、漂亮、能干,一位教师看上了她,上门提亲,专制的哥哥不许,强迫她嫁给了自己的表哥,生下三个孩子,一个儿子有残疾。姑父做小生意犯了"投机倒把罪"坐了牢,后又不幸遇难。姑姑和她的家庭遭受了太多的磨难。忍受与抗争、顺从与认命,几乎伴随姑姑一生。姑姑对娘家的奉献和牺牲,也几乎伴随她的一生。新程以深情的笔触,回忆姑姑对自己的怜爱温柔,在姑姑遭受不幸时,他与姑姑相互体恤、肝胆相照。长大后,新程怀着真诚与愧疚,为姑姑一家做了很多事,反而让姑姑不安和局促,她只有怀着更大的歉意不断为娘家做事,作为报偿,以求心安。新程母亲走后,父亲没人照顾,姑姑又变卖了家里的畜禽,放弃家里一切事务,搬回娘家照顾自己年迈的哥哥。"几十年岁月长啊,那些来到他们中间的人和事,有的已经退场,有的也去了远方。剩下这对兄妹,留在这个院子里,像是潮水退去,留在沙洲上的两条鱼,又一次相濡以沫。像从未经历中间的几十年。像祖父离世时,他第一次像父亲一样把她搂在怀里。那时候,她两岁,他十五岁。"

细读这个苦难家族的历史，我们看到了奉献与感恩、牺牲与救赎之间，是血缘与灵魂的双向奔赴，闪耀着中国式亲戚间的无尽之爱与人性光芒。正是怀着这样的初心，怀着对姑姑命运的不甘、痛惜、愧疚，他对茶园尽头那种期待与怀念久久挥之不去，其叙述语调始终氤氲着沉重的情感分量，蒸腾散发着动人心魄的温暖与痛楚，他对细节的描述近乎极致，仿佛听得见亲人的呼吸与心跳。

他写官渡滩的其他人和事。《官渡》这组文章开篇即以河流铺排开官渡的地理、风貌，写到慈祥的外婆，以及老人对外孙的宠爱，"天底下什么最软呢？是外婆的心。外婆心软，语气也软。她叫我姐姐'秀云儿'，叫我哥哥'绪光儿'。我小时候大家叫我华子，外婆叫我的时候，后面还加个'哎'，'华子哎——'，又亲爱又心疼……"

在不动声色的叙写中，外婆的悲剧悄然逼近。在官渡，人们守着一条河却指望不上，饮水要到半山的井里去挑，庄稼灌溉则需要人力在悬崖上开凿水渠，其艰辛悲壮可想而知。外婆挑水时被山上修渠滚落的岩石砸中，不幸罹难。后来新程上了小学，启蒙的陈老师在语文课上让新程把"高山顶上修条河，河水哗哗笑山坡；昔日在你脚下走，今日从你头上过"这首诗读给大家听，他却始终低着头，不肯开口，甚而连眼泪也涌了出来。多年后新程去看望陈老师，老师才说："当时不知道你家里发生了那么大的事情，每每想起，十分愧疚。"这些黯淡悲壮的生命情状让人不堪回首,作者采取挽歌式隐喻式的笔调把这些过往讲述出来,其情之复杂,其感之纠结,令人动容。

《官渡》这组篇章,既是乡村物事又是乡亲宿命,既是人间草木又是生死哀愁;既是原生态的文学呈现,又是多彩的武陵山乡风情录;既写出了苦难交织的热望,又对命运多舛的人生给予深刻叩问。在这一组文字中,新程直面生活,以稻谷、麦子、红薯、豆子、草木等,喻写家族兄弟、姐妹、姑嫂、祖孙、姑侄之间的恩深义重。这组书写展示出了新程极大的耐心和细致,高密度的叙述、素描般的写实,呈现出官渡滩劳动、生活、民俗的风貌,让人感怀。每一个身影都饱含着作者的乡土深情,每一个诗意的故事都寄寓了作者的长久乡愁。

中国农人是中华民族生生不息的基座。我常常想,正是在那些山高地远的寻常阡陌,生活着一群群朴素善良的劳动人民,他们的思维是直接坦荡的,他们的胸襟更是深沉开阔的,没有那么多世俗和欲望的枷锁,而是敞开着一种纯粹的精神自由。他们也许不为外人所知,但依然像遍地野花一般,寂寞地隐忍地澄明地吐露着芬芳。而亲情,是这个群体更长久的维系,人间亲情迸发着原始而文明的光芒,因为它联系着人类的起源与归宿。王新程所记录的亲人和乡邻们,正是这样一个沉默而坚强的群体。读完《大地与尘埃》,我已然明白,在作者心中,亲人和故土如大地广袤深沉;在生活中,他们的卑微又如尘埃之轻。新程的《大地与尘埃》是属于奔走的河流、远去的亲人,更属于淳朴亘古的官渡滩。

在《官渡》这篇的结尾,新程写道:

> 我离开故乡三十多年了。三十多年里,每年都会回家几趟。如今,河水浅了,河里的石蹬少有淹没,河上却架了大桥,河两岸也高高低低起了些新楼。岸边的地里,还是长着谷子、苞谷、红薯、洋芋。水井还在汩汩流着。河的右岸睡着我的外婆,左岸睡着我的祖母和母亲。我的父亲一个人住在老房子里。他的耳朵听不见了,眼睛还好。一提起母亲,他就沉默不语。河流教给我流逝是世间最根本的事情。在一切流逝中留下来的,必定经历了千辛万苦。

官渡滩,是王新程永远割不断的生命脐带,是他精神的原乡。

第一辑 大地上的母亲

大地接纳她的一位女儿回家了。这是人世播撒进大地深处的又一粒种子。从此她成为大地的一部分，与大地一起滋养和孕育，一同经历四季、雨水，一起承担耕种、收获，一起包容，一起忍耐，一起希冀。在她长眠的地方，会长出新的庄稼、草木，新的悲伤和幸福，以此养育一代又一代儿孙。

1

母亲庚子年腊月初九往生。我们为她超度后,把她安顿在官渡滩后面的柏树林边。那是一个高高的土坡,在那里,可以俯瞰整个官渡滩村寨。正月二十七,是母亲的"毕七"(即七七)。在我们老家,人离世后,只有过了"毕七",才算真正断了尘世之念,安心前往乐土。所以"毕七"也算得上是告别的大日子,到那天,亲戚们都会赶来"烧七"。头天下午,我就从北京赶回老家。"毕七"那天早晨,我们去墓地给母亲"烧七"。母亲离开我们,已经七七四十九天了。虽然农历正月还没过完,但今年春天来得早,人间春风浩荡。母亲的坟上还是新土,但墓碑的缝隙间已经冒出细嫩的青草。一切都在消逝,一切都在生长。这世界生生不息。母亲正在成为大地的一部分。

我的母亲生在一个贫困农家,外公去世早,她刚刚长成,就和外婆一起劳动,把自己和我的舅舅养大,并供舅舅念书。成年后,她嫁给同样贫穷的父亲,在大地上,诞下四个儿女,最后存活三个。她跟父亲在地里种红薯、洋芋、苞谷、大豆,把三个儿女养大。年轻时她个子高挑,长得漂亮,是方圆几十里出名的美人。但土地消耗了她,磨损了她。我出生时,她才三十多岁,但仿佛已经在人世忍耐了好几十年。她在土地上的一生,除了嫁给一位长相敦厚、且有点聪明的丈夫,生养了三个让她安心的儿女,其他没什么壮举。她没穿过鲜艳的衣裳,也没说过惊人的言语。除了偶尔去城里看望儿子,她没离开过官渡土地。土地养育了她和她的儿女,也耗尽了她的一生。八十五岁上,大地召她回去,她躺进她生前一直耕种的一小片土地里。

2

我是母亲最小的儿子。她格外宠我,我五岁时都还吃奶。那时候是大集体,母亲每天早晨出工前,就坐在阶沿上,撩起衣襟,我站在院坝里,头拱上她的胸膛就吃。那时候母亲的奶水,已经没什么滋味和营养了,但我就是断不了。近晌午,我又寻到母亲劳动的地边,爬上一棵桐子树,坐在树杈上,等母亲抽空过来喂奶。

那时候大集体劳动人多势众,人们在地头点苞谷,像打仗。社员排成几列纵队,刨垄、打窝、点种、盖肥、瓮土,流水线作业,几列纵队齐头并进,争先恐后。队长背着手,在壕垄间查质量、催进度。

母亲一到了晌午就开始东张西望,看到我的小脑袋从桐花中探出来,就跟队长撒谎说解手,扔了锄头就朝我跑来。我从树上溜下来,撩开母亲的衣襟就开始吃奶。有一天我吃得正香,冷不防头顶上一声怒喝。我抬头,见队长正恶狠狠地盯着我。原来母亲离开久了,她那个环节断了,她那条流水线的社员都闲坐在地头。队长很生气,就寻过来,呵斥我的母亲。队长真凶,训得母亲直淌眼泪。队长恶狠狠地骂:"放不下奶头的娃儿走不远!"我吓得不敢哭出声来。也是从那时起,我就怕队长、怕干部。

当晚回家,母亲用锅烟灰拌了煤油抹在奶头上。临睡前我掀开她的衣襟又要吃奶,被那狰狞的样子吓得大哭。母亲狠狠地瞪我一眼,我就不敢哭出声了。我躺在床上眼巴巴地看着母亲,母亲坐在床头,就着煤油灯光纳鞋底,看都不看我一眼。我一个劲儿地淌泪,觉得被母亲抛弃了。从那夜起,我就断了奶。

那是我与母亲的第一次离别。

3

多年以后,我与母亲聊起这事,她说那晚她也很难过,感觉跟儿子分开了。她半夜起来看我,见我脸上还有泪水,梦里还在伤心地抽噎。

起先,在姐姐的头上,还有一位大哥。只是那位大哥在两岁时得了病,没活过来。母亲从此落下了病根,经常没来由地心口疼和惊慌。我出生后,身子很弱,她很担心把我也弄丢了,常常半夜里惊醒过来,用手探我的鼻息。

那时候,父亲是生产队里的匠人,常年走村串乡做一些手艺活儿,给队里挣钱。母亲带着祖母和三个儿女在家。我两岁时,有一次得了病,发烧几天,几乎不保。母亲去滴水岩请医生,路上一边跑一边哭。那位乡村医生行医之余,竟学做了道士。遇到病人,一般先治;治不好,转身就换上道士的衣服,做道场替亡灵超度。我母亲去请他的时候,他正在给人家做道场。母亲顿觉这是不祥之兆,哭得说不出话来。那位身着道袍的医生问母亲:"你是请医生,还是请先生?"我们那里,把道士、占卜的、算命的、看阴宅的统称"先生"。母亲哭着说儿子病了,请医生。那位医生兼道士说把眼下道场唱完才有空去给我瞧病。母亲急得又大哭，一边哭一边求医生赶紧救孩子的命。医生让她报上我的生辰八字，一测，问了又是个男孩，连说"不怕，不怕，八字好"，让母亲先回家，他唱完道场就下去。母亲只得一边哭一边回家。当天晚上，那位医生真的赶来了。他给我烧了灯草，做了推拿，又灌了汤药，烧就退了。接下来几天，我吃了那位医生开的药，便痊愈了。病愈后我一直很虚弱，母亲就又让我吃起了奶。就这样一直吃到五岁才断奶。

断奶这事，母亲很坚决，也可能是被队长那句"放不下奶头的娃走不远"吓怕了。她一不做，二不休，断奶第二天，就给我肩上挎个布包，让我跟着哥哥姐姐去七八里外的黎家村小，挤坐在哥哥旁边听课。我听老师讲得有趣，就忘记了吃奶这事。

这样，我一断奶就上了学。到秋季开学时，我正式成了一年级的学生。

我的老家叫官渡滩，寨前有条河，叫童河。河水清浅，游鱼如织。村人常用自制土炸药炸鱼。一只炸药包点着了，朝河中央扔，"轰"的一声，鱼儿就翻着白肚皮上来，浮在水面上。炸鱼是很危险的事情，炸药包扔早了，掉到水里，把鱼吓跑了；扔晚了，在手里爆炸，把人炸出个窟窿，或者炸掉半只手，也是有的。

母亲严禁我炸鱼。凡是危险的事情她都坚决禁止。但男孩子哪里禁得住诱惑？有一次，我跟着寨里的孩子去河里炸鱼。雷管刚炸响，就听到一声惨叫，扔炸药包那个人的手炸没了，剩下一截断掌像根树桩茫然地朝天举着，不断朝外涌血。我们都吓蒙了，随即大哭大叫起来。母亲听到爆炸声，又听到哭声，她找到河边，看见那受伤的孩子，呆住了。等大人们手忙脚乱地把孩子抱走，她才醒悟过来，抱住我就哭。她一边哭一边使劲儿地掐着我的胳膊，像要掐在手里才放心。等到河滩上人都走得差不多了，她才搂着我，抽噎着、失魂落魄地回到家。

夜里，她把我搂在怀里不松手。第二天，她得知那个孩子在医院里，无甚大恙，但残疾是肯定的了。她这才醒悟过来，揪住我就打。她一边打一边骂，骂我不知天高地厚。她说人有三怕，怕天地，怕活物，怕鬼神。"你不怕我就打，打得让你怕。"她打完，又抱着我哭。

多年以后，我读到康德写的"有两种东西，我们越是持久地思索，它们就越能使我们的内心充满深深的敬畏，那就是繁星闪烁的星空和我们内心的道德律。"这时候，我想起母亲当年打骂我时说到的"怕"。我想，母亲说的"怕"，其实应该是敬畏吧。敬畏星空，敬畏自然，敬畏法则，敬畏道德，敬畏生命。这是一个人苟活于世而不乱的底线。

4

一生向土地俯首，把力气和心血都给了土地，土地却并未回报她。生产队里劳作一天，一个男子得十分工分，她只有七分，跟老人和半大小孩儿一样。每年分的粮食总是不够吃。姑姑到我们家，走了两个钟头山路。家里的晚饭是苞谷面稀饭掺四季豆叶。父亲用筷子搅了搅，见稀饭里都是四季豆叶子，没有多少苞谷面，把碗往桌上一顿，黑了脸。他说妹妹大老远的来，不应该放这么多四季豆叶，应该多放点苞谷面。可是哪有多的苞谷面呢？其实姑姑一进门，母亲就准备找邻居借一碗米。但她拿着碗立在门边，自言自语道："晓得别个有没得，借了又哪个时候还别个哦。"犹豫了好一会儿，最终还是没去。父亲那晚的怒火很久不停。母亲坐在灶前垂头抹泪。姑姑劝了母亲，又劝父亲，最后也哭了。

每到四月，正是青黄不接的时候，家里能吃的都吃光了。山里有枇杷树，村人就剥枇杷树的皮，连夜用锅炒干，用石碓舂成粉，混点儿草叶捏成粑粑蒸熟了吃。没过几天，山里的枇杷树皮都被剥光了。屋后有棵柿子树。母亲想柿子跟枇杷一样都是好果子，柿子树皮也该能吃吧。于是剥了树皮舂粉，也和了草叶蒸成粑粑，头一个端给饥饿的老祖母。祖母吃了一口，噎得差点儿死过去。母亲吓得手里的碗掉在地上，给我的粑粑也掉地上了。虽然我又饿了一顿，但躲过一劫。

为了一家人活命，母亲悄悄在房前屋后和地角种了南瓜、黄瓜、玉米。黄瓜刚打出指头样的胆儿（我们那里把作物果实初长叫打胆儿），南瓜才开花，玉米秆的腰上刚冒出一缕细嫩的红缨，就被大队干部巡查到，当作资本主义尾巴割掉了。大队干部连铲带扯，骂骂咧咧，十分凶狠。我捡起石块要砸干部，母亲抢下了石头。我冲上去就要咬干部，母亲抱住了我。她说扯掉几棵庄稼是小事，伤了人就是伤天理了。

不让人活命算不算伤天理呢？那时的我不明白。

那时候，村人都养猪。人都吃不饱，猪就更难了。我家有老有少，母亲坚韧地把养猪这事坚持下来。我每天跟姐姐上坡打猪草。没有粮食喂，猪也瘦。腊月，每户杀了猪，剖成两半边，半边卖给食品站，留半边自家吃。半边肉只有五六十斤。除了杀猪当天及春节有点儿猪肉吃以外，平时没肉吃。但菜里总得有点儿油星子。母亲把猪肉切成舌头样的长片，炒菜前将肉片放在锅里煎一下，眼见锅底有点儿油出来，赶紧把肉片提起来，把油滴尽，留着下次继续使用。薄薄的一小片肉一般用二十来天。我们正长身体，馋得很。看着母亲把肉片放在锅底煎，就盼着肉片能多滋出两滴油。每次母亲都是坚定地把肉片从锅底拎起，我们眼巴巴地看着她把越来越瘦的肉片挂在碗柜旁边的铁钉上，嘴里不由自主地涌出许多清口水。

5

艰辛的日子也有意外的惊喜。遇上农忙，则会有饭团子吃。那美味至今让我记忆犹新。大集体劳动，三月点苞谷，五月插秧，六月收麦，九月割稻，抢种抢收，一刻也耽搁不得。每到农忙时节，生产队会集中做午饭派人送到地头。社员在地头吃到的大锅饭是限量的。每次母亲忍饥，吃一半，把剩下的饭捏成团，悄悄藏衣袋里。天黑时，母亲拖着疲惫的身子回家，放下农具，从怀里掏出一个手巾包，就着油灯，小心翼翼地把手巾包打开，里面裹着一个紧实的饭团子。每每这时候，母亲脸上的神色是神秘的，也有几分得意，像从人世间偷到了一个宝贝。她把饭团子掰三块，我们姐弟仨一人一块。那时候生产队也是举全队之力保障农忙。饭团真是香，苞谷面里掺着白米，还夹了些肉丁酸菜末，整个饭团都浸着肉香。

遇上赶集，母亲回到家，会从衣袋里变戏法似的掏出一粒水果糖，就是20世纪70年代，乡村供销社里常卖的那种一分钱一粒的水果硬糖，琥珀色的。母亲偷偷把糖递到我的手心，像地下党员交接情报，并给我使眼色不能让姐姐和哥哥知道。我把糖紧紧攥在手里，像握着一个巨大的秘密。我跑到没人的地方，悄悄剥开糖纸，把糖粒放进嘴里，久久地噙着，舌头时轻时重，生怕吮轻了，甜味跑了；又怕吮重了，糖一下子吮没了。糖吃完了，糖纸也不舍得扔，藏起来用舌头舔，还有一点淡淡的甜味。我一次又一次秘密地吃下母亲买来的糖果。有一次，忽然良心发现，把糖让给她也尝尝。结果她答："尝过了。"我惊问她怎么尝的？她不好意思地说："赶场回家的路上，悄悄剥开糖，舔了几下糖纸。"

6

一辈子耕种、生养，劳碌、忍耐，低眉颔首孝敬婆婆，谦卑柔顺侍奉丈夫，呕心沥血养育儿女，温良慈和对待亲邻。她在官渡滩王家活了六十多年，从来没跟人吵过架，没对人红过脸，连妯娌和姑嫂，也处得像亲姐妹。

她常说人一世不好过，要学会低头。

哪里只是学会低头呢？她长长的一辈子都是低着头熬过来的。

她一生中跟父亲吵过两次架，都是因为我。

第一次是我十岁那年，大年三十上午，我没上山放牛，想用干草和麦秸敷衍一顿。父亲不同意，我就顶嘴，他就打我。我性子特别倔，任他劈头盖脸地打，一声不吭。父亲更气，让我跪下，我不跪，他操起扁担又打我，我就往后山跑，他在后面追。我没有去处，就往姑姑家走。走了两个多小时，沿途见人家都在放鞭炮过年，而我却被赶出家门。我边走边哭，走到姑姑家时，眼睛都哭肿了。

初一早晨，姑姑送我回家，见母亲坐在门口抹泪，见我们，就赶紧迎上来。父亲站在院坝里，悻悻的想过来搭话，我横了他一眼，不理他。父亲把我赶走后，母亲非常生气，跟父亲大吵，大年三十的年夜饭都没做。她不知道我去了哪里，整夜都在哭泣。

母亲看到我，哭着说："一个人不晓得认输，不低头，这一辈子啷么过得下去呢？"

谁说我一辈子不低头呢？多年以后，她在我怀里咽了气。我把她放平，长久地跪伏在她床前，额头贴地，想听到大地传来她离去的足音。她的儿子曾经那么骄傲，以为只要努力，就无所不能。但命运挫败了他，夺走了他的母亲。这个失败的儿子，在母亲临终时刻，终于向命运低下了头颅。

7

算起来,我比村里的孩子多吃四年母乳,得母亲的恩情比别人深。拜母亲所赐,自两岁那次生病痊愈后,我就正常了。砍柴、挑粪、打猪草,比别的孩子麻利,且力气大。每天上学下学十几里山路,我赤着脚也比别家的孩子跑得快。在学校里,无论语文还是数学,样样都数一数二。冬天里寒风凛冽,我单衣单裤,不打喷嚏也不咳嗽。有时候惹恼了父亲大人,他拿竹刷条抽我,打得再狠我也不吭一声。一句话,我像官渡滩所有的男丁一样,粗糙、皮实、生猛地成长起来了。

我本来可以像村里大多数男孩子一样,念了小学,再勉强念个初中,等骨头养硬,就下地劳动,成为一个种地的好把式。再娶上一房丰肥的媳妇,养一群儿女。人到中年时,也许会随着打工潮去广州或者深圳,去工地下苦力,搭钢架、制模,或者进厂里车鞋跟,以种种劳苦的方式挣点血汗钱,然后回到官渡滩,扒掉老房子,在旧屋基上起个楼房。

但我念书实在机灵。父亲觉得念书这事也算靠谱,无心插柳,说不定还是个正途。

母亲没念过一天书,可以说一个字也不认识。但她非常敬重念书的人。我上了村里的小学，成了一个学生，她把我的学习看得很重，连带着对我也客气起来了。

每天夜里，我在油灯下做功课，她搬张小板凳坐在旁边，静静地缝鞋子。她埋头仔细地抽针纳线，无休无止。有时候我抬起头看她一眼，正遇上她也看着我，母子俩眼神交汇，我仿佛得到了无尽的鼓励和期许，于是又安心埋头学习。

有时候母亲傍晚才从地里收工回来。天黑尽了，她点着油灯做饭。我把小桌子小板凳搬到灶前，就着跳跃的火光写作业，一边写一边往灶膛里添柴火。母亲在灶后忙碌一会儿，锅里的香气就升起来了。我忍不住吞口水，看看母亲，她正抽空也看着我。我赶紧低下头继续写作业。

遇上有雨的日子，生产队不出工，母亲留在家里，做一些平时因为忙碌而顾不上的活，择豆子、抹苞谷，或者补衣服、缝鞋子。山里女人的一双手，从没有真正闲下来的时候，放了锄头镰刀，又拿起锅铲针线。她坐在门边，埋着头认真地干活。我在她身旁的小木桌上看书、写作业，娘俩共同就着门外的天光。雨天的天光，也是不甚明亮的。母亲坐在门边，在天光的映照下，像一幅剪影。

有时候，我悄悄抬头看母亲，看她正入神地绱鞋，就是把纳好的鞋底和衲好的鞋帮缝合在一起。那是做鞋的关键处，一点儿也马虎不得。直到暮色降临，屋檐水滴滴答答地响，天渐渐暗下来。我忽然就有些懊恼，有些焦虑，也有些哀伤。焦虑是因为成长如此缓慢。那哀伤,是感到时间易逝,与母亲相伴的一天,随着暮色降临就要结束了,而下一个雨天又不知何时到来。

但不管怎么说,童年的雨天,是我和母亲的节日。

8

我上学的黎家村小在离家七八里外的地方。有时候放学时遇雨,我穿着布鞋蹚水回家。母亲非常愤怒,抓过竹鞭就朝我小腿上抽打——村人想打孩子的时候,那竹鞭就像长在手上那么方便——我满腿泥水,被打得双脚乱跳。姐姐大呼:"崽弟儿快跑!"我偏不跑,仰着脖子任她打,一声也不吭。想到她夜里千针万线缝出来的鞋,被雨水一泡,就会层层烂掉,我也很后悔,一边挨打一边流泪。

那是我上学后唯一一次挨母亲的打。

自那以后,无论天晴落雨,我上下学都打赤脚。一出门,把鞋脱了放到书包里,撒开腿就跑。跑到学校门口,再穿上鞋。冬天过河走亲戚或赶集,就把衣裤和鞋脱下来,顶在头上,蹚水过河。姐姐心疼我,母亲却不以为然,她说人的脚就得沾地,沾泥土,泡雨水,土地补人啊。

多年后我为人父，对着星子一样的女儿，含在口里都怕化了，遂想起童年沾满泥水的双脚被母亲打得乱跳，想到从那以后我赤脚在那条路上跑了五年，风雨无阻，想到她说赤脚走在大地上是大补，就有些疑惑：我或许是真得了大地的补养恩赐，年过半百，从没穿过秋裤、棉靴。大冬天里，人们穿戴得严严实实，像熊出没，而我干练抖擞，从不畏严寒、怕疲劳。

这是你给我的恩惠，母亲。

有一次，父母来京，周末的午后，我忽然轻狂，拿出我的一些证书给父母亲看。母亲看那些大大小小、印制精美的各色本本，就很喜欢，说那布好。她拿在手里反复摩挲，粗糙的手刮得证书的缎面哧啦哧啦响。我告诉她每个本代表什么，她就又茫然了。父亲认得那些字，很得意。我笑说这点出息都是二老打出来的。母亲这才记起她也打过我。她似乎有些糊涂，喃喃地："啷么会呢，我啷么就打你了呢？"她一边说，一边摊开手看，仿佛不相信她的手曾经握起过竹鞭子，抽打过她的儿子，一时间好像非常惭愧的样子。

9

母亲还有一次跟父亲吵架，是因为我年少时的亲事。

土地下户后，一家人总算能吃饱了。人一吃饱，就有了不一样的理想，甚至有些好高骛远，具体就是，十五岁那年，家里为我说了一门亲事。

我们那地方，一直以来时兴娃娃亲。村里好多孩子十五六岁就定了亲，两家走亲戚，要走到男女双方到了婚龄，才扯证，行嫁娶之礼。也有的定了亲，等不到婚龄，也通过郑重的嫁娶成了家，生儿育女。证不证的，就不管那么多了。

我的对象是个害羞的小姑娘，比我还小半岁，长得很漂亮。她的父亲在乡里工作，是很好的家庭。就亲事论，这在全乡也数一数二，我们家算是高攀了。下了聘礼，就算结成了亲家。那年春节，我这个未婚小女婿，由父亲带着，去小对象家拜年。我的父亲很满意我们跟这个富裕家庭结亲，他指望我未来的岳父日后能提携我，顺带帮补我们这个家庭。一家人就这么怀着希望，把这门亲事走下去。

但拜年时出了一点状况，毁了父亲给我设定的好前程。正月初二，我穿上新衣服，背着背篼，由父亲领着去拜年。背篼里装着拜年礼物，有系着红纸的猪腿、糍粑、粉条、酒，还有给小未婚妻的新衣服。说是给未婚妻的衣服，其实也就是稍大码的童装。我记得是件桃红色的小外套，衣领滚着边，胸前绣着好看的花。一切都正常，甚至是喜气洋洋，却被我上个厕所把事情搞砸了。

那天吃过晚饭，我上厕所，踩虚了脚，掉进了粪坑。我在坑里喊"救命",父亲和我的"岳父"听到喊声跑出来,见我正在粪池子里扑腾,惊呆了。他俩把我捞上来,父亲带我到河坝冲洗,一边冲洗一边骂我丢人丢到家了。我穿上岳父借给我的衣服走回他家,站在院坝里,不肯进门。我浑身发抖,身上还有一股臭味。我觉得糟透了。天快黑了,院子边的菜地里,白菜顶着白雪,立在暮色里,说不出的寒冷和孤寂。暮色从天而降,像要把黑而老旧的寨子吞没。寨子周围是黑乎乎的大山,你不知道世界在哪里,世界也不知道有这么个黑乎乎的寨子。这时,我看到那个小小的未婚妻正掀起窗口的塑料薄膜悄悄打量我。我又羞又恼,无地自容,真想转身逃跑。

因为这个意外,当晚父亲决定带我回家。一出门,我就跟父亲说我要毁婚。父亲坚决不同意,他本来就气,一听又骂。

夜里我躺在床上哀哀哭泣,像五岁那年断奶时那样哀伤。母亲半夜里起来,听到我的哭声,她也流了泪。母子俩就那样相对而泣。母亲忽然大怒,这怒火不是朝我,而是喷向父亲。母亲暴躁地跟我父亲大吵。她一边哭一边骂我的父亲,骂他狠心,把儿子往粪坑里推。这一骂,把父亲也骂得软了心。天亮后,父亲觍着脸去了媒人家,请媒人去女方家商量退婚。几天后,媒人带来了"岳父"家退回的礼物:小未婚妻的新衣服,用剪刀剪成了绺绺儿;腊猪肘被戳了许多洞,洞里灌了煤油。

这退回的礼物让我的母亲很久闷闷不乐,父亲更是好些天不理我。

我母亲从不负人,但她在儿子的婚事上,终于负人了。在乡间,一家姑娘订了婚,又被退婚,是丢家族面子的事情。母亲对此一直怀着愧疚。好在人家家底旺,姑娘又实在漂亮,不久就有好人家去提亲。那户人家比我家强,儿子也比我长得俊,女方挣回了面子,气也消了。

父亲始终不敢跟那家人打照面,而母亲见到那家人,也谦卑而羞愧。倒是那位姑娘,因为有了更好的着落,又知道我后来出去工作,跟她注定凑不到一块儿,很是深明大义,觉得当初毁了婚约,应该如此,是命定的。

多年后,我回乡时遇到一场亲戚家的喜酒,在喜宴上遇见了当年的小对象。当年那个漂亮羞涩的小姑娘已经年至半百,成为一个健壮爽朗、大方得体的农妇了。岁月的劲儿可真大啊!那一刻我百感交集。她犹疑了一下,随即不卑不亢地向我打招呼。我想起当年的窘相,克制住羞愧,也向她问候。我俩掏出手机互留了电话,加了微信。她问候了我的母亲,她说,她这些年来,一直称我的母亲为姨。心里的芥蒂就这样化了。

分别后我忍不住想,如果没有当年那次"粪坑之变",现在又会是怎样的呢?

10

二十岁那年,我参加工作,在一个乡的财政所当农税员。报到那天早晨,父亲跟母亲一起送我到车站,再搭车去乡里报到。母亲早早为我打好铺盖卷,搁在背篼上,用绳子扎紧拴牢。背篼里放着洋瓷面盆、茶缸、口杯和几件衣物、几本书。母亲躬身背起背篼。我要背,她不让,说怕把我衣服弄皱弄脏了。那天我穿戴齐整,白衬衫、灰裤子、白跑鞋,肩上挎了一只人造革的灰皮包。从外形上看,还是一个干净斯文的学生,但在心里,已经把自己当成一个工作干部了。我跃跃欲试,父亲也很兴奋。父亲常年走村串户,比村里人多些见识和主意,对俗世的普通生活,也有一些可行的意见和建议。他头脑明白,也善谈,无论跟什么人相处,在进退上,都能保持恰当的分寸。那天早晨我们一边赶路,一边听父亲侃侃而谈,他这一路恨不得把满肚子的见识和主意都倾倒给我。我一边听,一边不住"嗯嗯"答应。母亲背着铺盖卷跟在后面,一声不响。

去车站的路有十几里,其中一段要经过我家的一片庄稼地。走到地边时,母亲说她要去地里砍边,让父亲送我。砍边是犁地前的一道重要工序,就是把地边的蒺藜和野草砍下来烧在地里，把地边收拾净。一天下来，砍边人的手常常被勒得满手茧节，指头和手掌被荆棘、草叶割扎得鲜血淋漓。

其时父亲正说到兴头上，就提出让母亲一起送我到车站，不急这半天。母亲说，"我先砍净，你从车站回来，明天正好套牛犁地了。"父亲不耐烦地说："就半晌午，那些刺藤和丝茅能长到哪里去？"母亲低头柔声说："耽搁不得呢，白露眼看就要来了。白露一到就要下荞麦种。"

父亲不耐烦了，他挥挥手说："去嘛去嘛，你去嘛。"

母亲看了他一眼，没说什么。她从肩背卸下背篼，换到父亲肩上。我说我背，她还是不让。父亲背上背篼气哼哼地走上前了。

母亲帮我把挎包的包带理正，迟疑一会儿，说："去了那边，要勤快，力气使了力气在。"我赶紧答应："嗯。"她又说："莫做强人，莫出头。"我赶紧又答应。她想了想，再说："要有良心。"说完这句，她顿了顿，又说："莫像从前那些干部。"多年前的情景又回来了。我郑重地说："妈，不会。"她就转了身，拐进旁边的小路。

我追上父亲，他不满意地说："我还不晓得你妈，她就是怕见人，不敢跟人说话。由她，由她。我们走，我们见世面去！"

父亲还在不住地说着什么，但我什么也没听进去。我看见母亲沿着小路下到沟底，顺着一条土埂儿进到我家地里。

那时候是九月，苞谷已经掰过，苞谷杆秆儿也已砍倒，束成捆，有的垛在地边，有的盘在桤子树干上。土地空了下来，也歇息下来。等白露一到，就下荞麦种，开始新一轮的耕种和收获。秋风起了，山里有些凉。风顺着沟头吹下来，浩浩荡荡吹到沟尾，满沟是波涛一样的风声。地里的桤子树、油桐树枝叶被风吹得哗啦啦响。风过了一阵，又来一阵。丝茅、野高粱、灌木伏下去，回起身来；又伏下去，又回起身来。我的母亲走进地里，风吹来时，她趔趄了一下，等风过去，才又站稳。

土地一年四季被庄稼覆盖，只有这时候，才裸露了出来，满沟满岭都是板硬扎实的褐色。我一边走一边回头望，母亲在地里忙碌，暗黑色的身影越来越小，最后成了指肚样的点在地里动来动去，最后，融进了无尽的褐色土地，看不见了。

那是我与母亲的第二次离别。

11

刚入伍，工作没有白天黑夜，更不用说周末了。那正是乡里工作都强势的年代，追农税，大放干田栽蚕桑，铲青苗种果树，样样都强得不得了。尤其是追计划生育，干部潜伏在计生工作对象户附近准备抓人，有些对象户夫妇外出躲藏，只留老人和孩子在家。

有一个对象户，女人怀孕都快足月了，夫妇俩都躲到外地，只有老母亲和两个小女儿在家。联防队抓人没抓着，牲口圈里也空了，就上炕把人家腊肉割下来放大灶上炖。那时我年轻，没见过世面，看到从家具上拆下来的涂着红漆的木片被当作烧柴扔进灶膛，灶膛里腾起火焰，泛起一股浓烈的油漆腥味，像是血在燃烧，我当时就吐了。一个干部当场批评我蔫巴屁臭，是撇火药。在我们那里，撇火药不炸，就是不中用的意思。

那段时间，每隔一两天就有一场行动。我非常苦闷，也吃不下饭，人黄皮寡瘦，蔫梭梭的。但我又担心领导看轻我，我非常失落。思来想去，我准备克服情绪，在以后的行动中逐渐显露身手，慢慢跟上形势。

那时进冬天了，冬雨绵绵，天气又冷又灰暗。有一天，下着雨，联防队出去执行任务了，领导让我留在乡上写报告。他说："你来不得武的，就给我来文的。你把报告给我写好！"一位同事告诉我，有两个老百姓在找我。我下楼，见父母站在乡政府院坝里，我又惊又喜，跑过去叫了爸，又叫了妈，问他们怎么来了。他们见了我很高兴，尤其是父亲看到我穿着农税员的蓝制服，戴着大盘盘帽，就说该穿这身儿去照个相。

我把父母请到木楼上我的房间。给他们倒上茶，我问：

"又不是学生了,你们怎么还来看我嘛?"

父亲说没么子事,儿子吃国家饭两三个月了,我们过来看看长胖没,看国家饭养人不。你妈也想跟你摆摆龙门阵。

父亲说完,看着母亲。

母亲说:"你说,你说,还是你说。"

父亲站起来把门关严,就安排母亲:"你说事情,我说道理。"

母亲就说,有干部去了官渡滩,把怀孕的祥明婶抓走了。祥明叔上前抢人,被人把肋骨打断了……听了母亲的话,我像一个同谋的刽子手,心跳到嗓子眼,手也发抖了。父亲说:"哪里的形势都一样。但天有天理,人有人心,哪怕你当了干部。"说完狠狠地剜剜了我一眼。我难过地说:"我没做什么……"父亲又说:"我的儿子我相信。虽说手杆拗不过大腿,筷子拗不过门方,但脑壳长在个人(自己)肩膀上,碰到事情多动脑壳,少动手,有些事动手就有罪。"我赶紧答应。

母亲说:"不管哪个说政策,祥明叔好好一个男儿汉,打残了……哪个下得了手……"父亲愤愤地说:"狗日的!从农村出来,还反回去整个人(自己人)的人,这种东西,不如就留在老家种苞谷!"我惊出了一身冷汗。

我请父母到场上的面馆一人吃碗面,就送他们赶下午车回家。载着父母的汽车开走了,我站在冬雨里,十分惆怅,但心里也想明白了。

好在开春后，县财政局一位领导来乡里检查，看了我写的材料，当场表态把我调到局里。从此我离开了乡里。但在以后的许多年里，只要一想起那段追计划生育的经历，我的喉咙便像是哽起一口泛着血腥气的油漆火焰，吞不下，也吐不出。以后的工作不断变换，离基层也越来越远，虽然直接为基层群众服务的机会少了，但父母的话，一直在我耳边响起，警醒我始终做一个宅心仁厚的人。

12

母子一场，就是漫长的相互守望。我幼时，母亲担心我们在人世失散。当我长成彪悍壮实的小伙子，她又担心我辛苦，担心我孤单，担心我在广阔的人世受委屈。

那几年，我从乡财政所到县财政局，到县委办，后又被下派到区公所，工作非常拼命，非常辛苦。在财政局工作期间，我遇到了李虹。二十五岁那年，我跟李虹结了婚。我们那里有个说法，一个人的命运分成两段，一段是婚前，是父母给的；一段是婚后，是伴侣给的。婚嫁后，前半茬命运就到此为止，新的命运开启了。

我们在县城举行了简朴的婚礼，也就是请双方的亲友和同事吃了顿酒席,给来宾发点喜糖。父母当天也来了,他俩都很激动。我跟李虹向父母敬茶鞠躬,在他们面前深深俯首,起身时看见母亲眼里已含泪花。她往李虹手里塞了个红包,攥紧李虹的手,哽咽着说:"我放手了……我放心了……我放手了……我放心了。"

从此我开始了另一段命运。母亲不再为我担心了。

13

那些年,真是顺风顺水,样样努力都有收获。我从县里调到地区,又从地区调到市里,最后,从市里调到北京。其间,又几度下派、挂职,一步一个台阶,可以说种瓜得瓜,种豆得豆。

母亲以一个农妇的秉性,把这些都归结于祖宗和土地的庇护。她认为这都得益于祖坟葬得好。我每进一步,她都要父亲买丰厚的纸礼,郑重地烧在祖坟前,以谢祖上泽被护佑之恩。我从市里调到北京,她甚至拜谢了土地菩萨,她觉得这都是来自大地和神祇的福祉。

我每到一个地方,我的父母都要前来探望。每次到机场接他们,看二老一人拉着一只行李箱,风尘仆仆出来,脸上挂着日光晒出来的笑容，爽朗得就像秋天地里的庄稼。一到家，母亲就从箱子里一件件往外掏，风萝卜、腊肉、香肠、豆腐干、鲊海椒，她把地里一年四季产出的宝贝，悉数带到儿子跟前。李虹很喜欢这些东西，女儿春雨也十分开心，她拍着手说奶奶把农家乐搬到家来了。

父母来家的时候，我每天推掉应酬，下班就回家，陪父母聊天，跟母亲下厨房做她带来的土菜。有天进了家门，就闻到香味，我寻着去厨房，见灶上的铁锅里扑哧扑哧炖着腊肉风萝卜，母亲正埋头在砧板上，仔细地切豆干丝。豆干是我们家乡的特产，自制的豆腐熏了一冬，熏得绵密又铁实。豆干先是打成薄片，再切成麻绳细的丝，煮在汤里，柔韧细匀，汤汁像牛奶一样浓白香醇。切豆干丝是考技术、也考耐心的一项手艺。平常人家很少吃，只有讲究的人家或者宴席上才有这个。我非常喜欢吃，母亲每年就熏不少豆干，千山万水带过来，做给我吃。但她年纪大了，手不灵巧，眼睛也不好了。那天她切得十分认真，也费劲，像一个笨学生在做一道难题，战战兢兢的，但那场景让我十分安心。窗外的天光照进来，照在母亲身上，窗前的母亲成了一道剪影。我站在厨房门口，仿佛年少的时光又回来了。

有朋友在酒楼请二老吃饭。父亲兴致很高，能讲，也能喝。但母亲一直安详温静，也不怎么吃菜。好心的朋友热情地劝他俩，她也不怎么积极，倒是对燕窝有些喜欢，说"那个稀饭熬得亮晶晶的,还好吃"。(后来她受难,到了最艰危的境地,我们给她买燕窝,她却心痛我们的钱,不肯吃了。)回家的路上就感慨,说有些东西名号大,花钱多又不好吃,以后还是多带些官渡滩的菜来给我们吃,也分些给我的朋友们。父亲打断她说:"北京人哪里吃你这些土货!"母亲说:"人的肚子,还是要吃自家地里长出的土货。"想了想,又喃喃地说:"凡是对我儿子好的人,我都要好好待。"

父母每次去城里看我们,都来去匆匆,说离不开家,离不开官渡滩。又说城里的房子离地千尺,不接地气。我们初到北京时,住小两居,后来搬到三居室,等到我们住进了有小院的房子,双脚可以踏在大地上了,我请二老定居下来,母亲又谢绝了。她说这地跟官渡滩的地不同。这地只长花草,官渡滩的地长红薯、洋芋、苞谷。她说人的脚要踏在土地上,才扎实。土地补人呢。

14

刚去北京时,我年轻气盛,雄心勃勃,有时候也好高骛远。工作的种种优越之处,我很享受,京城的那些排场也让我过瘾。起初父亲很为我得意,他看见经常有人围着我奉迎,这中间，又有人对我毕恭毕敬，他认为我有头脑，有出息，很长他的面子。母亲却不怎么说话。过了些时间，两人都有些忧心忡忡。

有天深夜回家，天下着大雨，父亲窝在沙发里打盹，母亲坐在沙发的另一边，两手交握着放在膝上，像是有些不安。我换了衣服，在她身边坐下来。她显然有话要说，但似乎没想好怎么说。她犹犹豫豫的，忽然说："我们从地里出来不容易……我们不图闹热，图扎实。（那些人）跟我们无亲无故的，天天黏着……还不是想把你裹坏……你要是着裹坏了，我啷个办呢？"

我感觉好笑，笑母亲小题大作，也笑她没见过世面，不懂人情世故。这其实就是成功呢。想不起当时我说了句什么话，母亲一听，忽然哭了，她一边哭一边："我们从官渡滩出来，就要有官渡滩的样子……你想要学坏，不如回家跟我种地。"

现在想来，那个夜晚实在惊心动魄。她以一个母亲的直觉，敏锐地嗅到繁华处的危机，又以一个农妇泥土般朴素的智慧提醒了我。而我却是后知后觉。我惊异于她的智慧的同时，也惊异于她的果敢和坚决，以及她取舍进退的原则。

第二天早晨上班时，父亲送我上车。他说："你妈昨晚没睡，哭了一夜。"我心里一惊，又故作轻松地问："是不是李虹不小心得罪她了，或者是春雨调皮？"父亲说："不是，儿媳跟孙女都好得很。你妈没文化,讲不出啥子道理。我也是老实人说老实话:世上有两种大角(jué)色(酉阳话,狠角色的意思),一种站得高,一种扎得深。我是个农民,也经事几十年,道理放哪里都一样——站得高的不如扎得深的。站高的时候有人捧……但我们不图大富大贵,就图个扎扎实实。"

我急流勇退了。我调离先前那个炙手可热的岗位,换到另一家单位。新的工作平静、扎实,但也十分艰辛。我非常卖命,同事们也十分努力。几年工夫,一个年收入一千八百万元的单位,就被我们拉扯成年收入二十八亿元的业内知名企业。三十五岁那年,我成了部里最年轻的正司局级领导干部,并且多次被评为先进。

我在新的单位,数亿元的订单一笔又一笔地签。我的母亲在官渡滩的地里,苞谷、红薯、洋芋、青菜,一季又一季地种。秋天里,她提着竹篼在地里捡豆荚,豆子落进土里,她小心地一粒一粒抠出来淘净、晒干。她跟父亲吃简单的饭菜,穿朴素的衣裳,待人处事温静安详。父亲试图用一把苞谷籽和一筐苞谷籽跟她打比方,让她知道我为国家挣了多少钱。但她完全不得要领。在她有限的认知里,百元、千元乃至万元有多少,她是知道的。超过这个数,她就茫然了。

我们姐弟仨,哥哥跟我都很努力,姐姐也嫁到一个好人家,过得不错。每当亲邻奉承母亲有福气,母亲就安详温和地说:"几个孩子就是糊得上口。全靠土地保佑,全靠你们大家担待。"

父亲历来像个干部。自从儿子当上干部后,他说话做事就更有干部派头了。母亲怕他说话得罪人,经常给他打圆场。哥哥有时候也不免急躁和粗暴,母亲就要批评,让他对人要和气。我们给她钱,起先,她不要,说在官渡滩有钱也花不出去。但大家执意要给,她就收下,也舍不得用,全藏了下来,待孙子们有需要的时候,她又全拿了出来。村人和亲邻,不管谁有了难处,她看在眼里,都能有分寸、不伤人自尊地给予帮助。在官渡滩王家六十多年,她从没跟人吵过架,角过逆(角逆,重庆方言,闹纠纷的意思)。

她种出的粮食和瓜菜,一袋一袋地托人送往城里带给孩子们,新米、新豆、土豆、萝卜。吃不完的豆角、青菜,她晾干腌制成干菜、酸菜,带给我们。她知道儿女的胃,想念的还是故土长出的东西,她双手晾制的东西。这些东西温养慰藉了我们的肠胃,也塑造了我们的品格。无论走得再远、再努力,都不敢再轻狂了。

有一条航线穿过官渡滩上空。每每听到高空中隐隐传来飞机的轰鸣,大地上的父亲和母亲就抬起头来,眼望着白鸟样的飞机越过官渡滩后山,向北飞去。父亲这时就会笃定地说:"到老幺那里去的。"母亲往往同意他的意见,重复道:"是到老幺那里去的。"

15

2017年,我打算辞去公职,自主创业。这事首先要取得家人的支持。第一关是夫人和女儿。如果娘俩反对,估计我也下不了决心。好在李虹很开明,也懂我。她虽然有些担心,但还是坚定地支持我。春雨正念高中,像她这样的孩子,满脑子都是新世界与新时代,对体制、官职这些东西,本来就不以为然。听说我年近半百,还要炒了工作,出来单干,马上毫不犹豫地表扬"老爸又帅又棒"。

我问她:"要是老爸挣不到钱,养不活自己怎么办?"

春雨爽快地说:"没事,我养你。"

我心头一热。

第一关毫无悬念地通过。

接下来五一放假,我跟李虹回官渡滩看父母,准备过第二关。

父亲耳朵几乎听不见,没法交流,所以开始只能瞒着他,不能让他知道。我知道母亲这一关难通过,但我的离职又必须征得母亲的同意。

我走到母亲身边,小心翼翼地说,我想离开部里,自己出来做点事情。

母亲看了我一眼，显然有些不信，她的儿子都到北京工作了，现在忽然说不做就不做了。这可能吗？她问："你不当干部了？"

我笑笑："你不是说，当不当干部不要紧，要紧的是为老百姓做点好事情吗？"

母亲说那是。又问："你想做点哪样事情嘛？"

我说，想做更实际的事情，老百姓更需要的事情。

母亲说好啊，又问："还是在北京做吗？在你那个部里的办公室做吗？"

显然，她没意识到我的决心。我告诉她我想用自己的双手做事情，而不是指挥别人做事情。部里不给我房子，也不给我发工资。我会自己盖房，或者租房，白手起家。

这又超出了母亲的想象，她蒙了。我就用官渡滩人打工或者开店的事情给她打比方，她忽然就明白她的小儿子要自己摘掉国家干部的帽子，与村里外出打工的人无异了。她一下就哭了，边哭边说："原来你要当个体户，要打工，你要把工作都打脱……我辛苦盘（供）你读书……"看到她伤心的样子，我也很难过。但我的决心已下，就只有耐心地告诉她，我想做的事情是怎样的，会有多少人受益，我会怎么快乐，对我们这个家庭会怎么好。但她仍然哭泣不止。

母亲不同意我辞职，我是有思想准备的，但没想到她的反应这么激烈。我很不是滋味,甚至有些难过。李虹使眼色让我出去走走,她跟母亲聊聊。

我出门,沿河滩边走了一会儿,估计婆媳俩说得差不多了,就回去,见母亲还在抹眼泪。我站在一旁不敢作声。李虹朝我使了个眼色,好像有戏的意思。母亲抬头看我,使劲把眼泪抹了,说了一句硬气的话:"如果你开公司挣不到钱,就回来种苞谷。你在前头打窝,我还能在后头帮你点种、盖肥。饿不死人。"

李虹忽然眼含泪花。

我忍住泪,问她:"妈,你还不相信我吗?"

她说:"相信,你不吃国家饭了,个人(自己)找饭吃,苦累得很。好不容易从官渡滩走出去,这一瓜瓢,又打回官渡滩了,打得样(啥)都没得了,跟出滩前一个样了。"

我紧紧握住母亲的手,对她说:"你要相信你的儿子。你的儿子跟出滩前不一样,要相信我。"

她说:"我相信,我相信。"

我央求她:"你相信我,就朝我们笑笑呗。"

母亲就笑了,笑得有些勉强。笑着笑着,眼泪又流了出来。她抹了把眼泪,说:"你们趁老汉(爹)听不到……要是他晓得你把工作打脱了,把铁饭碗打破了,还不抓起扁担把你腿杆都打断……。"这时,老汉去坝下看苞谷秧回来,刚走上院坝,母亲一见就背过身,进屋去了。李虹也跟了进去,不让父亲看见她们流泪。

父亲站在院坝里,得意地说:"昨夜大雨,地里的苞谷秧吃够了水,又长高一卡(拇指和食指张开的距离)了,"他伸出拇指和食指朝我比画,"看来今年又是好年成啊!"我迎上去扶住他,又是内疚又是不安。我心情复杂,对着父亲耳朵大声说:"今年肯定丰收。常言道,一分耕耘一分收获嘛。"父亲愉快爽朗地说:"那是那是,你妈和官渡滩的人都把土地当儿子伺弄,土地还不好好报答吗?"我再说不出话了。

从官渡滩返京,我就向部党组呈上辞去职务及公职的申请。同时,我请哥哥在合适的时候向父亲报告这事。远隔千里,父亲大人鞭长莫及,我躲过他的一场杖责,不用直面他的担忧和叹息,松了口气。好在最后终于得到部里的理解和支持,成了一名"个体户"。

新的公司组建好,正常运行后,我请父母来公司看看。父母看了办公楼,看了公司里勤奋阳光的年轻人,又看了我的办公室。父亲又很得意,他坐在我办公室的大转椅上,啪啪地拍拍桌子,确定我不会回官渡滩种苞谷了。母亲不说话,她朝我笑笑,笑着笑着,忽然又有泪流出来。

16

在父母膝下承欢,以为时间都是无边无涯,从没想到有尽头。然而人世倥偬,每次与父母相聚,都是来去匆匆。我跟李虹一天到晚忙忙碌碌,很想父母能跟我们一起生活,这样我们就可以朝夕相处了。但父母每次过来看看孙女,小住几天,就要回老家。每次与父母分别的时候都十分不舍,就想一定找机会,跟父母多待一些时间。没想到在庚子春节,真的遂了愿。更没想到这是个甜蜜的把柄,后面拖着母亲的灾难。我们是在透支幸福。艰辛的庚子年啊!

从记事起就知道母亲经常肚子疼,每次发作,家人就给她吃子弹壳里的火药,我们叫"药面面"。

那时候,山里穷,也落后,人生病,几乎不请医生,也不买什么药治,唯一的药就是子弹壳里的"药面面"。我们那里天高皇帝远,水深山长,山里人常"撵獐",就是用自制的火药枪打偷袭庄稼的野猪、獐、山羊或麂子。火药枪用的子弹是自制的,自家炒锅熬硝,制成火药,用火纸包了,卷成手指头的形状,看起来像子弹——这种自制火药枪很多年前就被禁止了——威力很猛,无论野猪、獐、山羊或麂子,遇到一粒这样的子弹,肚子立刻就开花。村人也有因火枪走火,被炸得血肉横飞的。村里好几个缺胳膊少腿的,就是这火药枪造的孽。

在以后的许多年里,我常常想起母亲的腹痛,想起她和村人每每因病痛吃下的"药面面"。火药真能治腹痛吗?是因为它的名称里,有一个"药"字,村人就认它为良药?还是火药里的硝有治疗作用?抑或,硝这个东西有麻醉功能,服下就能镇痛?小时候想到这事,觉得十分神奇。成年后再想起,心里已经没有了神奇,只有悲怆。我只有一次次祈祷,我的父母乡亲,他们因为病痛而多次服下火药面面的肠胃,会坚固得如铜墙铁壁。

算起来,母亲是2019年年底得那个病的。姐姐带她到市里的医院检查。我当晚也飞到重庆。也是凑巧得很,值班的是位年轻医生,他给母亲做完检查,确定地说:阑尾炎。

我们抽紧的心一下就放松了。荒唐的是,我们当时都没想到转到另外的医院复诊,现在想来,也是潜意识里不敢复诊,生怕新的检查结果将这个结果覆盖,我们侥幸得来的幸福被注销。我们多么荒唐,多么轻信,相当于苟且偷生。一家人简直是欢天喜地地陪她治疗阑尾炎,住了几天院,临近春节,我们就陪她一起回老家过春节。

春节期间,疫情暴发,风声鹤唳。遥远偏僻的官渡滩村寨却犹如一条夹缝,一大家人在其中安然无恙,偷享人世之欢。虽然为疫情焦虑,但暗地里又为这意外得来的相守感到庆幸。

谁都没想到噩运已经来到身边。

大年初二,李虹接到单位命令,提前回了北京。嫂子单位也要求全体职工返岗待命,于是哥哥带着他们一大家子回了重庆。只有我得以继续留在父母身边。那是我参加工作几十年来,在母亲身边待得最久的一次。

17

我跟几位堂兄弟和表兄弟到不远的林子里,用电锯锯倒一棵棵巨大的松树。树从高处慢慢倒下,落地时声响轰然。我们像年少时一样欣喜。我们剔下树枝,束成捆,把树干锯成一段一段的,用小皮卡一车一车运回家,卸在院坝里。表兄弟们回家后,我在院子里劈柴,劈好的柴块码在房后的屋檐下,树枝一捆一捆立在吊脚楼下。

母亲不停地端来茶水、醪糟水、油茶汤要我喝。那段日子,我也尽情地向她撒娇,每天不停地向她要吃的,要吃腊肉,要吃豆干丝,要吃酸鲊鱼,要吃糍粑,要吃油香。凡是小时候觉得美味又难以吃到的东西,我都一遍一遍地向她索要。她也乐此不疲,一样一样做好,盛在碗里递到我手上。看着我美美地吃下去，她脸上是特别满意的笑容。父亲则不断招呼我歇息，说我这身子骨在城里多年，经不起累了。我猛地劈开一块很大的松树头子，大声问他："哪个说的？"父亲也满意地笑了。

等我吃饱喝足，母亲就坐在门边的小凳子上，目不转睛地看着我干活。直径两尺多的松树木段在我的斧头下一分为二，再二分为四，不一会儿，就劈了一大堆。父母眼里满是欣慰，好像我刚长成，刚好能给家里干活；好像我从未娶妻生子，我跟他们从未分离。

这个工作我一共做了十多天。接下来，我砍了竹子，给菜园圈了新的篱笆，又把院墙边歪斜的台阶修好了。父亲很得意，有亲戚来拜年，他就跟人家夸："看吧，我的儿子在官渡滩，也是一个角色！"

整整一个月，我挥汗如雨，耐心又细致。我把柴垛码到屋檐高。等过了六月，这些柴火晒干了水分，就是上好的烧柴了。树枝用来烧锅，柴块烧火塘，父母在家，取暖、炊煮，够他们烧上一年了。

哪知道我准备的满壁劈柴，最后竟成为母亲葬礼上制作宴席的烧柴了。

三月里，疫情得到缓解，重庆开始复工复产，我也要回公司了。出发时，母亲往我车后备厢装吃的，糍粑、香肠、腊肉、青菜、萝卜、蒜苗、小葱，塞得满满的。我开车离开的时候,她在院坝里朝我摇了摇手,脸上笑着。汽车一转弯,我就从后视镜里看见她抹起了泪。

18

转眼过了大半年。那段时间,我一直在北京处理事务。

9月14日,姐姐打电话,说母亲腹痛。我的心一下就狂跳起来。命运来向我们索债了。

姐姐在电话里继续说,母亲痛得实在受不了了,才告诉她,送到县里的医院检查,初步诊断是结肠癌。姐姐当夜就送母亲到重庆市人民医院复检。我当晚就飞到重庆。重庆市人民医院副院长李华是我的老乡,也是亲戚。他握着我的手,使劲捏了捏,没说话,我就明白了。我努力让自己的情绪稳定下来,请他告诉我真实情况。

李华说,晚期了。

李华扶住我的肩膀,想让我安定下来。我向他道了谢,提出想自己静一静。那时已是深夜,我走到医院的院子里,仰望夜空。在过去的许多年里,无论是幸福还是痛苦的时候,我都会仰望星空,浩瀚的苍穹和寂静的星辰让我平静,也给我安慰和鼓励。但那夜重庆的天空见不到一粒星子,城市的辉煌灯火把天空染得一片昏黄。市声嘈杂，汽车川流不息，真是众声喧哗、鱼游鼎沸啊。那一刻我觉得人世汹涌，浪涛像是要把我打翻、吞没了。

我像一个溺水者，浑身是汗，非常虚弱。李华来院子里找我。我看到李华的嘴唇在动，而他说出的每个字，像漂浮在水上，无声地散了。我抓住他的手，像抓住一根救命稻草，但人已经被恶浪打翻了。

19

手术方案敲定后，我整理好情绪，与姐姐哥哥一起温和地与母亲讨论病情。我们告诉她，检查到她的肠子上长了一个小疙瘩。这么多年，她一直肚子疼，可能就是这个小疙瘩在作怪。现在要做个手术，把小疙瘩切除。"是微创手术，"我伸出小指头给她比画，"就开这么一个小洞，缝一两针。"我确定地告诉她。她很平静地看着我，点了点头。

手术那天，一家人都守在医院。进手术室前，母亲紧紧拉住我的手，不松开。我俯下身去，脸贴着她的脸，轻轻哄她："就是微创手术嘛，一会儿就做完了。我们在外面等着您。"她这才松开我的手，被护士推进去了。

我们焦急地守候在手术室外面。起先我陪父亲坐在走廊的椅子上。父亲也是心不在焉，不断转过头去看手术室的门。我心里揪得慌，全身发冷，就请姐姐过来陪父亲坐着，我站起来走动一下，暖和暖和。哥哥发现我说话牙齿在打战，就把他的茶杯递给我。我抓过就猛灌下去。一杯水落肚，还是落不下心，就在走廊里走来走去，十分仓皇。父亲烦了，又不好发作，就说："你给我坐一会儿嘛！不要在我前面晃来晃去的！"我就挨着他坐下来。还是坐不住，就把哥哥的孙子淘淘从嫂子怀里抱过来，放在腿上不停地颠着假装逗他玩儿。

手术进行近两个钟头的时候，护士忽然推开手术室旁边的玻璃窗，大声叫母亲的名字。我们都吓了一跳。哥哥反应过来，原来不是在叫母亲，而是叫病人家属，是叫我们。我们赶紧奔上去，围到窗前，护士端给我们一个托盘，盘子里是一坨漂白发硬的东西，像是卤煮过的肉食。我的头忽然就晕了。护士告诉我们，这就是母亲直肠上切下来的病变部分，她一边说一边用镊子翻动给我们看。我赶紧扶住哥哥，不让自己倒下，眼泪也一下冲了出来。

手术进行三个钟头的时候，李华打来电话，说手术很成功。我的眼泪又涌了出来。我抓住父亲的手，告诉他，妈的手术很成功。父亲听不见，只踉踉跄跄跟我们到手术室门口等母亲出来。

手术室的门打开了。护士推着母亲出来了。我们奔上去，围在母亲的移动病床边，帮着护士推。母亲腹部缠了厚厚的绷带，身上插满了线管，输入的和排出的都有，连着血浆袋、输液袋、心脏监测器、止痛泵、引流袋、排泄袋，管子里流着血浆、药水、渗出液等各色液体，监控仪器上各种颜色的灯和图标不停闪烁。那些管子和绷带，像绳索把母亲捆绑住，让母亲像一头困兽。母亲脸色白得像张纸，嘴唇也惨白着。我紧紧抓住她的手，把脸贴到她的脸上，她的脸像冰一样凉。我眼泪滂沱，稀里糊涂沾了她一脸。护士训斥："家属不要影响病人情绪！"我哪里止得住泪？父亲不断用手背揩我滴在母亲脸上的泪。

我们把母亲接回病房，帮护士把她在床上安顿好。嫂子和姐姐手忙脚乱地给母亲塞热水袋，添被子。

母亲睁眼看着我们，非常疲倦。我忍住泪水，脸贴在母亲脸上，轻轻地叫她，但是她答应不出来。过了好一会儿，她终于开口说话，说的第一个字是"冷"，第一句话是"好想给医生说声谢谢，但就是说不出来"。她八十四岁高龄，动了这么大的手术，遭受巨大的痛苦，首先想到的不是自己，而是致谢！

20

哥哥姐姐整天待在医院。嫂子张罗一大家人外加亲戚朋友的吃喝，收拾完毕，就用保温桶盛上汤，拎到医院来，一勺一勺喂给母亲。夜里一大家子围在母亲床前，热热闹闹地聊天。看着这一大群儿孙，母亲虽然难受，却很欣慰。夜深了，哥哥嫂子和侄子们陪父亲回家，姐姐和俊丽姑姑留下来陪夜。我回到重庆，就换俊丽姑姑，夜里和姐姐一起陪护母亲。

俊丽姑姑是父亲的堂妹，算起来是母亲的小姑子。她出自幺房，她母亲又生她晚，所以年纪比我还小。她自小就跟母亲很亲，母亲很喜欢她。官渡滩几十年，两人相互体恤、相互帮衬、相互怜惜，不像姑嫂，倒像是母女。母亲生病后，俊丽姑姑执意陪母亲来重庆，和姐姐一起照顾母亲。她很能干，性格又温顺，母亲觉得十分贴心。母亲生病期间，姐姐、嫂子和俊丽姑姑每天端茶倒水、喂饭喂药，尽心尽情。医生和病友都以为她们三人都是母亲的亲闺女。

父亲白天在医院，当着母亲的面，跟家人也是有说有笑，爽朗得很。夜里一出医院门，人就蔫了。起初家人对他瞒着真相。但他那么聪明的人，怎会猜不到？有天夜里我下楼送一大家人回家,临上车时,父亲忽然走过来抓住我的手,颤抖着,好一会儿说不出话。我捏紧他的手,安慰他道:"爸,妈这病不是么子大事,这里医疗条件也很好,挺过这一阵就好了,您不要担心。"父亲忽然老泪纵横,他哽了几哽,才说:"道理我懂……你们也都尽心了……我就怕她挺不过去……"夜里他在马路边像个孩子那样大哭起来。

21

手术后,母亲又做了化疗。化疗很折磨人,哥哥姐姐都不敢让她做,但母亲特别坚强,凡是能治好"肚子里疙瘩"的办法,她都接受。做完化疗她吃不下饭,趴在床边呕吐,胃里已经没有什么东西可吐了,呕出来的只有胆汁,其状十分痛苦。呕吐完,她躺回枕上,脸上又泛起疲惫的笑容。

我把苹果切成薄片,用牙签插上,喂到她嘴边,轻轻蹭她的嘴唇。她只好张开嘴,用牙齿咬住,努力咀嚼,艰难地吞下。她胸口急遽起伏,像又要呕吐的样子。她努力憋住,终于没有呕吐出来。平息下来,她转过头,朝我笑笑,有些不好意思,有些愧疚的样子。

有时候她小睡醒来,见我正坐在她床头,埋头在电脑上忙碌，或者正看一本书。她不出声，静静地看着我，像我年少时那样。她觉得她生病耽搁了我，但至少不曾拖累我，于是稍微安心了点。在三个儿女中，我更黏她，她也更信任我、依赖我。我陪在她身边，她似乎更安心。

有时候，北京那边有点事情，我得赶回去。我告诉她，公司有些事情需要处理，我得暂时离开她几天。她忽然就很焦躁。我告诉她事情处理好就回来，也就三四天时间，她就答应了。等我又出现在她床前，她就笑了。

化疗后需要加强营养，她又没有胃口。记得她去北京时曾说过燕窝"那个稀饭熬得亮晶晶的，还好吃"，附近一个酒店有燕窝卖，三百多块钱一盏。我们买给她吃了十多天，她从嫂子嘴里打听到燕窝的价格，就不肯再吃了。于是我们从网上买批发的燕窝，告诉她一盏只要三十多块，她答应吃，但已经吃不下了。

22

医院在枇杷山上，站在窗前，可以俯瞰整个渝中半岛。有些黄昏，我给母亲披上衣裳，扶她站在窗前，看长江和嘉陵江在朝天门交汇，两江环绕，城市像在这口热锅里熬煮。这座城市经历了一场新冠疫情,又遭受了一场百年不遇的水患。我们看着江水滔滔而来,包围这座城市,又浩浩汤汤而去,母亲不住叹息。

母亲求生的欲望特别强,医院的要求她都特别顺从,输完一瓶水,护士换药的时候,她总要问:"还有几瓶?"生怕护士遗漏了。一天的治疗结束后,她又要问明天几点钟开始,要输几瓶,还要吃什么药?所有的医嘱她都严格遵守,十分听话。要她吃东西,她也都答应,勉强咽下去,又吐出来。然而她这样积极英勇,还是抵不住一天天衰微下去。

我们都以为切除了病灶,身体里就彻底没有那个做祟的东西了。做化疗时,我坐在床边,看着晶莹的药水一滴一滴进入她的脉管,心想残留在她身体里的病毒就会一点一点退散,这样,几轮化疗做下来,她又是我们好好的母亲了。

现在想来,我们真是轻狂。我们都天真地相信,人间再难的事情都有办法解决。我们也为此做好倾尽一切的准备。但人心终究大不过世事。母亲的病情一天天恶化下去,我们一点一点放弃希望,最后向命运低下了头。我们明白治疗没有任何用处后,最后只希望治疗作为减少痛苦的一种方式,希望她走得安详一点。

我在病床边支起一张陪护床,姐姐夜里就睡在母亲身边。母亲入睡前,姐姐跟我分坐在病床的两边。母亲半躺着,她越来越瘦,越来越痛苦,坐卧不宁,不停地折腾。等好不容易安顿下来,娘仁就有一句没一句地聊天。

母亲说我小时候一直让她提心吊胆,生怕我化了。我一直不断奶,她只有把奶头放我嘴里噙着,她才心安。直到我结婚,她才安下心来。娶了亲的男人,命运就换了一轮,她从此确信我不会丢失了。

她身子弱,说起话来尤其费力,有时候说了半句,下半句要好一会儿才续得上,刚说完,忽然又难受起来,要折腾好一会儿,重新消停下来,才又想起,咦,说到哪去了?于是姐姐就把她忘掉的话头续上。

姐姐说到我小时候雨天蹚水上学,打湿了布鞋,母亲用竹鞭抽得我双脚跳。姐姐笑问母亲:"当时哪个又忍得下心呢?"母亲说:"我没读过书,不会讲,娃儿一泼烦,就动手了。官渡滩哪个娃儿不是打大的?没打坏就好。"说完她歇了一会儿,就抬起右手看了又看,像是怪罪那只手似的。那只手青筋毕露,落满了浅褐色的老年斑点。腕上套着医院发的印有二维码的手环,手背上静脉血管里扎着留置针头,用胶布粘着。

我强作欢喜地说:"古语说棍棒出好人。要不是妈、老汉打得好,说不定我早变坏了呢。"

母亲静静地说:"我的儿女我晓得,哪个都不得变坏。"

母亲说到我第一次离家去乡政府工作。那天早晨,父亲跟我都欢喜得很,但她担忧,我去到一个陌生的环境,那里的人都是干部……我在他们中间，会不会孤单？他们会不会给我气受？会不会挨他们整？

我赶紧告诉她，我工作几十年，也遇到过许多困难，但每当遇到困难的时候总有贵人相助。母亲就说："要记恩，我们不做忘恩负义的人。"我说放心吧，我是懂得感恩的人。母亲说放心。

有次说到我当初毁婚的那个姑娘。她说她当时也很舍不得，担心毁了这么好的亲事，再找不到那么好的姑娘，那么好的家庭了。但我那夜哭得很伤心，伤心得不像个男儿汉。她也心软了，管他的，儿孙自有儿孙福，再说儿子不疤不跛，也不傻，好歹总能找到个媳妇。实在找不到，她养我一辈子。

这是她最后一次说到养我一辈子。我的眼泪就出来了。

夜越来越深，母亲实在累了，她半躺在床上，不说话，但眼还睁着。姐姐跟我坐在旁边，都舍不得睡去。重述旧事，这短暂的欢愉让我们感到安慰。但我们都明白，最后的日子快要来了。

23

2021年1月初，女儿春雨回国，在上海隔离结束，就直飞重庆看奶奶。走进病房,刚叫一声"奶奶",祖孙俩就哭了。

女儿打小就跟奶奶特别亲,奶奶也尤其疼她。庚子多难,人世艰辛,正当疫情在国内得到控制,母亲却遭此大病,其时国外疫情大暴发。母亲自己忍受病魔摧残,却又非常担心春雨,每隔几天就要我跟春雨打视频电话,要看到她的孙女笑吟吟地出现在手机里,她才放心。她听一位来探望的亲戚说板蓝根和双黄连治疗新冠有效,就叫我赶紧打电话让春雨买板蓝根,买双黄连,戴两层口罩,不要出门。其时,祖孙俩都深陷困境,却只为对方揪心。

祖孙俩见面让人落泪。春雨像对小孩子那样俯下身去抱奶奶,奶奶却费劲地想从床上欠起身来抱春雨。最后还是春雨把奶奶抱在怀里,两人搂着哭泣不止。

当晚春雨留下照顾奶奶,让我们回家睡个好觉。

第二天早晨我们到医院。春雨已帮奶奶梳洗过,喂奶奶喝了粥,护士正打吊针。春雨很乖巧很贴心,一边照应着奶奶配合护士,一边鼓励奶奶。小护士由衷地说:"妹妹真乖,奶奶你好福气。"吊针打好后,母亲躺在床上喘息了会儿,对小护士说:"我是福气好。我有三个儿女,七个孙子,四个重孙,他们全都好得很。我两个媳妇对我,就跟女儿一样亲。就连我那小姑子,也跟亲女儿一样。"她歇了歇,又说:"我这辈子,是满意了。我对儿孙,也满意了。"

24

母亲仍然努力地挣扎求生。但希望已经微乎其微了。医生善意地放弃了治疗，让我们带她回家。我们老家农村实行土葬，最怕"人死了被烧"。并且，一个有福有寿、儿孙满堂的人，是不能死在外面的，不然进不了堂屋。我告诉母亲"疫情又严重了"，在重庆怕被感染，先回官渡滩老家。她疑惑地看着我，像是不甘心，有些不舍，又不好不听我们的话似的，好一会儿，才点头同意了。

临行前，我和女儿搂着母亲照了一张合影。我知道这是最后一次跟母亲合影了。女儿搂着奶奶笑得很甜。拍完照，她就跑到走廊尽头啜泣不已。

从市里到官渡滩，车程有四个多钟头。那天我们开得很慢，上午十点出发，开了五个钟头才到家。一路上，嫂子在旁边照料母亲。起初我们很担心她身体受不了，但还好，沿途只短暂休息了三次。车开到我家对面柏树林的时候，嫂子问母亲到哪里了？母亲见马上就要到家了，笑得很开心，那是她生病住院以来笑得最开心的一次。

车开到家门口，我想把母亲背进家门，但她坚持自己走上去。亲戚们强作欢颜，聚在我家里迎接她回家。她好像也受到激励，那天夜里在火铺上坐到九点钟，对来看望她的亲邻笑微微的，但已经没有什么精神说话了。

那以后，陆续有亲戚和朋友来看望她。她已经形销骨立，并且开始了最残酷的疼痛。当疼痛来袭时，如烈火焚身，她像一片叶子蜷缩起来，紧紧咬住嘴唇，不呻吟一声。几天里，她痛的时间越来越长，间隔的时间也越来越短。

镇上有位医生朋友叫梁秘，跟我们家有些私交，离得也不算远。哥哥就请梁秘住到我们家，母亲痛的时候，就给她打杜冷丁，还帮着我们兄弟暗中筹备母亲的后事。

一家人最大的愿望，就是母亲能坚持到春节，大家陪她热热闹闹过个年。

1月9日那天，我要赶回北京处理一件急事。恰好有位朋友弄了一条很大的甲鱼给母亲送过来。那天母亲精神不错，要我扶她起来到火铺上坐坐。我陪着朋友在火铺旁边的桌子上一边喝酒，一边在火塘里烤土豆和粽子吃。母亲斜靠在板壁上，安详地看着我们。朋友让我吃一个粽子，我刚吃过早饭，不饿。母亲这时发话了，她说："再吃一个吧，你自小就喜欢吃粽子，那时候难得吃到呢。从官渡滩到北京，路远，吃饱点儿，才禁得住冷。"我一直严格控制体重，很自律。那天，母亲说完那句话后，我拍拍肚子，让母亲看："妈，我一点儿也没长胖，对自己从不放松要求。哪怕是一个粽子。"她就不言语了。

那是母亲最后一次关心我的饥饱冷暖。

25

1月18日清晨,嫂子打来电话,哽咽着说母亲病危。我立即从北京赶回老家。

母亲已经昏迷了。我俯下身握住她的手,大声地叫她,好半天,她才睁了眼,看看是我,艰难地说出一句话:"搬盘你们了。"在我们老家,"搬盘"就是为别人奔波劳顿、费周折的意思,相当于"给你们添麻烦了",是含着愧疚之意的。

这是母亲给我说的最后一句话。

皮包骨头,躺在床上,她全身的骨头硌得自己疼。我们姐弟三人轮流坐在床上,把她抱在怀里,她才好受点。疼痛袭来时,她又蜷缩起来,不住发抖。那时候,我整个人也散了,不知自己怎么才能活得下去。

我们抱了两天两夜。她一直深度昏迷,已到弥留之际。我抱着她,感觉她的身体轻得像羽毛,而灵魂正在抽离逃逸。我用脸反反复复蹭着她的脸,一声声叫她,想把她的魂唤回来。

1月20日半夜,她终于睁开眼睛,费劲地打量围在她身边的人,又看清抱着她的满脸是泪的正是她的小儿子,她费力地嚅动着嘴唇,想要说什么,但是什么也说不出来了,慢慢的,她眼角有泪渗了出来,最后流了满脸。

1月21日下午16时13分,母亲把身体留在我的怀里,灵魂升了天。我为她合上双眼。

26

她躺在黑漆的棺椁里,穿着绣了华丽花朵的黑绸裤衫。她的膝盖风湿消失了,偏头痛消失了,心口疼消失了,手臂麻木消失了,腹痛消失了,她拼了命与之搏斗的癌也消失了……她嘴唇微抿,眉目安详,容颜沉静,像是出走多年,终于回到故乡。

葬礼那天早晨,我们跪伏在她的墓穴前,看着一铲铲黄土纷纷落下,把她掩埋。大地接纳她的一位女儿回家了。这是人世播撒进大地深处的又一粒种子。从此她成为大地的一部分,与大地一起滋养和孕育,一同经历四季、雨水,一起承担耕种、收获,一起包容,一起忍耐,一起希冀。在她长眠的地方,会长出新的庄稼、草木,新的悲伤和幸福,以此养育一代又一代儿孙。

她走了,留下父亲,在人世独自拥有一群哀伤的儿孙。葬别她的那个早晨,我们从墓地回来,卸下孝帕,看见头上又长出一层白霜。

世事难敌春风。清明节,我们回乡祭奠母亲,看见她坟墓的新土上,已经长出青青的草。也许要再过三年,五年,十年,甚至更久,她坟墓上的新土变旧,墓碑上的名字变旧,成为时间的一部分,我才会相信她真的离去。

27

我们乡间,把人到最后称"百年"。我惯常数理思维,简单认为,人就是要活到百岁。半生为人,我在人间学会了吃苦,学会了争取,学会了忍耐,学会了承担,却一直没学会离别。我粗略计算,在人间,我跟父母还要相守二十多年。我想,到我的父母百年时,我就有七十岁了。七十岁的人,可以说历尽沧桑,是学会离别的时候了。我风尘仆仆朝前赶路的时候,想想我在人世,还有父母的目光看着我变老,意志变得更加坚定,心却变得更加柔软,想想就觉得人生无尽。

但母亲不等我。

周末的午后，我去厨房，窗外的阳光照进来，落在洁净的灶台上。母亲她不在窗前"笃笃笃"地切豆干丝了。刀板洁净，刀具锃亮。一只蜜蜂从窗外飞进来，在玻璃窗上嗡嗡叫着，老找不着出去的方向。

院里丁香开了。她曾在春天的午后跟父亲坐在院子里为丁香和菜花争论。父亲说丁香比菜花香，但没得菜花有用。母亲却说丁香虽然没用，但长在儿子的院子里，就是有用的。这个春天的午后，院子里没有了父母的争论，只有丁香香气馥郁，呛得人眼泪夺眶而出。

清明我回官渡滩，开车经过一片土地，就是我第一天上班，父母送我时，母亲半路上拐进去劳动的那片土地。我把车停下，站在路边久久凝望着那片地，但不见母亲从地里直起腰来，也不见她抱着一捆稻禾从榁子树后走出来。

官渡滩门前的桥上人来人往，我站在桥头，见不到她从人流里回过头来，笑着叫我的名字。我坐在家门口的小板凳上，也不曾看见她坐在门边的天光里，低头缝鞋、补衣、择豆、拣种。

夜里，父亲一个人坐在火塘边，默默地烧水、煮茶、吸烟、咳嗽，她不在父亲身边，为他烧火、添水、点烟，在他流着泪咳嗽时替他捶背。我坐上汽车开出家门，她没有在后备厢里装满糍粑、香肠、腊肉、青菜、萝卜、蒜苗、小葱。我习惯性地看后视镜，她没有站在路边望着我离去。大地接纳了她，再不打算把她归还我了。我把父亲接到我身边，夜里我俩在灯下慢慢聊起她，却又感觉她就在灯影里默默看着我们。

父亲像一棵树。山里的男子都像树，笔直，高挺，外壳粗糙，坚硬。没有什么能够摧折，除非砍劈。即使与刀斧相遇，也会发出斫斫之声。与父亲们相比，母亲们则像是草本植物，像高粱、苞谷、小麦、稗子，甚至像丝茅。对，丝茅。丝茅最早出现在《诗经》里，后来它又有了一个好听又好看的别名——苇，这些都让这种植物具有了古老又清澈的诗意。但是，你若到了我们老家，在中国西南山地，在那些坡坡坎坎，在山坳，在岩脚，在林边，在地角，在河畔，在路边，到处都长满了丝茅。你会发现，诗意跟丝茅一点儿都沾不上边。在我们那里，丝茅是很普通很卑贱的植物，漫山遍野都是。我们也不叫它苇，都叫丝茅。它茎秆粗壮，比芭茅高，叶片粗粝，叶边锋利，秋后连牛都不敢下口。寒冬里，丝茅独自在地下蓄茎，春冻时醒来，悄悄冒芽，抽茎，拔节，吐穗，倾尽一生长出看不见的籽实。白露时节，满山芒穗，白茫茫一片。秋风起了，芒絮纷飞，让人落泪。它一生柔韧，沉默，百折不回，干旱再久它也不枯，雨涝再深它也不溺。风暴来时，它伏下身去；风暴过后，它又挺起身子。到老了，它顶着一头白穗，倒伏在地，最后腐朽在泥土里，孕育新一轮生机。

她就是大地上的一株丝茅，是我的母亲，讳名樊玉香。

后记

母亲离世时，我在微信朋友圈发了一篇文章。一位亦师亦友的兄长读了，说很感动，鼓励我继续写，把想说的话都写出来。母亲七七，我回乡祭拜，当天晚上就开始写。每天写一点儿，写到哪里算哪里。然而为生计奔忙，差不多每天都超负荷运转，忙碌又疲惫，有时候一天写一段，有时候一天写几段，而有时候，几天都写不了一段。几十年来一直在公文案牍中谋生，对写文章，笔拙得很。好在写的都是心里话。我写的时候，感觉就像在跟母亲说话，又感觉是在给一位不曾谋面的兄弟讲述我的母亲。心里想什么就写什么，完全不讲写作技巧。就这样断断续续写了一个多月，也是前言不搭后语，语无伦次。

写成后，每天在微信朋友圈发一段，连载一月，得到许多好友亲朋的关注、关切和关心，有的点赞鼓励，有的回帖安慰，有的发来短信问候，还有的默默看过，不着一字，却忽然在某个时刻打来电话："兄弟，找个时间，我陪你坐坐。请多保重。"

非常感激大家以各种方式给我亲切的慰藉与温暖的鼓

励。这段时间我十分脆弱，所有的帖子都不曾回复，所有的邀约也都不曾应允。但是，大家情深谊长，我永远深深铭记在心。俯首恭谢！

写作此文的初衷，是想把母子同行五十多年的点滴记录下来，把在仓促人生中没来得及跟母亲说的话说出来。以后想母亲了，就在这份追述中与她相逢。这是我记住和怀念的方式，也是我的责任。我想通过这些文字，让母亲在儿女心中永生。

我原打算把这篇文章的写作，当作是结束，也是开始。从此我重新上路，独自行走余生，走完这段没有了母亲的旅程。

但哪有那么容易！

母亲弃养已整整四月。我这个没妈的人，在人世间跌跌撞撞地过了一百二十多个孤单的日子。经历了最初的凄惶与茫然之后，随着生活和工作步入正轨，我也逐渐平静下来。我每天拼命忙碌，把自己弄得非常疲惫。但只要停歇下来，我就陷入巨大的虚无与悲哀。失母之恸并非只是为母亲受难而伤心，也不只是因为离殇，而是一个人失掉母亲的照拂与仁爱后，独自面对苍茫人世，内心无边的荒凉。

我不止一次跟李虹说，人活着真没什么意思。

李虹说，都有这样一段过程，走过就好了。时间的力量是强大的。

葬别母亲后，我经历了母亲的毕七，经历了清明，又经历了第一个没有母亲的母亲节。

母亲节是西方的节日,我向来不在意。再说,有母亲的日子天天都是节日。但今年这个节日的清晨,我打开手机,发现朋友圈已经刷屏,我实在不忍卒读。我把手机关掉,出了门,在湖边漫无目的地走了一会儿。路边的树下有一位上了年纪的农妇在卖菜苗,我走过去在她身边坐了好一会儿,最后买了些西红柿苗、茄子苗、黄瓜苗、辣椒苗,带回来栽在园子里,用矮篱笆围起来。歇了会儿,我又出门,买了大大小小十几只鸡回来,放在园子里。做完这些,我在樱桃树下坐下来,靠着树干望天。北京五月的天空蓝得让人绝望。我的眼泪又流了出来。这时李虹在门口大声喊我,让我打开手机,说有朋友电话打不进来。

我开机,许多短信嘀嘀嘀地涌进来。其中一位如父如兄的朋友发来的短信尤其让人动容,他是这样写的:

> 兄弟,今天是母亲节,这是所有母亲的节日,无论眼前的母亲还是心中的母亲。咱们的母亲在天上永享安乐,此刻,她温慈地看着咱们,对咱们说:"儿子,不要脆弱,不要泄气,不要害怕,妈一直看着你。"兄弟,母亲并没有离去,从前她是一个人,现在,她成了神。神无处不在,无时不在关心眷顾我们。兄弟,今天是母亲节,让咱们为天上的母亲

祈福。然后，请去给自己的爱人道一声节日快乐。

生活就这样继续下去。保重，兄弟。

我止住泪，走回屋，郑重向正在厨房忙碌的李虹祝福节日，又和春雨、馨馨一起向她赠送了礼物。然后回到书房，给几位一直关心母亲的女性亲友发送短信祝福。

生活在这一刻，又进行了下去。

写这些文字，还为了致谢。

我要感谢重庆人民医院的李华副院长，孙念绪主任，主治医生龙赘大夫，冯晓玲护士长。母亲生病期间，他们给了她精心的治疗和周到的照护，他们以医者仁心，在一位耄耋老人生命垂危之际，给予她最后的体面和尊严。

我要感谢众多亲戚朋友的关心与关照，感谢他们在母亲生病期间对她的看望、关心、问候，给了她最后的慈悲与温情。在我们一家眼睁睁看着母亲受难时，他们与我们在一起。感谢他们给予我们一家人的安慰与鼓励。感谢俊丽姑姑、梁秘、吴小兰……

我要感谢我的亲友乡邻。母亲辞世后，哀伤让我们姐弟非常脆弱和茫然，几乎不能自持。是众亲友和乡邻帮忙操持料理葬礼。母亲落葬前夜，亲友和乡邻百余人在灵堂守护陪伴，凌晨，又扶柩送她走完最后一程。

恩深义重，含泪叩谢！

我要感谢我的哥哥姐姐和他们的家人。多年来我远离父母，双亲全靠他们孝敬照顾。我虽有孝心，但若以事论，则远不及他们。母亲生病期间，他们两家无论老少自始至终无微不至地照料操劳。姐姐昼夜侍奉，衣不解带；嫂子尽心尽情，煎药烹汤，体贴周到，一片赤诚之心，对亲娘也莫过如此。

我要感谢我的妻子李虹，感谢她一年多来与我共同忍受煎熬，共同担当。感谢她给我坚定的支持与温柔的陪伴。当我软弱得像个孩子崩溃失控、伤心哭泣时，她像母亲一样耐心地宽慰劝解。感谢她对我的理解与包容。

我要感谢我的女儿王春雨。她远在异域，被疫情所困，却时时牵念奶奶。在奶奶生命的最后日子，她不顾疫情危险回国，陪伴照顾奶奶，给了奶奶莫大安慰。母亲离去后，在我低落的时候，我的女儿像小鸟一样萦绕在我身边，给我晦暗的心境增添了光亮和希冀。感谢我的宝贝。

我还要感谢我的父亲。他与母亲历尽艰辛，把我们姐弟仨哺养成人。六十余年相濡以沫，在八十五岁高龄之际，又与我们做儿女的一起，夙兴夜寐，陪伴照顾母亲。母亲离去后，他虽然非常痛苦，甚至有几次当着我们的面也忍不住大声哭泣。但他很快镇定下来。母亲走了，他成了一家人的主心骨，是我们内心的安慰和依靠。

我要感谢我的外祖父外祖母，感谢他们生养了一位美好的女儿,并把她嫁给那个叫王祥胜的人,让我们有幸成为他俩的儿女。

最后,我要感谢大地,这万物之母!感谢她以宽厚、平静、仁慈的怀抱接纳我的母亲归息。感谢她让母亲长眠,并给母亲永久的安宁!

第二辑
父亲是一棵树

在自己的儿女出生前，他就已经担当起做父亲的责任。我的祖父去世那年，他十五岁，叔叔四岁，姑姑两岁。在他和叔叔之间，还有过六个叔叔。后来都没有了。他从八岁开始，就帮着我的祖父埋葬自己的弟弟。最后一次，天下起了雪……我祖父抱着用席筒卷起的孩子走在前面，他拖着锄头，踉踉跄跄地跟在身后。这个少年在漫漫风雪中白了头，双肩也落满雪花。他一步一趔趄，费劲地把陷在雪窝子里的脚拔出来，跨出去，又小心翼翼插进雪窝，努力不让自己倒下去。

每当想到这里，我就想跑上前去抱住他，像一个父亲那样抱住他，把他搂住，让他扑在我的怀里大声哭泣。

1

父亲终于来我家了。他进了院门,先视察改建后的园子,说,搞得好!看了园里种的菜,说,好!看了养的鱼,说,好!看了喂的鸡,说,好!看了种的花,说,好!看了植的桂花和紫薇,说,好!视察完毕,又环顾四周,总结一句:"搞得好!"总结完,又盯着我看了好一会儿,说:"搞得像老家官渡滩。"

陪他一同赴京的,还有我的姑姑和表哥表嫂。我们买了一台柴火灶安在院子里。黄昏来临,夕阳给园里的草树涂上柔和的金色。表哥锯柴,我劈柴,姑姑在灶膛里燃起柴火,表嫂上灶,为我们做地道的柴火锅巴饭。炊烟袅袅,饭熟菜香,亲人团坐,笑语可掬。那情景不像是亲人山长水远地来到我身边,倒像是我回到了故乡,坐在他们中间。父亲又盯着我看了好一会儿,才惆怅地说:"你把官渡滩的家搬到北京来了。那热——我怕你噻,要老得动不得了,才会回官渡滩养老哦!"

2

父亲常说,一个人无论走多远,最终都要告老还乡。他说,年轻的时候,总想朝外蹦,蹦累了,人也老了,就会被异乡厌烦,这时候,只有老家才不会嫌弃自己。他说一个人蹦不动了,就要回到老家慢条斯理地老去。这才是正道理。

父亲大辈子都在离乡与回乡之间折腾。六十岁前,他十里八乡游走,做手艺谋生。他从来不是一个脚踏实地、真心实意的农民,从没在官渡滩的土地上认认真真种过一季庄稼。除了稻谷,他对苞谷、麦子、土豆、红薯这些一律没有兴趣。他常年不在家,一年四季,只有在秋天挞谷子时节,田里才见得到他的身影。

很难说父亲到底做的什么手艺。在我们那里,相邻几个村庄,会出个把木匠、石匠、篾匠、瓦匠。这些匠人农忙之余,在附近几个村庄做手艺,既是谋生,也是乡村生活的自给自足。木匠睁只眼闭只眼弹墨线,修房造屋、打家具、合(四川方言,音gó,拼镶之意)寿方。石匠叮叮当当裁石料,砌屋基、修梯坎,刻墓碑、打水缸。篾匠"哗啦啦"剖竹篾,编晒席、凉席,织背篼、筛子、箩筐。瓦匠有两种,一种是赤足赶牛，稀里糊涂踩瓦泥，把黄泥车成瓦片，垒进瓦窑，泥瓦烧成青瓦；一种是头顶一摞青瓦，双手扶梯，爬上房顶一块一块铺叠到椽子上。村人待匠人如贵客，尊匠人为师傅，好茶好饭、好言好语。匠人为主家干活儿，也是说一不二。在我们那里，匠人的地位高于农夫。

父亲也是匠人，常年背着背篼走村串户做手艺，人见了也尊称他为王师傅，却没人说得清他到底是哪一行的师傅。作为生产队派出去搞多种经营的社员，他修柴油机、打米机、面条机，补汽油桶、柴油桶、菜油桶，一切农村用的机械他都修。修不好的也应承下来，拆了装，装了拆，鼓捣几回，这些物件居然也在他手里复活了。

方圆几十里，只有父亲一个农机修理工。他一路走，一路修，先是在铜西、小河一带行走，后来到了丁市、李溪、龚滩，再后来又过乌江到了彭水、贵州沿河、松桃，湖南花垣，湖北咸丰，走州过县，出了省。

多年以后，我在想，他一年一年在外游走，到底是谋生，还是逃遁，或者是悠游？

童年的记忆中，父亲是一个背影。他总是背着一个梁背，梁背里放着锤子、钳子、起子、扳手、螺丝刀。跟官渡滩出门人不同的是，他的梁背上还横搁着一只黄色帆布包，包里装着换洗衣服、干净布鞋，一支自来水笔、一本笔记本，还有一块干净帕袱，里面装着祖母或者母亲连夜蒸好的苞谷粑。他背着梁背下了吊脚楼,走到河边,沿着河岸一直往下走,从不回头望一眼。母亲和我们立在院坝边,目送他的背影消失在河流的拐弯处,梁背上的帆布包隐在河边的芭茅里,才默默回转身。

3

父亲常年不在家,在家里他却无处不在。小时候,我们在家听得最多的一句话就是:"等爹(我们读作diā)回来!"哥哥放牛,牛吃了庄稼,姐姐说:"等爹回来,拿扁担把你腿杆打断。"我不小心打破了茶罐,哥哥吓唬我:"等爹回来,剥你的皮!"姑姑家里有事,下山来跟祖母和母亲商量,婆媳俩一齐说:"等你大回来,由他说了算。"一个退伍军人看上了姐姐,找人上门提亲。母亲说:"女儿是我生的,教养的事呢,是她爹负责。还是等她爹回来再说吧。"

祖母和母亲为针尖儿大的事情生了罅隙,吵了架。母亲哭着说:"你儿子不在家,你就欺负我!等你儿子回来评评理!"母亲哭,我也跟着哭。祖母把我抱过去,放进梁背背到背上,又拍着手、跺着脚说:"我儿子不在家,你就欺负我!等我儿子回来评评理!"

父亲一回来，家里立刻河清海晏。姐姐把屋里屋外收拾得整整齐齐，哥哥把牛喂饱。我被洗得干干净净，乖乖坐在院坝边的石凳上。母亲忙着舂米、推豆腐，祖母笑吟吟给她打下手，殷勤得像一对母女。一家人团结一心，像招待远来的贵客。

父亲像君王一样进屋。母亲帮他从背上卸下梁背，郑重地放进堂屋一角。姐姐端上热茶。他严肃地坐在桌边，一边喝茶，一边询问家里情况种种——祖母的膝盖疼和胸口疼，二叔家的生计和家人，母亲在生产队的活路，家里的牲口。他给祖母带了治疗膝盖的土药方，给二叔带了一把草烟。

他问一句，家人答一句，像接受组织巡察问话。家人先前提到的"等你爹回来"，父亲也是三下五除二处理利落。哥哥放牛吃了队里的庄稼，他操起扁担准备下手时，母亲先落了泪，于是扁担降格为巴掌；打完哥哥，又顺手在我屁股上给了两下，算是对我打破茶罐的惩罚。祖母提起姑姑家里的事情，他不等祖母说完就表态："帮！倾家荡产也要帮！"母亲小心翼翼提起提亲的退伍军人，父亲听说过那家人，也知道那家底子薄、拖累大，他忽然怒不可遏，霍地站起来，提上刀就出门，要去砍那小伙子。

夜里，寨人也过来，围坐在我家火铺上，听父亲摆龙门阵。大家都觉得新鲜有趣。有人跟他打听异乡的人情风物，交流农事耕种的不同。有人托他在路途中打听他们的旧友、失散的亲人。有人托他给远亲带口信，还有人托父亲在异乡给他们的儿女物色对象。他常年在外,行脚宽,见识广,又有不同的格局,寨人都信任他。有人在争地界、借钱财方面起了纷争,也上门来找父亲论公理、断是非。作为见过世面且有点颜面的人,有时候,父亲也受人请托,代人与别家斡旋。父亲论事的标准就是"仁义"。"仁义"二字,在乡村社会中,比血肉亲情还重要,仅次于伦理。他话不多,但一言九鼎,寨人也深信不疑。他每次回来,家里都很热闹,笑语喧哗。母亲和姐姐忙前忙后,端茶倒水。祖母端坐在一旁,微微笑着,不说话。

他做手艺,辛苦地跑了一村又一寨,所得都交到队里,自己只挣回了工分。有时候,交了队里的,还剩下不多的一点儿零钞。深夜里,等串门的人都离去,他就抱出帆布包,打开里面一个小贴袋,掏出一只手巾帕,在灯下打开,里面是薄薄的一沓角票和分币,理得整整齐齐,对折上。他把纸币打开,用手抚平,双手递给母亲。只有在这时候,他才低调下来,郑重又羞愧的样子,像在老师面前交不出作业的学生。

4

常年在外,父亲认识了各路人马,有手艺人,牲畜贩子,供销社粮站的店员,干部,教师。他不在家的时候,那些人偶尔来到官渡，找到我家，报上父亲的名字，我的母亲和姐姐便倾出所有，供给茶饭。客人吃了饭，喝了茶，抹抹嘴，道了声"仁义"，就出了门。

这中间，有几位，跟父亲成了朋友。

有一位是黎家小学的老师，叫罗会明。父亲在家的时候，罗老师就过来，跟父亲聊天。罗老师年轻，相貌清雅，口才好，又写得一手好字，为人处事也自如且有风度。他从学校毕业后，被分配到这偏僻的地方教书。说是教师，其实跟父亲一样，同在乡村生活中，因而言谈中不免露出怀才不遇的遗憾，感觉被埋没了，也有些落寞。他在这穷乡僻壤生活几年，外貌仍然没蒙尘，保持着脱俗的气质。这是精神生活在起作用，也跟他的坚持有关。与父亲的友谊，是他沉闷单调的乡村生活里的慰藉。在偏僻的官渡滩，竟然隐藏着父亲这样一位有意思的乡民，虽然年纪比他大一轮多，又贫苦，但身上的光亮并未被蒙蔽。两人一见如故，惺惺相惜。

这两人的交往，可以说取长补短，双方都有获益。父亲年幼时上过私塾，后又在新式学堂里念到高小毕业。他略识文字，但其知识，多来自古训和经验，农事和乡村生活之外的种种，他就不甚了了，遇事全凭聪明、勇敢，以及偶尔的脑洞大开。他从罗老师那里获得许多常识、知识。他也传授给罗老师不少关于乡土人情方面的学问。哥哥和姐姐都是罗老师的学生，但在求学方面，两人都不及父亲。他像小学生一样求教罗老师，问题涉及自然、地理、生物和政治等方面的常识。以至父亲在机修中遇到一些问题，也向罗老师请教。罗老师并未接触过机械，他在思路上给父亲提出一些建议，常常让父亲豁然开朗。最后，在罗老师的影响下，父亲居然自己铸造了几件机械，虽然都以失败告终，但他不无得意地说："那热——如果把我搞进农机厂，我就不相信搞不出个机器来。"

黎家村小离官渡滩七八里路。父亲一回来，就带信请罗老师下来。两人坐在院坝聊天，声音不大，甚至是静静的，但推心置腹。后来，罗老师调到县中，离官渡滩远了，每到寒暑假，他坐班车来我家，住一两天。他跟我的哥哥也成了手足，跟我们家一直保持着细水长流的友谊。

父亲的另一位朋友彭德江，是铜西公社的党委书记，十分豪迈、粗犷，嗓门大，讲起话来也都海阔天空。他来我家，就像进驻一个民兵连那么热闹。他站在院坝中央，左手叉腰，右手在空气中豪迈一挥，宣布"要组织民兵端步枪把美帝的飞机打几架下来"，嗓门之大，河对门（我们那里称河对岸为"河对门"）的人都听得到。他讲起话来滔滔不绝，无论说什么，都把铜西公社作为出发点，且都要扯到酉阳县，再由县扯到省，再扯到国内国际形势，大洲大洋的，大半个地球都被他概括下来。哥哥悄悄叫他"彭大炮"，一见他从河边走上来，就笑嘻嘻地说："彭大炮来了！"我们都很高兴彭书记来我家。他一来，父亲一门心思听他天花乱坠讲形势，竟忘记了责骂、鞭笞我们。他听着彭大炮高谈阔论，慢慢给大炮斟茶，十分陶醉的样子。最后，是父亲一句"那热——再远的国家，都要种苞谷，都要吃晚饭喂——"扯回眼前农家院坝的小方桌来。这时候，母亲和姐姐做好饭菜，恭敬地端上桌。

彭大炮能说，也能干，做起工作来，也是霹雳火闪，阵仗大，干脆又利落。困难处，也懂得许多谋略。有时候遇到棘手的地方，需要有人先站出来表态，或者带头，他就先跟父亲商量，让父亲做那个托儿。父亲掂量一下，事情确实有益无害，就站出来，说："我王祥胜说行。你们呢，就看着办吧，不勉强。"大家一看父亲都说行，那就行。有时候彭同志下来做工作，落实上面的政策。那些政策呢，讲起来天花乱坠，有心人一听，就发现明显不靠谱。父亲就一声不响。彭同志心里也有数，就找另外的托儿了。

这是一对动静相宜的朋友。对父亲来说，他们的友谊始于彭书记把黄色帆布包送给父亲的时候。有一次，彭同志对父亲说："你是个角色。可惜一辈子陷在农村。如果有机会出去工作，不比我这个公社党委书记弱。"父亲听了大为感动。从此，他对彭同志怀着一种别样的知遇之情。

还有一位，跟父亲亦亲亦友，同时也算得上是父亲的导师。他是我外公的堂弟，名字叫樊平。我的母亲叫他三叔，我们叫三外公。三外公很早就出去工作，在县刻字组雕刻印章、标牌、匾额。那时候是手工雕刻，他的书法和篆刻都非常好，后来做了县刻字组组长。

三外公个子很高，瘦削，浓眉大眼，轮廓粗重得像刀刻的似的。他幼时上过私塾，后又在官渡老爷家教授过蒙童，国学功底深厚，满腹诗书，又懂经易，通阴阳。我们那一带，民风淳朴，百姓崇文，也尚武。三外公青年时期一度成为练家子。因为练拳脚的缘故，他又识得一些草药，除了用于活血化瘀、止疼消肿、强筋骨，他还用几种草药和蜈蚣、蛇蝎混着泡酒，常年饮用。

三外公算得上文武双全，在县城河街半爿歪歪斜斜的木板房里，穿着蓝色中山服工装，套着黑色袖笼，系着同样黑色的围腰，常年握着毛笔刻刀，埋首书写雕刻。他的英武几乎不外露，眼神也温静平和，浑身上下看不出一点锋芒。你会以为他就是一个手工艺人，身无长物。可就是这样一个人，他的书法和雕功，在小城无人能出其右。刻印章，无论是公章还是私章，都先用小号狼毫在章料上写上章文。那字，有楷体，有魏碑，有隶书，有小篆，有甲骨文。有时候，他还自创字体。雕刻印章的人，多把印文写在纸上，趁着墨迹未干，先拓印在章料上，再沿着拓片镂刻。三外公减免了这道程序，直接拿小号狼毫，把印文写在章料上。这就要求印文得反写。这是另一种书法。既要写得准确，端正，又要漂亮。这是很难的一种书写，光会写字是不够的。

至于标牌、匾额，那是真正的书法，书体又多为隶书、楷书、大小篆，有时候也有草书。三外公为顾客自撰诗书，书写信手挥笔，洋洋洒洒，雕刻却精到自如，行云流水。

这些不凡的技艺与才华，让他声名在外。刻字组的生意，又多是公家单位，顾客们拿着盖了鲜红印章的单位介绍信，来到刻字组木板房前，从窗户把介绍信递进去，点名要求让三外公刻写。

城里也有不多的一些人知道，三外公除了雕刻和书写方面的才华，另外还身怀绝技。前面我们说过，三外公早年上私塾，懂经易。不知道他怎么就习得另外方面的技能。他会观风水、看地，包括阳宅、阴宅，以及路桥和庙门。通阴阳，能推算出一个人的前生和后世。城里就有些权贵和望族暗地里与他结交，请他帮忙处理预测、占卜、算命、测前程、卜吉凶一些不能在台面上做的事情，还有看期辰、算命、踏地。这些人家有老人去世，则会请他上门主宰道场。

我的外公去世早，我的父母就把这位三外公当作父亲，对他十分尊敬、十分信赖。三外公住在县城河街一间矮旧的木板房里，那是刻字组的宿舍。父亲经常去看望他老人家，两人坐在简陋的木板房里，一边喝着自家泡的药酒，一边说话。每到年节和三外公的生日，父亲都会去城里拜年、敬贺，所持礼节和虔敬，与亲生父亲无二。父亲遇事理不清思路的时候，或者愁闷的时候，就恭敬地去请教他。

有时候父亲也带我去。三外公有个孙女比我小几岁，在县城上学。县城的人家都用高火桶取暖。那个小姑娘坐在火桶里看电视剧《霍元甲》,腿上搭着花棉被。片头曲响起的时候,她转过头来,着急地叫我:"快,要开始了!坐进来呀!"她眼睛又黑又亮,着急起来,也是笑眯眯的,嘴角边漾起两个可爱的梨涡。我站在父亲身边,赤脚穿着旧解放鞋,脚跟裂了口。我很想去火桶里烤脚,跟那姑娘一起看《霍元甲》,又不好意思在她面前露出裂了口的脚。

5

冬天里,母亲带我们姐弟仨到十里开外的山尖山上,砍阳雀树剥皮卖。下山时天黑了,我们又冷又饿,冷风吹来,我直打哆嗦。我们把树捆停在棬子树下歇气。母亲叹了口气,问姐姐:"王珍,你说,这日子是这样一直过下去呢,还是有一天会好起来?"

姐姐又冷又累又饿,疲惫不堪。她还是振作起精神说:"会好起来的,妈。"想了想,姐姐又说:"要是爹回来就好了。"

没过多久,父亲真的回来了。上面收紧了多种经营,农村各种经济活动都被禁止。父亲不能出门做手艺了。这本来是当时的政策,但一家人都认为父亲挨了整,忿忿不平。父亲也很颓唐。但是他终于在家留了下来，我们每个人都很高兴。

父亲跟我们姐弟仨上山尖山砍阳雀树。天黑时，他背着小捆阳雀树跟在我们后面，摇摇晃晃上了院坝。我的祖母跌跌撞撞奔出来，帮他从肩上卸下背篓，大声哭泣。她说她没想到儿子会落到这步田地，他可是一辈子都没这么下力受苦。我的姐姐帮我和哥哥卸下背篓，个个都累得说不出话来。祖母她老人家却从未因此流过一滴泪。

于是，父亲连阳雀树也不砍了。

父亲解放前读到高小毕业，文化不算高，但应付乡村生活还是够了。他赖以为生的手艺是修机器，在修造方面也是脑洞大开。困在家里，他跟徒弟张绍荣（父亲居然在行艺途中招收了一位徒弟。他赋闲的时候，这位徒弟经常来家看他，一生忠诚地追随他）在小河铁器社偷偷用铸铁铸了一台爆米花机。那台机器机身圆润，饱满光滑，像模像样。他跟徒弟背着机器到了一个叫哨慰的寨子，把机器架在寨子中央的晒坝上，徒弟从寨子村民家要来柴火，在炉子里燃起，师徒二人就在村人的围观下，炒起了苞谷泡。父亲握着机器摇柄，不紧不慢地一圈一圈转，极其严肃认真，极其胸有成竹。他的徒弟握着吹火筒，朝炉子一个劲儿地吹。可能是气压阀精密度不够，第一罐炒了很久，父亲站起身来，把机器竖起，先威严地环顾四周，才庄严地拔出阀门，结果机器哑了，倒出来的苞谷没爆，又炒糊了。炒第二罐的时候，就低调了，小心翼翼的。但还没到火候，机器又先爆了，现场一片狼藉，可以说灰飞烟灭。父亲跟徒弟灰头土脸，抬着机器（毕竟是几十斤的铸铁，有用）仓皇逃离了哨慰。

公社有个裁缝，只有一台缝纫机，没有锁边机。裁缝做出的衣服，时间久了，就虚了边儿。父亲就去裁缝铺，先是向裁缝抱怨，接着提出做一台锁边机，先送给裁缝试用，如果好用呢，以后就按价值付点钱。裁缝以为他开玩笑，笑笑，也没在意。谁知道他果真做了一台锁边机。这台机器，比爆米花机精密得多。也不知道哪里没校准，总之，送到裁缝铺，锁出的边儿，有的针脚长，有的针脚短，有时候还卡线，这事儿也就放下了。父亲又让徒弟把锁边机背了回来。

6

制造方面的失败，让父亲终于有了平常心。

寨子的水井，在我家屋后的半坡。寨人汲水，都是背着椊桶，爬到半山坡，用葫芦瓢舀了装满椊桶，一路泼洒着背回家。父亲从不帮家里背水、挑水，困在家里，他开始了对背水这事的琢磨。他对哥哥和我说："水有脚，只是差条路。"他带着我和哥哥砍了二十几根楠竹，碗口粗，打通关节，一根接一根，从井口直通到我家院坝的桃树下。参与这项工程让我和哥哥都很兴奋。通水时刻，父亲让我趴在地上听水从竹筒流过的声音。流水从我的耳畔滑过，簌簌地向前跑了。我跳起来，要跟水赛跑。我和哥哥顺着竹筒的路线朝山下飞奔，边跑边欢快地喊叫。等我们跑到院坝，清清的泉水已从竹筒口哗哗淌进水桶。母亲立在水桶旁。桃树枝繁叶茂，阳光透过枝叶洒在她的身上，我的母亲和流水都有好看的光斑。父亲慢条斯理地从山上下来，肩上扛着锄头，手里握着砍刀、铁棍，像巡山归来的大王。

竹筒引水，被寨人称为手工自来水。那是我们村最早的自来水。清清的泉水日夜汩汩流淌。寨人都来我家接水背水，像在水井背水一样自然。

父亲再接再厉，又打造了一座碾坊，靠水车带动。远近村人碾米磨面，就来到河边，自己把谷麦倒进碾槽，抽出闸板，碾子就咕噜噜转起来。碾好了米面，交上一二毛工费。若哪家一时短缺，就从碾好的米面里舀一碗作为工钱。谷子少，碾坊生意聊胜于无。父亲也淡然了。

说起这碾坊，还有一件趣事。

有一天，父亲在家里，听到碾坊有人喊："救命啦！碾坊水车卷死人啦！"

父亲站起身就往河边跑，边跑边喊。听到的人从屋里出来，乱哄哄朝河边跑。父亲跑到水车边，见水车的叶片底下趴了个半大孩子。他抢先拉下了拦水闸,停了水车。父亲吆喝几个人抬起水车,他跳进水里,把那孩子捞起来,托上岸,有人接过,放在河边的坡上。那是个十来岁的孩子,肚子胀得老高,已经没气了。这时有人要去找席子来裹孩子,又有人说认得这孩子,是岩门底道班罗某某的儿子。就有人要去岩门底报信,现场乱糟糟的。父亲不甘心。他把那孩子放在斜坡上,脚朝上,头朝下,马上有水从孩子的口里、鼻孔里冒出来。父亲又使劲儿按压孩子鼓胀的肚皮排水,等水排净,孩子小小的胸膛微微起伏,鼻翼微翕。父亲一拍大腿,大叫道:"那热——你狗日的娃儿福大命大!"大家惊喜之余,对父亲大为佩服,又怪自己,都是生在水边的人,怎么就长了一副死脑筋呢?还是祥胜强,强就强在行脚宽,见多识广,脑子灵光。大家七嘴八舌,觉得万事大吉,话越说越散,不着边际。只有父亲急,背上小孩儿就朝小岗医院跑。几个人跟在后面。父亲一边跑一边叫孩子说话。那孩子软耷耷的趴在父亲背上,不能应声了。

奔到医院,父亲把孩子背到医生面前。医生急,喊先交钱!先交钱!父亲也急,喊救命,钱不要管!最后,还是他先交了钱,守在孩子病床边,直到孩子的父亲从岩门底急急赶来,父亲才撤回家。

这事就这样过去了,父亲也不以为意。直到有一天,一个人——孩子掉进碾坊时大呼救命的人——拿了一张报纸上门来,一边朝父亲挥舞,一边大声嚷嚷,说父亲上报了,父亲是救人英雄。父亲也很惊奇,他不过是尽了水边人的本分,怎么就成英雄了?那报纸是西阳报,文章只有豆腐干那么大,又在报屁股那里,但言之凿凿,写得十分高大上。父亲读了很受用,就想把报纸贴在门板上。想了想,又不好意思,就小心翼翼地把报纸叠好,放进他的黄色帆布包的夹层里。父亲心花怒放好一会儿:"看过的报纸堆起有人高,读的都是别个的事。那热——这回终于读到我个人了。"

7

一个羊贩子赶着羊群路过官渡滩。父亲请他进屋歇脚,吃饭。羊贩子酒足饭饱,赶着羊群离开,父亲决定开始贩羊。

他借了本钱,去百里开外的沿岩乡农户家收羊子,再赶到丁家湾牲畜市场卖。那年我十岁,家里的羊子都是我在放,父亲认为我可以做他的帮手,就带着我上了路。那是我第一次跟父亲同行,我很兴奋,母亲也很高兴,说父亲在路上终于有人照顾了。她蒸了一锅苞谷粑,放进父亲的梁背里,让我们在路上做干粮。父亲背着梁背,梁背上横着那只黄色帆布包,出了门。

我们从官渡滩出发，沿着酉龚公路去沿岩。快到龚滩时，我们走上了著名的龚滩大桥。阿蓬江从大峡谷奔流下来，在桥下汇入乌江，发出轰隆的巨响。父亲指着滔滔江水，对我说："去年这段时间，一架大班车从这桥上落了江……满满一车人，四十六条命呐……一个都没剩。"他让我趴在护栏边，指给我看班车坠岩的地方。江水滔滔，在桥下卷起巨大的暗绿色旋涡，让人莫名感到恐怖。

过了桥，穿过一条长长的隧道，就进了龚滩古镇。路过税务所时，父亲在我耳边悄悄地、然而又是忿忿地说："一只羊卖二十来块钱，税务还要抽一块税金，我们还剩么子！"走过税务所，他回过头看了看那栋白色的小楼，悄悄对我说："那热——他税务所有想法，我也有办法。"我问啥子办法？他在我耳朵边悄悄地说："半夜的，趁他们睡瞌睡，我们赶羊子过路。"我想这也是好主意。

我们在沿岩乡农户家收羊，东家两只、西家一只，收购了三十多只山羊。午后，赶着羊群上了路。一只公羊又高又壮，父亲在它项圈上挂了只铃铛，让它做领头羊，威风凛凛地走在队伍前头，三十几只羊子腆着肚子听话地跟在后面。父亲背着背篼在后面压阵。我拿着鞭子跑前跑后吆喝着，维持秩序。

快到龚滩时，太阳偏了西。父亲"吁——"的一声喝住羊群，就地稍息。我把羊赶到路边刚收割后的苞谷地里让羊吃草。父亲跟我也胡乱吃了几块苞谷粑垫肚子。等人畜都吃饱，太阳滑到山后，月亮从东山升起来了。我把羊赶拢，在月光下打堆，静静的。我跟父亲坐在岩石上休息。乌江的涛声太好听了，月光也很软，白银似的洒了一地。没过一会儿，我就睡着了。

零点时分，父亲叫醒我。他摘下头羊脖子上的铃铛，放进帆布包。借着月光，我们的队伍进了龚滩街。月明风清，黄桷兰的香气在夜里窜出来，馥郁醉人。古老的镇子枕着涛声，安睡在溶溶月色里，没有一个人舍得从甜梦里醒过来。群羊走得格外斯文、格外温顺，羊蹄踩在月亮地里，像细雨落进秧田，发出"沙沙"的声音。涛声和月色把一切都掩护了，放任一个少年和他的父亲赶着羊群路过午夜的龚滩。少年为这一切所惑，在行走中又睡了过去。

我是被一阵冷风激醒的，醒来时打了个寒战。我发现已经来到龚滩大桥上，背脊骨莫名地冷飕飕的。我回头望龚滩，龚滩已经被我们留在山的那一边了。我抬头看月亮，月亮还在，高高地挂在两山间，又亮又白。龚滩大桥横跨两山之间，阿蓬江从大峡谷一路吼着奔腾而来，在桥下扑进乌江。江风呼啸，江水怒号。天高月亮远，两岸绝壁千仞，脚下是无尽深渊。那一刻，人像到了绝境。我想起父亲告诉我的翻车坠江的不幸者，那四十几个不幸者的灵魂会不会借着半夜的月光，浮出江面，爬上岸来，求过路的人带他们回家？想到这里，我的心抽紧了，不禁失声叫道："爹！"

父亲大声应了我。他跑过来，把我拢在他的臂下，拢着我趔入羊群。我们的左边是羊，右边是羊，前边是羊，后边也是羊。父亲拥着我，羊群护卫着我们，父亲朝头羊大声喊话，声音像唱歌一样拖得又高又长："领头的伙计啊——你把队伍带好起！那热——，到了丁家湾那个廊场，我给你找户好人家！顿顿青草，不挨刀，不挨棒！"头羊得到鼓励，走得更起劲儿了，摆得铃铛叮叮当当地响。父亲虚张声势地吆喝着羊群，鞭子在月光下甩得"啪啪"响。羊们腼着肚子，认认真真赶路。羊多势众，羊群走在沙石马路上，发出磅礴的蹄声，就像一支队伍浩浩荡荡地开拔。父亲与我勾肩搭背，我们跟这群温顺的牲灵，在半夜的月光下，并肩同行，相互依赖，像患难兄弟。

父亲一边吆喝着羊群，一边跟我大声说着话，他说："那热——"他声音很大，语气夸张，听得出是在给我壮胆，"这回搞倒着了喂，省了三十几块税钱呢！"

我往他胸前靠了靠，又叫声："爹！"回应他："那热——这回是搞倒着了喂！"

父亲大声问："那热——你看这队伍，像不像你们学校跑操喂？"

我忍不住笑起来。你莫说，还真像。我开玩笑："那热——你就是体育老师，领头那只黑骟羊就是体育委员喂！"

父亲大声说:"那热——等这趟羊吆到丁家湾,赚了钱,给你买双白网鞋。在学校跑操的时候,你就行势了喂!"

我大声应道:"那热——要得喂!"

队伍过了桥,顺着盘山公路爬到半山,见马路边有了房屋,有狗叫的声音。父亲大声说:"那热——王伟!离丁家湾不远了喂!"他"吁——"的一声喝住羊群,一把就把我抱在怀里。

那是我与父亲几十年的相处中,十分难得的温情时刻。

多年后,父亲提起那次赶羊。他说,当时他也很害怕。之前他就听说过,有好多人夜里经过龚滩大桥,都丢了魂。但那天半夜,他的小儿子在身边,他不能闪劲。那次回家后,他对母亲说,他曾经想把我培养成为一个羊贩子。那次龚滩之行后,他放弃了这个计划。他说,这么细的娃儿,该做的事情只有读书。哪怕遭税务所捉到,遭黑夜里的鬼魂捉到,都是他的命。他认了,但不会拖上自己的儿子。

父亲贩了好几趟羊,没赚到什么钱,不过也没亏本。恰好打击投机倒把的风声紧了,父亲及时收了手。其时,我的姑父正从沿河沙子搞桐油到小河卖,收手慢了一步,被定为投机倒把罪,判了三年刑。父亲为自己的明智感到庆幸,同时,又为姑父的不幸唏嘘不已。

好在没过多久,政策又变了回来,农村多种经营又放开了。父亲的朋友彭同志是铜西乡党委书记,又专门下令,让大队安排父亲继续搞多种经营。于是，父亲背上梁背，梁背里悉数收着锤子、钳子、起子、扳手、螺丝刀，梁背上横搁着那只浅黄色帆布包，正儿八经地出了门。

8

前面说过，父亲在行艺途中，招收了一位徒弟，叫张绍荣，是黔江黑溪人。绍荣大哥一生忠诚地追随他。

我的外公活着的时候是小河铁器社的工人，铁器社是对那个单位的规范称呼，其实就是铁匠铺。外公就是铁匠。乡村铁匠铺，就是把生铁放进炉子里烧红，再抡着锤锻打成锄头、镰刀、铧犁。铁匠要的就是力气大。但外公不是一般的铁匠，他是铁器工人，他聪明、灵巧、爱钻研。父亲修理机器常遇到一些麻烦，就悄悄去外公的铁匠铺，翁婿合作，研究制造出一些专门的修理工具，两人给这些工具命了名。譬如耙尺，一种校准的工具。譬如桌虎钳，一种钳子，体型庞大，有三十多斤。那些机器奇奇怪怪，翁婿两人对这些机器的命名也奇奇怪怪，对父亲的修理却有如神助。

师徒二人在乡间行艺谋生，父亲背着梁背，埋着头在前面走。绍荣大哥个子矮，背着大背篼，背篼放着桌虎钳，紧跟在父亲身后。走到一处,屡屡被当地干部以"企图复辟资本主义"为由驱赶,有几次甚至没收背篼。父亲能说会道,火气也大。干部恶,他也凶,往往干部被怼得哑口无言,火气更大,坐地猫哪有给行山虎认输的道理?双方僵持不下,就要动人。绍荣大哥很聪明,为人巧妙,能察言观色,在县里也有些人脉。关键时刻他在中间斡旋,说了话,软硬都有。最后,当地干部还了背篼,放了人。师徒二人往下一地赶。父亲性子倔,一路走一路怒气冲冲的。他说,出门在外的人,底子薄,腰板就得硬。不带点火气,路根本走不通。

然而父亲对亲人却很温慈。舅舅在板桥小学教书,家里表兄弟表姐妹有六个,靠舅妈一个人上坡劳动挣工分分粮食。舅舅微薄的薪水,全用来年终补了口粮款。日子太难,舅舅就想跟着父亲出门修机器。父母都反对,舅妈也不准。舅妈说舅舅的手是拿书本、捏粉笔的。一个教书先生背个背篼、提个钳子扳手,满手油污做手艺,像什么样子?舅舅嘴里答应舅妈,心里却不以为然。日子都快熬不下去了,还摆什么样子?有一年夏至,学校放了农忙假。舅舅没回家,悄悄出门寻我的父亲。

那段时间,父亲跟他的徒弟绍荣大哥从西阳黑水、大涵,到黔江濯水、冯家一带,修理机器。那段时间麦子快黄了,正在地头等着收割。面条机没麦子吃,都静静地闲在面坊。他们两个走了一村又一村,十有八九都扑空。两人饥饿的时候,就找人买几个洋芋烤熟了吃。

舅舅沿着父亲走的路线,每到一地,就听说父亲离开了,到了下一个村寨。等他急匆匆地赶到下一个村寨,父亲又到了再下一个村寨。

有天后晌午,父亲跟绍荣大哥到了五里乡枷担湾,终于遇到一桩修面条机的生意。那时候,绍荣大哥的修理技术已经成熟,他又爱琢磨,心细。父亲看了看机器,检查了故障,就让绍荣大哥一个人修理,自己出了面坊,坐在路边的大石头上卷草烟吃。这时候,山脚下有个人埋着头,躬着身子急匆匆往上走。那人走近,父亲才认出是舅舅。两人辛苦地在途中相遇,又惊又喜。舅舅斯文,又没吃过苦,连着赶了三天路,又饥又乏,已经累得不成样子了。父亲长叹一声道,既然你这么坚持,那就一起做手艺吧。不过,他声称,农忙假一结束,舅舅必须回学校上课。

舅舅的加入给父亲和绍荣大哥带来了好运。三人出了五里乡,到了马喇湖,生意一桩接一桩。舅舅聪明,积极又热情地参与修理,效率也高了很多。接下来的几天里,三人一路走,一路修。舅舅和绍荣大哥两个人围着机器忙碌,父亲乐得坐在一旁吃烟。一路下来,修了十多部机器,挣了二十多块钱。那其中,有家面坊没工钱付,就砍了一根碗口粗的楠竹抵工钱。父亲把那一路挣的钱都给了舅舅,连同那根楠竹。他跟绍荣大哥目送舅舅扛着丈多长的楠竹,散悠散悠去马喇湖场上赶班车回酉阳,师徒二人又上了路。

1978年,绍荣大哥出师。父亲把他的桌虎钳和耙尺赠送给他。在沿河乌江渡口,师徒二人拱手道别,不禁泪水潸然。绍荣大哥上了船,沿乌江而上,经思南、德江,最后到了赤水河一带。

绍荣大哥技艺高超。他修机器居然修到了茅台酒厂,修好了酒厂的冷却器。他会说话,跟酒厂的人熟了,就以十一块八毛一瓶的价格,买下两瓶茅台酒。春节前,他带着两瓶茅台来官渡滩给父母拜年。父亲十分得意。大年三十,他开了一瓶,一闻,先陶醉了。一陶醉,就激动,左手拿酒,右手拿杯,满寨子挨家挨户地走,无论男女老少,都请喝一口茅台酒。

9

有时候父亲外出回来,会绕道去彭同志那里坐坐,喝杯茶,梁背里会带回些东西,几本旧书,一摞过期报纸,几张画报。那是彭同志送给他的。乡间的人敬惜字纸,连一张破纸片儿都叠得整整齐齐。然而连这些都没得多余的。我家却有一摞一摞的旧书报。母亲和姐姐把报纸用来糊板壁。新糊的板壁温暖宁静,四面都是铅字,让我的家与村里的宅屋不同。每晚上床，我侧过头去，就能看到报纸上的一段文字，写的是挖荠菜：

> 我独自一人游荡在田野里。太阳落山了，琥珀色的晚霞渐渐地从天边退去。远处，庙里的钟声在薄幕中响起来。羊儿咩咩地叫着，由放羊的孩子赶着回圈了；乌鸦也呱呱地叫着回巢去了。夜色越来越浓了，村落啦，树林子啦，坑洼啦，沟渠啦，好像一下子全都掉进了神秘的沉寂里。我听见妈妈在村口焦急地呼唤着我的名字……

那段文字不同于以往我读到的任何一篇课文，它很美，缓慢、从容，有一种蜜糖色的柔软忧愁。我一字一句地读，连同标点符号都背熟。多年以后，我才知道，那篇文章的作者是张洁女士，是位大作家。我很感谢她。她那篇文章启蒙了我。

有一次，父亲回家，梁背里背着一台没了声的收音机。那也是彭同志顺手送给他的。他如获至宝。他把那破玩意儿小心翼翼抱出来，打开收音机的背板，见里面线线索索、藤藤网网一团乱麻。那一次，父亲一连五六天都不出门，把那破肚子里的线索捋了一遍，一一理顺熨帖，又捏住线头，一个一个地戳在焊点上试运气，直到触到某个焊点，忽然响起一声鸡鸣。他吓得手一抖，扔了线头，忽又明白过来："对路了！"他把线头稳稳按住，等匣子里的鸡叫完，又有人叽里呱啦说话，叽里哇啦唱歌，他才舒了一口气，用铁勺熔了一块锡，把线头焊牢。收音机就算修好了。

这台收音机的复活是官渡滩的一件大事。它让官渡跟世界近了。每天傍晚，寨里的人吃过饭，就聚到我家来，坐在院坝里，听收音机。父亲像一个大权在握的人，端坐在收音机旁边，严肃郑重地转动着波段和音量旋钮，当收音机里传出新的声音，他就朝人群庄严地扫一眼，然后停下手，又优越又威风。

修好的收音机像患了咳喘病的老人，哼哼哧哧的，时响时停，歹的时候多于好的时候。父亲喜欢听"洪湖水浪打浪"那首歌，常常是唱完上半句，下半句"太阳一出"就憋在匣肚子里，出不来。父亲气得直跺脚。风云雷电天晴落雨又影响信号。父亲先是耐心地把天线杆抽出来，拉长，又缩短，推进去。还是不灵，就抱着收音机到院坝边上，转过来转过去找信号，也找不准，父亲就泄了气。后来，父亲干脆把收音机关了，罩了块红布，放在桌子上，跟一尊毛主席石膏像排在一起。

吊脚楼厢房的房梁上挂了一只黑色喇叭。每天早晨和黄昏，喇叭里准时响起《东方红》。由李有源先生作词、李焕之先生作曲的合唱曲《东方红》，可能是我这一生听得最多的歌曲，也可能是我们那一代人听得最多的歌曲。歌曲一共有四段,先是雄壮的男声,排山倒海。第二段,换成女声,阳光般明亮轻快,也有几分妩媚。到了第三段,又换回男声。到了第四段,男女生合唱,速度慢了一半,又高了两度,也更宽阔,像是大河浩浩汤汤流进海洋,开阔磅礴。这是真正的诵唱,有一种伟大的力量。童年听《东方红》,它的结构和节奏,以及中间的起承转合、情感变化,对我影响很深。多年以后,当我偶尔拿起笔写一点文字,脑子里先想到的是童年广播里播放的《东方红》。它在谋篇布局和节奏营构方面,给了我许多启示。

父亲对喇叭却有些不以为然。他说那东西只会张开大嘴巴讲大话。要是能在寨子跟寨子间传话带信就好了,"那热——我走到哪个寨子,对着喇叭说话,你们在屋头就听得见喂"。

厢房的板壁上,贴着芭蕾舞《红色娘子军》的剧照,一排姑娘踮起一只脚尖,另一条腿高高抬起,举着篮子,身子前倾,要把满篮的菠萝献给红军。夏天的午后,家里到处堆满了洋芋。我躺在洋芋堆上,看着板壁上的《红色娘子军》。黑色喇叭挂在房梁上。我不知道父亲这时候到了哪一个寨子,我很想从喇叭里听到他从另一个地方传来的问话。可是那大喇叭张着大嘴巴,一声不响。

10

族里有人要出卖老屋,父亲有意买下,却不声张,先去城里接三外公来。三外公观了罗盘,测了年辰,说屋基好,房子好,但要再过两年才能入住,住进去人财两旺。房子是1979年买下的,1982年正月初八,我们才搬新家。是三外公看的吉日。进屋那天,堂屋里盘着一条老蛇。父亲吃惊不小,却不声张,只恭敬地请走了老蛇。父亲请教三外公。三外公笑着说:"那是先祖过来封箴祝福呢,大吉。"

搬家是我们家的大事。入住新家没多久,就是1982年的春天,我家的转机就到了。

父亲作为长期搞副业的手艺人,被公社派到四川德阳学习补铁桶。之所以能去培训,得益于彭书记的暗中关照。全省几十名补桶匠聚在德阳一家工厂集中学习。省上请了几个专家教授,又是理论又是实操,还现场进行了考试。几十名补桶匠学成归去,补的桶个个漏油。不知道是因为补铁桶的材料,还是气候和小环境的因素,总之失败的补桶匠们都认为专家在关键处留了一手有问题,怕教会了徒弟,跟他们抢生意。

父亲一声不响。他琢磨很久,确认环氧树脂胶、三聚氰胺这些材料没问题，他猜测是酉阳跟四川德阳的气候温差，导致铁桶的温度不同，这就要求补桶材料的熔点和凝点也应不同。父亲反复试验，终于成功了。

补桶成功是我们家的福音。父亲秘密掌握着这门绝技，绝口不告诉旁人。那时候，土地联产承包责任制已经实施，好时代已经到来。百业复兴，生产生活发生了巨大变化，落在乡村，各种铁桶的需求量大增：供销社的柴油桶、煤油桶、桐油桶，加油站的汽油桶，粮站的菜油桶，豆腐店的浆桶，还有水桶。无论县城，还是小镇，到处都是铁桶，铁桶供不应求。桶不胜劳苦，有大量的桶需要修补。方圆几百里，父亲是技术最成熟的补桶匠。直到这时候，父亲才有了明确的专业称号——补桶匠。这时候，补桶挣钱，挣多少得多少，不用交给生产队了。

父亲出门，十里八乡去补桶子。他仍然背着梁背，梁背里已经不再装锤子、钳子、起子、扳手、螺丝刀这些东西了，换成一桶环氧树脂胶，一桶三聚氰胺，一台鼓风机，一只炉子，一只油碟子。循着先前修农机走过的路线，十里八乡，踏上了专业补桶的征程。梁背上仍然横搁着那只黄色帆布包，仍然穿得周五正王出门。那一年他四十五岁，黄色帆布包洗得泛了白，衣服上也没有了补丁。

父亲回家，满手油污，脸上油污，头发里沾了油污，头发一绺一绺，油嘎嘎的。他回来，身上混合着煤油、柴油、菜籽油、桐油，各种各样的油味混在一起，姐姐平素晕车，闻到这气味，就呕吐了。

父亲来不及洗手，先从帆布包里掏出旧手绢包，打开手绢，里面放着一沓又一沓崭新的伍圆券、贰圆券，用橡皮筋扎着。我们从来没见过那么多钱，都惊呆了。

11

舅舅让表哥樊鹰跟着父亲出门学习补桶。既是亲戚，又是徒弟，表哥的背篼里背着鼓风机和炉子，两人一路走一路找生意。他们到黔江、彭水、石柱，贵州沿河、松桃，湖北咸丰、来凤，湖南龙山、花垣、保靖。每到一处，表哥樊鹰就取出炉子和鼓风机，生好火，手摇鼓风机把火吹旺。父亲慢慢地从背篼里取出铁油碟，架在炉子上。他从背篼里取出环氧树脂胶和三聚氰胺，倒在油碟里，拿个小调羹一边搅动，一边大声指挥表哥加快摇动鼓风机。待环氧树脂胶和三聚氰胺熔化，父亲又拿出一小桶铁粉，舀一勺倒进熬好的胶里，调匀。熬胶的火候、时间，跟空气的温度和湿度也有关系，全凭他的感觉来把握。这时候，父亲的神色十分严肃、郑重，像是做一件大事情。他动作麻利，把熬好的热胶飞快地用一只小铁瓢舀起倒在漏眼上,"啪"的一声拍平。那"啪"的一声响,特别的果断,特别的庄严,特别的郑重。

父亲技术好、材料好,他补的桶,补疤又小又平,低调得很,不下细就看不出来,用三五年都不漏。这就使他名声在外。补桶按补疤个数算钱。有一次,一个好心人跟他开玩笑说,没破的地方,用烁子烁个眼,再补上,谁知道?父亲当时脸就一黑,训斥那人:"桶不漏,我看你是心漏了。出门人,拿钱做艺,靠的是手实、眼实、心实。想在地面上走长路,心漏个细丝丝儿,都走不远。"

那人被父亲抢白一顿,没趣地走了。

相对之前修理机器,补桶的待遇也提升了。食宿不用找农家,吃饭在镇街饭馆,歇脚就在旅社。

劳累一天,父亲跟表哥满身油污走进饭馆。柜台后卖牌子的服务员姑娘撇撇嘴,把牌子朝柜台上一扔,就低下头织毛衣,看也不看两位顾客一眼,爱搭不理。表哥就要上前跟那姑娘论理,父亲用眼神制止了表哥。他不慌不忙地在桌前坐下,大声喊表哥找姑娘点菜,他喊了肉丝又喊猪肝,喊了腰花又喊肥肠,再加鸡蛋豆腐青菜萝卜,两个人点了满满一桌菜。在姑娘和厨师诧异的眼神下,父亲一个劲儿朝表哥碗里夹菜,又大声说自己顿顿好酒好肉,吃腻了,只拣些青菜、萝卜吃。

不知道店里的人是被这两位"土豪"打动了,还是被父亲的尊严和苦心打动了,他们对师徒二人的态度和善了。那以后，父亲跟表哥一进店门，那姑娘就从柜台后抬起头来，跟父亲和表哥打招呼，笑着说："吃多少点多少，点多了花钱不说，还浪费。"父亲却不露声色。灶上的大师傅也大气了，声称可以免费给二人添加白菜豆腐汤。

父亲带着表哥那一路补桶，挣了钱，给表哥发了工资，又给他买了一件的确良衬衫。两人衣锦还乡，表哥把钱交给了舅妈。父亲张扬，要先让家里变个样。他买了几桶桐油，在院坝里升起炉子熬炼，给房子的外壁上了一遍桐油。新油过的家里一大股桐油味。母亲和姐姐被熏得呕吐不止，父亲却不以为意。父亲坐在桂花树下的小竹椅上，微闭双眼，嘴里哼着"洪湖水浪打浪"，手拿一把纸折扇，在腿上有一搭没一搭地打着拍子。

有了父亲和他的环氧树脂胶、三聚氰胺，一家人底气足了，更加雄心勃勃。母亲想给姐姐置办缎子被面嫁妆。姐姐想要一件的确良衬衫。哥哥想买张船票去重庆，找曾经在官渡滩插队的知青。我则想要一双袜子，穿上后把脚跟上的裂口捂愈合，好去城里三外公家跟他的孙女偎在火桶里看《霍元甲》。

父亲越走越远，交给母亲的钱越来越多。家里的楠竹水管换成了胶水管，加装了水龙头。父亲爱听歌。从前的破收音机和广播都满足不了他对音乐的渴求。他给家里买了第一件家当——一台三洋牌手摇式电唱机。我被赋予摇柄的特权。

每天早晨起来,我先呼哧呼哧摇满,"洪湖水浪打浪"的歌声就在官渡滩响起。

父亲也雄心勃勃。他准备把补桶大业传承下去。他让哥哥跟他学补铁桶。"那热——"他说,"无论时代怎么变化,机器都要吃油。要吃油,补铁桶这生意,世世代代都用得着。做个好的补桶匠,一辈子穿不愁吃不愁。"

哥哥瞟了父亲一眼,垂了眼说:"没得意思得。"

父亲惊诧了。他说:"我好不容易才从田土里拔出一只脚,为的是把你们往前推。你倒说没得意思得!"

哥哥说要推就往重庆推。他说从前插队的知青说过重庆才是好地方。父亲愉快地、然后又有些不满意地说:"那热——我们一辈子只能朝前跨一步,你倒想插上翅膀往前飞。你是个角色喂!"

12

姐姐高中毕业后,没考上大学。父亲舍不得姐姐下地当农民,就给她买了台"蝴蝶"牌缝纫机,让她到铜西街上跟着一位师傅学习打衣服。姐姐由此脱离了土地上的劳动和繁重的家务,穿得漂漂亮亮的,到街上做裁缝去了。地上的活路都落到母亲一个人的肩上,她更辛苦了,但仍然高兴得落了泪。

姐姐年轻的时候长得漂亮,个子也高,文文静静的。前面说过,有个退伍军人看上了姐姐,要跟姐姐耍朋友。(我们那里,把谈恋爱叫耍朋友。)那退伍军人是车坝的。秋天,谷子黄了,父亲回来挞谷子。母亲说起那个年轻人,父亲知道那个年轻人家底薄弱,弟妹众多,父亲又有病,拖累大。没等母亲说完,父亲霍地站起来,提了把菜刀就出门,扬言要去车坝,一刀砍死那个想吃天鹅肉的癞蛤蟆。母亲拖也拖不住,姐姐吓得大哭,保证再不跟那人耍朋友,求父亲不要杀人。父亲这才住了手。

这消息很快就传到了车坝。那年轻人吓得跑到贵州沿河,在亲戚家躲了十多天。回来后,再也不敢去铜西找姐姐了。

这门亲事就这样算了。

恰好这时候,有人给姐姐介绍书全哥。书全哥在铜西供销社工作,父亲早亡,母亲改嫁,只有一个堂哥。父亲认为这桩亲事不错,当天就打了酒,买了肉,去铜西供销社找到书全哥,两人喝酒吃肉,谈天说地。天黑下来父亲离开供销社时,定亲的细节都商议好了。

那时候,姐姐认识书全哥,但没搭过一句话。

姐姐的亲事定了下来。父亲对这门亲事很满意。寨里的人也羡慕姐姐好命,说王珍小时候辛苦,从此洗脚上岸,到街上享清福去了。父亲又出门了。那时候,他燕子衔泥般地,一点点给姐姐积累嫁妆。每次回来,把钱交给母亲,都要给那一笔钱命名,这是录音机,那是大衣柜,这是绸缎被。

有次父亲回来,在灯下打开一只红色丝绒盒,里面是一块锃亮的上海牌手表。

母亲说姑娘要嫁人了,手表不是由男方买吗?官渡滩规矩都这样的。

母亲这话说得没错。那时候,官渡年轻人订亲彩礼里,已经出现了手表。再说书全哥是供销社职工,无论出于实力还是面子,给姐姐的手表都是少不了的。但父亲正惆怅着。他听到母亲的话忽然大发雷霆。现在想来,他是有意找茬儿。他骂母亲眼睛浅、没见识,一块手表也要指望外姓人。他说你就那么想外姓人买块表来,把你女儿套走吗?他越说越不像话,母亲被他骂得目瞪口呆,姐姐也觉得莫明其妙,两人都不作声,流着眼泪任由他骂。骂到最后,他自己也流了泪。

13

哥哥刚满十八岁时考上了空军。接兵的来了,发了军装。哥哥穿上军装从武装部回来跟家人团聚,准备过两天就随部队开拔。那天他穿着天蓝色的空军服，只是还没有佩戴帽徽领章。他白净的脸喜气洋洋，在蓝色军装的映衬下，显得更俊了。

整个官渡滩都沸腾了。之前官渡滩考走两个兵，但都是陆军，这回考了个空军，寨子里的人又听哥哥说空军就是开着飞机在天上打敌人，都吓了一跳：那么从此不用端着步枪趴在地里朝天打飞机了？彭书记也下来道喜，他站在院坝，声若洪钟，宣称已经放弃组织民兵打美帝飞机的计划。他说趴在草丛里举步枪瞄准飞机还是难，这事还是空军来办比较合适。他拍拍哥哥的肩膀，郑重交代："靠你了，王琦。"交代结束，就回了乡上。

那是收麦子的季节，要下雨了，割麦的人从地里跑回来，不在自家待着，都来我家看哥哥，好像哥哥就要长出一双翅膀，等哪天首长吹一哨子，哥哥就展开翅膀飞上了天。准空军十分矜持，他给寨子里的人递烟、筛茶，拿腔拿调地说，以后开飞机路过官渡滩上空，一定要摁喇叭，刹一脚。有啥办法？人对头了嘛！

大家都很感动，说王琦这人硬是对头，都要开飞机上天的角色，却不嫌弃在地上跑的泥腿子。

我家院坝修堡坎，打好了炮眼儿，准备放炮炸岩石。雷声响了，大雨眼看要下来了。父亲支使我，说，王伟，你去拿稻谷草把炮眼儿堵上，再用塑料布盖起，不然炮眼儿灌了水，明天就不能放炮了。

我应声站起来，就去拿蓑衣，准备出门堵炮眼儿。

这时候，我的哥哥走过来，他按住我的肩膀，大家都听到他说那句话："你在屋里，我去堵炮眼儿！"

我们都很意外。哥哥向来是有活干的时候，他就神不知鬼不觉地闪开了。等到我们把活干完，他又神不知鬼不觉地出现了。不知道那次他怎么动了凡心，可能是怜惜我，想着再过两天就要离家，临走之前替我干点活呗。我看他脱下身上蓝色空军服，披上蓑衣就出门。

这时候，父亲站起来，一把抓过哥哥手里的蓑衣，说出那句让我永生难忘的话："王琦、王伟，你两弟兄给我好生在屋头坐起。我去堵炮眼儿。"

我说，爹，我去。

父亲厉声说："你给我好生坐起！我一个人去堵炮眼儿！我一个人把全部炮眼儿都堵上！"

我们都目瞪口呆，看着父亲披上蓑衣，戴上斗笠，刚走出门，天边就响起闷雷。

我们继续陪着寨人喝茶、聊天。一个人说，王琦，你开飞机路过官渡滩时，给我们下点雨咯——飞机上有好吃好喝的，朝我们扔点下来呗。哥哥就笑笑。有人说，王琦当了空军，转业后，城里一定要接你去工作，不会回官渡滩当农民了吧。哥哥听了这话，笑得更俊了。又有人说，瞧哥哥这俊样子，到了部队，怕要遭女兵哄抢哦。哥哥不说话，笑得更甜了。有人捧哥哥，拿我开玩笑，王伟，你哥哥开飞机打敌人，你就在地上捡你哥哥的炮子壳（子弹壳）耍呗。哥哥严肃地说："王伟他不是耍炮子壳的哦，人家是读书人哦。"有人奉承说，两兄弟一文一武，文武双全，好事被你们家占尽了。这时哥哥拿出兄长的派头，装模作样地拍拍我的肩膀，说革命尚未成功，王伟仍需努力。

我拍下他的手，生气地说："宝气！"

这时，闪电越来越急，雷声越来越密。一团火球从院坝外边滚过来，在院子中央炸开，惊得大家都吓了一跳。暴雨从河对门排山倒海的，轰轰然，在大雨抵达院坝之前，我的父亲抢先一步跨进了屋。

"我把炮眼儿都堵上了。"父亲一边解蓑衣一边摘斗笠，把那句话重复一遍，我一个人把炮眼儿全堵上了，没你们啥事了。

哥哥和我忙着跟寨人聊天，没注意父亲说的那句话。

第二天早晨起来，父亲宣布了一个惊人的决定：王琦不去当兵了。

我们都吓了一跳。姐姐来看哥哥，听到这消息，惊得连嘴都合不拢了。

父亲说，我们不去当那个空军了，啥子军都不当，好生在官渡滩种地。

哥哥朝母亲大喊:"妈!"

母亲低着头坐在灶前,不说话,只是一把接一把抹泪。

父亲问她:"樊玉香,你是图荣华富贵,让儿子一去不回头呢?还是让他留在你身边,吃粗粮、喝井水,早晚得见?你啷个想的,你给你儿说句话。"

母亲抹了一把眼泪,揩在裤腿上,狠狠地说了句:"荣华富贵算个屁!"

哥哥不依不饶,又跳又闹。他抓了把柴刀,一会儿要抹自己的脖子,一会儿又要出去杀人,大喊大叫,要去把那些炮眼全都砸掉。姐姐去拖他,他瞪着眼睛要吃人,挥着刀在空气中乱劈,吓得姐姐放了手。父亲冷眼看着哥哥发飙,一言不发。我大起胆子去夺他的刀,他推开我,又拿刀在空气中乱劈一通,最后,那棵桂花树不幸挨了刀。

父亲说:"你砍几棵,我栽几棵。看你砍得快,还是我栽得快。"哥哥扔了柴刀,抱着头进了屋。

父亲又说话了。他隔着窗说:"王琦,你给我听到起,命里不该来的,来了也会走;命里该来的,风吹雨打都要来。"

哥哥在屋里吼到:"来都来了,就着你这一瓜瓢打丢了!"

父亲在窗下,一字一顿地说:"我一瓜瓢打丢的,会一点一滴都给你还回来。你给我记到起。"

哥哥哽咽了,他出来问父亲:"你拿啥子还?就你补桶子那几个油嘎嘎的碎钱吗?"

这时父亲忽然含泪:"老天爷欠你的,我会还你。我做牛做马,搭上这条老命,也要帮着老天爷来偿还。"

第二天父亲背着梁背,梁背上放着那只帆布包,出了门。

多年后,父亲提起这事,仍然感慨不已。他对我说,你哥考上了空军,不光自己要飞了天,我们还指靠他把你姐跟你提拔上去。但他那句堵炮眼儿的话吓了我一跳。你妈哭了整夜,我劝你妈说,这是老天在提醒我们保护儿子,人间事都这样,先有长命才有富贵。你妈这才定下心来。我也很难受。我想就是我把自己这把老骨头剔下来熬油,也要帮王琦过上好日子。

从夏天到秋天,一家人心里都不好过。哥哥成天待在屋里,阴沉着脸,不说话,脾气更坏了。母亲小心翼翼迁就讨好他,像欠了他很大的债。

父亲回来的时间更少了。他背着梁背,像个做苦力的,走得越来越远,到了黔江、彭水、丰都、垫江。他名气越来越大,生意也越来越好。

每次回来,父亲当着哥哥的面,打开帆布包,把钱掏出来,交给母亲。纸币仍然用橡皮筋扎着,一沓一沓的。我看见里面出现了拾圆券。

哥哥看也不看一眼,一摔门就进了房间。

当年腊月,哥哥结了婚。那时,他刚满十九岁。

父亲让母亲腾了一只箱子装钱。到了第二年夏天,有次父亲回来,让母亲把箱子抱出来,把钱清点好,放在四方桌上,一大堆。父亲让嫂子坐过来,当着哥哥的面,把钱推到嫂子面前,说:"这是本钱。你们拿去做个生意。"看也不看哥哥一眼。

14

姐夫书全哥是铜西乡供销社的店员。哥哥的第一桩生意,就从书全哥的建议开始了。他到底年轻,意气风发,雄心勃勃,胸膛里熊熊燃烧着发财梦。

哥哥提着父亲给的钱,走村串户收苞谷籽,准备卖给酉阳县酒厂。他年轻,还不到二十岁,穿得白白净净,自己一张嘴巴甜,又格外听得进甜言蜜语,哄人的话他全都相信。胸膛上挂着装钱的袋子,背着手,站得老远,看人家把苞谷籽倒进他叫来的车,那样子活像上面下来搞调研的知识青年,都没想到过去看看苞谷籽的成色、干湿、颗粒大小,像一个老手那样,用指甲掐掐,用牙齿咬咬,再说几句挑剔的话,在气势上压倒卖苞谷的人家,目的是把价格压一压。我的哥哥太年轻了,他还不知道这些老手段。他押着满满一车苞谷籽到酒厂,苞谷湿度太大,酒厂拒收。哥哥只得把苞谷籽运回家。那段时间雨水多,苞谷籽捂在堂屋地上。中秋那天,哥哥刨开看,苞谷已经发芽了。

父亲回来了。父亲看到堆在屋角的苞谷,一声不响。父亲说,做生意,哪个都算不到输赢,还是学门手艺吧,靠一双手吃饭,哪个都蒙蔽不到。哥哥警惕地看着父亲,以为父亲让他去补桶。父亲把帆布包里的钱掏出来,有两千多。"去学开车。"父亲说,"开个大货车到处跑,比我这个背起背篼黑起爪子补桶强多啦!"

从此,父亲和哥哥,一个背着梁背,十里八乡补桶子,一个开着大卡,五湖四海拉煤、送烟。父子俩都在地球上行走,都靠一双手养活自己和家人。有时候,两人恰好同一时间回到家里。这时候,两人的关系缓和下来。父亲说,王琦,你四个轮子在大马路上跑,我四只脚在茅草路上爬。你用得着我的时候,说一声,不要舍不得施句话。

哥哥说不出话来。

1989年,哥哥承包了板溪职业中学的三百多亩地,用来做苗圃,请了十多个工人。哥哥一个人忙不过来,就让父亲进城帮忙管理。至此,父亲放下梁背,结束了几十年的修理和补桶生涯。他穿上我给他买的一套体面的衣服,挎上那只浅黄帆布包,脸上挂着郑重的神色,进城了。

那一年,父亲五十二岁。

他从来没当过干部,管起人和事来,却很有一套。他眼睛亮,啥都看得清楚,谁都蒙不过他。对工人又吓又哄的,工人又服他。他把哥哥的苗圃管得清清楚楚、利利索索,哥哥腾出精力来,一心一意在外面跑业务。

哥哥给他买红塔山香烟。他抽完后,把烟盒留着,买了赵庄烟装进去。下苗圃查看的时候,他掏出烟盒,在工人眼前晃来晃去,让大家都看清楚红塔山烟盒,才慷慨地给工人们散烟,说,来,抽支烟,抽支烟。

15

我跟李虹恋爱后,按照礼俗,父母到县城二中拜望亲家。

先前在婚事上,因为我的穷苦农民出身,受了很多挫折。终于找到老婆,父亲就很为我得意,又有些担心。

他问我:"我们高攀了。李家矮看你不?"

我答没有。

他又问:"那家的女儿欺负你没?"

我又答没有。

他想了想,又说:"要是李家嫌弃我们,我们就退步。"

我吓一跳:"你是让我跟李虹分手?"

他白了我一眼,说:"是你跟着李家朝前走,我们家庭退步,不拖你后腿。我保证不上你们小家薅刨,不麻烦你们小家。你也要把小家顾好,不要针头线脑往官渡滩搬盘,让人家把你看矮了。"

亲家在县城,他就不得不周全点儿。"办礼要体面,"他说,"莫让城里的人把我们看扁了。"他知道我没钱,就让母亲拿出一千块钱,买了烟酒、茶叶,给李虹买了一块手表。不知道哪根筋又动了,又命令哥哥也拿钱出来,交给我,给岳父母各买了一件呢子大衣。

哥哥开着拉树苗的大卡车,父亲坐在驾驶座旁边,一路走一路回过头鼓励坐在后排的母亲,又不断教导、嘱咐我。母亲很少到县城,更没跟城里人打过交道,一路很局促紧张,说不知道见了亲家怎么搭话。父亲就批评她:"你盘养了个儿子,倒像矮人一截!"

又批评又鼓励,末了,就抿着嘴,沉稳地坐在副驾驶上,眼望前方,像是带队伍赶考,而自己已经胸有成竹。

直到进了李虹家的门,他才低调下来。他被这个家庭的气度氛围打动了。我的岳父温文尔雅,带着家人在洁净和睦的家里接待了亲家。岳父优雅地朝他伸出手,爽朗地说:"欢迎!"他愣了一下,伸出手局促地握住,使劲儿摇了两下,却不知道说什么好,就抽出了手。岳母大方地请我们一家人落座。李虹端上茶和水果,李虹的弟弟李勤恰好大学放寒假在家,客气地为客人倒茶,妹妹李燕削好水果,恭敬地递给客人。

母亲拘谨地坐在沙发一角,一声不吭。父亲本来准备了一腔暗自得意、又不显山露水的谦词,忽然说不出来了。让他意外的是,岳父堂堂君子,居然系上围裙,套上袖笼,下厨房主厨。在父亲眼里,一直都是"君子远庖厨"。他多年都是"饭来张口",他认为这也是男人的气质。所以,当岳父进了厨房,他惊得张开嘴巴,合不拢了。

"有贵客来,都是李虹他爸爸下厨。我的手艺上不得台盘,只能给他打下手。"李虹妈妈笑着对母亲说。父亲反应过来,转过脸就朝我喝道:"还不去厨房帮忙,愣起做哪样?"我站起身,岳母制止我:"小王留在这里帮李虹招待客人。"父亲只得坐下,享受儿子反客为主对他的招待。他比母亲也好不了多少。坐在沙发中央,局促,拘谨,不说话,直到两位客人推门进来。

多年后,父亲还经常提起第一次上门拜望亲家,他说他像一把谷糠撒进米箩,左也不是,右也不是。而他的朋友从天而降,解了他的围。他说他的朋友给他做了许多好事,没想到走亲家这样的事情,都有他来帮忙。他这朋友像是专为他解围而生。

那天,父亲的朋友彭大炮——后来调到县工商局任办公室主任——进屋,我们都十分意外,我叫道:"彭主任!"彭主任指指我:"你该跟着李虹叫我姨爹!这位——"他指着跟他一起进门的女子,"这是李虹的大姨。我们今天是奉命来陪客的!"

我又惊又喜:"之前怎么不知道你们是亲戚啊?"

彭主任说:"我早知道啦!你跟李虹一交往,李虹的妈听说小伙子是铜西人,就安排我考察啦!"彭主任站在客厅中央,仍然以手叉腰,声如洪钟:"没问题得!我当时就拍着胸膛对李虹的爸妈说,没问题得!王祥胜的儿子,我看着长大的,没问题得!"

大姨看着我,也很高兴。

父亲像是惊呆了。好一会儿,他才反应过来,感慨地说:"我俩好了几十年,绕山绕水,哪想到绕到这屋来,成了亲戚。"

彭主任手指着父亲大笑道:"嫌我俩好得还不够,结一门亲戚来加个固!"

那天的拜会,因为姨爹的从天而降,增加了许多欢喜。父亲尤其高兴,他跟中学教师亲家之间,有了一个彭大炮,像是向上的阶梯中增加了一级跳磴儿。他从容了。那天的家宴上,他尤为动情。他对岳父和岳父的连襟彭叔叔说,我们因儿女走到一起,就是三兄弟。他说,我跟王伟他妈都是农民,没读过什么书,教育不成什么道理。小时候,他不听话,我就打。从现在起,王伟交把给你们二位了。他要是做错了事,你们就给我打。他转身对姨爹说,你也帮着亲家提携提携这孩子。他要是做错了事,你也可以打。

岳母温雅地说:"小王是个好孩子,我们舍不得打。"

我的女儿出生后,岳父母就来我家,帮我们带孩子,此后,一直跟着我们辗转奔波,指导扶助我们。有人跟父亲提起我,说我好话的时候,他就真心诚意地说:"那是亲家和亲家母教得好。我是把娃儿交把他们了的。"父亲对岳父母毕恭毕敬,对李虹也十分客气。有一次,父母到我家,向岳父敬酒,动情地说:"二位仁义!王伟虽说是我们生养的,你们做的比我们多。你们是他的再生父母。"

那一次,四位老人都很动情。

16

我们姐弟仨的儿女在慢慢长大,都上了学。父亲停顿了下来。他把最后一个梁背交给母亲,请她把背带缝补好,拿到河边刷洗净,放到火塘边烘干,收起来。黄色帆布包洗白了,搭扣坏了,又破了洞。他自己修好搭扣,又请母亲把破洞补好,把包挂在卧室板壁上。他像一个战士,劳苦奔波半生,终于挂靴了。

起初,他也凡事都喜欢指导指导,提提意见,仍然是一家之主。一大家子也都很配合,无论他说什么,当面嘻嘻哈哈的,都答应下来。转身后,该怎么办还怎么办,不过是给了他一个面子。他很快看出其中的微妙,再加上母亲警告他少说话，他也适时地温和了。他血液里暴烈的火焰熄灭了，眼神里的专横也收敛了，他安静、慈祥，开口前先察言观色，说话谨慎周到，对我们言听计从。有人问他主意，他就答："这是娃儿们的事，你们问他们个人。"如果是家里的事，他就推给我的母亲："你们问樊玉香去。她是我们家的当家人。"特别地低调，特别地谦逊。他背着手，跟在母亲身后，陪母亲种菜、赶集、走亲戚。我们回家后，家里有亲朋来访，他安静地坐在一旁，把C位留给母亲和儿孙，自己恰到好处地保持了尊严，微微笑着，不发一言。他体面而有分寸地退了场。

我每次工作调动，都要接父亲和母亲过去住一段时间。我陪着他们到处参观游玩，也有朋友和同事请二老吃饭。他们也很乐意。他每到一处都兴致勃勃，又表现得小心翼翼，带着乡间老于世故的稳重沉着和从容，以不变应万变。

像所有卸下担子又略识文字的农人一样，父亲晚年醉心于家族史的研究。他兴致勃勃，钻研很深。真正关心从哪里来，到哪里去。他不知从哪里搞来一本家谱，先是用毛笔小楷誊抄，无奈多年不提毛笔，写起来实在艰难，誊到一半只得放下。我给他复印了一本家谱，他很满意，表扬我：搞得好！

他带着家谱去王家的以山访碑，蹲在墓前抄写碑文，对照家谱辨引勒刻在碑上的孝子贤孙，密密麻麻记了两大本，自先祖率族人来到官渡滩定居开始，把祖宗八辈脉络理得清清楚楚、利利索索，这棵大树，哪根枝丫在哪里又开了叉、散了叶，他也说得一清二楚。跟我讨论家族往事的时候，他叙述起来，用的是标准的家谱体："某某娶某氏，生子某某、某某、某某。"简洁、明了。这中间，有人来邀请他参加宗族大会，他就带着那本复印的家谱和他的笔记本，辗转渝鄂湘黔参加宗族会议，同族人交流信息，完善他的研究。

官渡滩王氏根在江西临江府，始祖王高之。八世后裔王金相公，才识渊博，举孝廉，被酉阳州冉土司招为婿，赐地四十里。王金相公辅政有功，后土司被刺，王金相公携眷隐居官渡滩避难，繁衍生息多年。官渡滩由此得名。之后，有七位先祖百年后归葬寨子后的荒坡，中有四人生前功名卓越，中武魁，任巡道、宪台、台谏等官衔，因此，荒坡被称"四官坡"。

到了我的曾祖父那一代，则彻底贫败，往下皆世代务农。曾祖父王文新，生两男一女。我的祖父王怀章是他的长子，念过私塾，种地，兼做布匹生意。祖父年轻时一表人才，可惜英年早逝——那年，父亲十五岁。少年失父，当务之急不是自己身体和精神的成长，而是担当起一家之主的职责。长兄为父，他帮助祖母抚养叔叔和姑姑，把家拉扯下去。他在地里卖命，闲时跟着学些手艺，修风车，织补竹篾器具。他凭这些手艺，偶尔在村寨给人做活，换回一二碗苞谷作工钱。

叔叔十岁那年，恰逢又一轮饥荒，家里实在挨不下去。父亲跟祖母商量，把叔叔送给贵州沿河洪渡岩一户姓万的人家放羊，算是给家里减了张嘴，把姑姑保了下来。姑姑七岁的时候,跟祖母到沿河县黑獭堡卖布,被买布的人家扣下当童养媳。幸亏祖母强硬,救出了姑姑。那以后不久,父亲在外做手艺,奇迹般地挣到十多斤稻谷,赎回了叔叔。这样,到1957年他跟我的母亲结婚的时候,他的母亲健康、弟妹双全,妹妹是给新娘打洗脸水的童女,弟弟则是给新娘背喜鞋的童子。

有一次,我陪他聊天。他说,祖父交给他的这副担子,他挑下来了,几十年里,他拉扯着这个家庭艰辛跋涉,一个都没有闪失。他心情复杂地说:"我是对得住他的。"

过了一会儿,他又说:"他那么早就撂下我们走了,他对得住我们吗?"

姑姑到了上学的年纪,恰好我的长兄(后来那位不幸的长兄离世了)出生了。父亲就让姑姑留在家里背我的这位长兄,没能上得成学。他说姑姑因此恨他,他也很难受——人太穷了,只顾得上怎么活下去。他说他害了姑姑。他说姑姑年轻时强过很多姑娘。她欢喜过一个老师,但父亲不许,把她许给表兄弟,亲上加亲。直到2017年,我们家修房子,请姑父过来帮忙。姑父不小心踏了空,从三楼摔到院坝,不幸遇了难。在姑父的葬礼上他放声痛哭,承认他一辈子对不起姑姑。

17

姑父去世后,他迅速衰老了。每次回去,就看见他又老了一截。对,他是一截截老下去的。我们那里把哀伤叫"焦愁"。经常听到说谁谁谁耳朵焦聋了,眼睛焦麻了。只有那时候,我才知道哀愁对人的摧毁。他就是在那一年夏天失聪的。因为听不见,他失去了语言交流,成了一个聋子。他的白内障也是在那一年加重的,只影影绰绰看得见一米以内的事物。

他始终恹恹的。我回去看他,陪他坐在院坝里。他默默地抽着烟,好一会儿,忽然开口说话,说的也是姑姑。

"你嬢嬢小时候想上学,我让她留在家里背你大哥,诓她说给她买缝纫机。"

我比画着问他:"缝纫机买了吗?"

"没买,"他说,"人都吃不饱,哪来钱买缝纫机?但她就相信了。"

他说他对嬢嬢如父如兄。但是,兄长怎么比得上父亲?在父亲那里,女儿大过家族。在兄长那里,家族大过女儿。

他说,我们家四辈姑娘都是独养女,你姑婆,你嬢嬢,你姐姐,到了孙辈,是你的春雨。他说,我只有春雨这一个孙女。

我说老汉，春雨懂事，我跟李虹也会把她照顾好的。你就放心吧。

他说放心。

他听说，春雨有了男朋友，那男孩子还有个弟弟。他就提出，让那孩子来王家上门。

"女儿要放在眼前。"他说，"早晚看到，顾着，疼着，安心。"

然后，他语气强硬地说："你跟你亲家说，王家倒贴房子，让他们把娃儿给我们家。"

这中间，他又摔倒一次，住了院，母亲寸步不离地照顾他。再起来时，像变了一个人，萎了。

他跟这个世界隔绝了。我们提出给他装助听器，做白内障手术，他都默默地，然而也是坚决地拒绝了。

母亲成了他的耳朵、眼睛、舌头和拐杖。他一生不事稼穑，也不擅炊煮，几十年都是衣来伸手，饭来张口。他事事依赖母亲，像一个犯了错误又被老师原谅的好学生。

哪想到母亲走在了他前头。

18

父母半辈子抱团取暖、相濡以沫,作为一个整体存在于我们的生命中。在我们的意识中,从没把他们认为是父亲和母亲、父亲或母亲,他们就是父母。母亲的离世,这个整体被剖开,露出截面,我们由此看见另一个人的软弱、单薄和无助。

起初的时候,父亲失魂落魄,像被丢弃的孩子,眼巴巴地等着大人回来招领,而拒绝被任何人收留。

最初的方案是,我们姐弟仨,他任选一家住。轮着住也可以,只要他愿意。

但他拒绝了。

我们又先后雇了人、请了亲戚照顾他,都被他婉转劝退了。他不习惯跟母亲以外的人相处,也不甘心我们的钱被别人挣了去。我们苦口婆心地劝说,好话说尽,他就只有三个字回我们:"我得行。"

最后,我跟他商量,怕说不清楚,他也听不清楚,我就在纸上写道:"爹,您找一个老太太,我们会孝敬她。如果您不愿意结婚,只是在一起生活,或者,只是让她来照顾您,我们都支持您。我们不介意别人的流言蜚语。"

他眯着眼睛看了一会儿,看明白了,瞪着我,忽然大怒,拿拐杖指着我,准备朝我戳过来。我也瞪着他,两人僵持了一会儿,他终于放下了拐杖,眼睛仍然瞪着我,看样子准备大骂一顿,一时又没想好骂词,最后,拄着拐杖出了屋,坐在桂花树下。

我跟出去,在他旁边坐下来。

他说:"你们妈就睡在屋后头,我丢下她,跟你们去城里享福,要是她哪天回屋来,想搭个话,都找不到人。"

我说不出话。

他又瞪着我,说:"你那脑瓜子,尽出鬼点子,你想得出,我做不出!"

我只好向他认错,给他点上烟。

他吸了一口,咳嗽起来,咳了好一会儿,才说:"以前,我无论好歹,都有你妈担待。你妈去了,我去你们哪家,都是拖累。我人老了,使不上力。不拖累你们,也算这副老骨头帮你们一把了吧。"

19

姐姐每隔一段时间回官渡一趟,清扫庭院,给他拆洗衣被、做饭,在后园栽菜蔬。姐姐很能干,干起活来像一阵风,忙乱处,让父亲帮忙递个菜苗或者水瓢。父亲听不见,不得要领,又不好多问,连猜带比画,就不免出错,要镰刀时,递了个锄头,要菜苗时,递了个水瓢。姐姐就抱怨,父亲听不到她在说什么,但看面色和表情,知道自己做错了,就很沮丧,低了头咕哝着,像犯了很大的错误。

他到桥上散步,一个年轻人骑摩托车,摁着喇叭飞驰而过,他听不见,来不及避让,被摩托车撞倒在地,小腿被撞破了,淌了一地血。堂兄押了那摩托车,要那肇事的司机负责。父亲坐在地上,摆手让堂兄放了那年轻人。堂兄请了卫生服务所的医生过来处理伤口。天太热了,伤口就发了炎,又红又肿,最后化了脓。

姑姑听说后,从茶园下来照顾他。哥哥的朋友带他去县城看了医生,重新处理了伤口,又开了药,由姐姐送他回家,跟姑姑一起陪护他。第二天,他就把姑姑和姐姐赶回了家。

我回老家看望他。他跌跌撞撞出门来接我,裤腿高高挽起,受伤的地方包扎着纱布块。

我跟他说话,他茫然地盯着我,很疑惑的样子,愣了一会儿,像是明白了,把话接下去,结果是驴唇不对马嘴。

有族亲和寨人请我俩去吃饭,他让我一个人去,自己婉转然而又是坚定地拒绝了。我明白他出于自尊。请的人站在院坝里不走,坚持要他去。他摇摇头,不说话。人家好言好语再请，他再摇头，一点通融的意思也没有。

他不去，我就留在家陪他。我炒菜时，油溅到脸上，烫了一个泡。他起身出门，去院坝边摘了几片薄荷叶，搓融，哆哆嗦嗦地贴在我烫伤处。他盯着我的额头看了看，说，疤痕淡了。

我比画着问他，知道这疤痕的来历不？

不知道他是听到了，还是猜到了。他说："那一次，我回家，看见你额头上涂了大块黑锅烟灰，像跳戏的花脸，吓了一跳。你额头被苞谷秆戳了，我心头也像戳了个洞。下一次回去，见你没发炎没化脓，只留了个疤痕。我当这是老天爷打的记号，这娃儿以后好养了。只有这样想的时候，心里才好受点儿。"

20

我带他到重庆，跟侄子王翼陪他在枇杷山，给他买助听器。店员推荐了一款，戴上后，跟他说话，他能听见了，很惊喜，很满意。一问售货员，要价一万多，就把助听器从耳朵里取出来，递给店员，掉头就出门。一出门就发怒，一边走一边回头骂我们，说我们是败家子，拐杖戳得地面笃笃响。他低着头，怒气冲冲的，也不看红绿灯，径直走到马路中央，四方来车像潮水一样涌来，在十字路口停下来，焦躁地摁喇叭。他一个人站在马路中央,像潮水里的一片叶子,回过头来茫然地望着我们。

我的眼泪涌了出来。我冲过去,走到他身边,把他的手攥在手里。那时候,他像个孩子,听话地由我牵着,跟着我回到马路边。

回到店里,他就顺从了,由我们把助听器买下来,塞进他的耳朵。

哥哥趁热打铁,说服他把白内障手术也做了。

还是由我送他回官渡滩。

重获视听,他并未像暴发户一样激动喧闹。在外人面前,他保持着有分寸的沉静和克制。但在我面前,他就不管不顾了:"河里跳起的鱼,我都能看见。对面山上的人影,我也认得出是哪个。"他兴奋得像个孩子,"像重新活了一遍!"

晚饭后,他趴在院坝的栏杆上,看着远山。我陪坐在他旁边。他指着河岸边那条弯弯曲曲的小路,说:"我从那条路上,出去回来,走了好多年!"那条小路在夕阳下顺着河岸爬到了老鹰岩上,不见了。

他说在外面走了几十年,但心里一直担心家里。母亲在家做一家人的活路,盘三个细娃,孝敬老人。栽秧打谷,家家出男劳力,拱挞斗上山。我们全家的任务就落在母亲肩背上。母亲吃得苦,吃得累,吃得亏,又不多说一句话。

"她活着的时候,我想到这个,觉得有福气。她走后,我再想起，只觉得难受。"

我问他："你在外面做手艺，好不好耍嘛？"

他说："苦得很，哪有心肠耍！不过是走上那条路，收不回脚。"

他说，每次出门，你妈总要在背篼里放一双干净布鞋。无论在哪儿歇夜，洗脚后，就换上那布鞋，走得再远，心也不远。妈的手艺好。男子家出门，人家看你，是看脚上那双布鞋。只要鞋扎得精致漂亮，洗得干净，人家就看得出你家里人是哪个样子，你跟家里人的关系好不好。我走州过县几十年，从没被人看轻过。我个人呢，连心子蒂蒂都没轻薄过。

他说，王珍不是他跟母亲的第一个娃儿。在她前头，还有一个哥哥，白胖又俊。那娃儿两岁的时候，有次发高烧，母亲背着到处找医生望，越望越萎。那时候，他在外面修机器，娃儿不乖，母亲找人带信给他。带信的人到了他干活的寨子，他已经离开，到了下一个寨子。带信的人又到下一个寨子寻他，他又到了再下一个寨子。等终于得了信，连夜赶回来，见娃儿只剩气悠悠了。

"我把娃儿搂在怀里，整夜在屋里踱来踱去，不相信一个当爹的胸膛就不能把娃儿暖过来。天亮的时候，娃儿还是在怀里断了气。"

"自那以后，你妈空了几年怀。直到1961年底，才怀上王珍。你妈说你姐姐在那么难的年辰投胎到她肚子里来，只能说是命大，也跟爹娘的缘分深。第二年九月，王珍出生了，刚生下来时又黑又瘦又弱。你奶奶看是个孙女，就不说话了。我倒是很满意，管他是姑娘还是儿娃，投生到我们家就是福气。"

他缓缓地说："王珍三岁多的时候，王琦出生，白白胖胖，你奶奶欢喜心慌了，说，这孙子，蘸生盐都吃得下。我倒担心，这细娃儿断不是能下力能吃苦的，长大后哪个过日子呢？后来也想通了，一人一命。他吃不得苦，就多走些弯路，总能把树巅的枇杷摘下来。"

我笑问他："那么我呢，生下来就是吃苦耐劳的样子？"

父亲说："你跟王琦，从小就不像一个妈生的。你生下来的时候，又黑又皱，像块麦粑，哭起像犟牛。长大了，也是一副借你谷子还他糠的样子。没想到到头来，是个好脾气，尤其对人好，仁义。"

说到儿子仁义，他非常得意。

他说："有一次，大年三十，忘了什么事，我劈头盖脸地打你，一边打一边问你知不知错。你用手肘掩住脸，一声不吭。我气坏了，抓过扁担就打。你就往屋后山上跑。我操起扁担追出去，你一边跑一边回头看我，眼看我就要追上了，你捡起一块石头，回过头来定定地看着我，准备砸我。我死死地盯住你，你没盯赢我，扔了石头，"哇"的一声哭出来，一边哭一边朝茶园方向跑，跑出去老远，都还听得见你的哭声。我想你反正是去姑姑家，就没管你。你妈走了，你写那篇文章提到这事。我当时读到这里的时候,就哭了。"

河里戏水的孩子起了身。上山劳作的人也背着背篼从路上回来。夕阳从路上移到长满红薯的坡地上。

他说:"我跟你妈也打过一次架。"

我很意外。在我印象中,他们只吵过架。

父亲说:"有一次,你妈把饭做好了,喊我进屋吃饭。忘了当时心里在想什么事,烦得很,就吼了她两句。她不回我,只一个劲儿地喊。我一糊涂,血冲上脑壳,霍地站起来进屋吼她:你一碗苞谷面掺洋芋饭,还一声接一声喊得不消停!你妈愣住了,不晓得说什么好。她朝我走过来,我以为她要放我的踹,就推了她一把。她愣住了,她手里拿着高粱稍的扫把,准备朝我拦腰扫过来。从没动过手的人,扫把才举起,眼泪就漫了出来。"

父亲沉默了好一会儿,又说:"以后好多年,我经常想起她朝我举起高粱稍做的扫把,满眼都是泪水的样子。我一想起,心子就疼。"

天黑下来。一只萤火虫飞过来,一高一低地在我们面前晃悠。父亲看得入了神,用手轻轻拂了拂小虫。我用手轻轻把小虫拢住,让它在我手心里一亮一亮的。过一会儿,父亲说,放了它。我就放了手,小小的萤火虫一亮一灭地,飞到桂花树那边去了。

他慢慢地说:"你妈活到八十五岁,我也八十八了,要说,都不算短。"他喝了一口茶,慢慢地说:"两个人,要活得齐齐整整一样长,才叫长。一个抛下另一个走了,再长也是短。"

21

母亲去世后,父亲越来越财迷,把钱看得很重。说到钱,他认为是秘密,开口总要先说:"悄悄的!"生怕别人听了去。但他耳朵不好,说话声音就很大,每次说"悄悄的",周围人都能听到。

他过生日,哥哥接他到重庆,为他张罗了热闹的生日晚宴。那天,我也从北京赶过来为他庆生。家里人多,亲戚朋友也来了不少。他一目测,推算出那顿饭钱不是个小数目,就招手让我过去,凑在我耳边说:"悄悄的!莫让别个听见!——这顿饭花钱多,你莫动手,让王琦去交钱。"他说话的声音很大,满屋的人都听见了。大家就笑了。

有亲戚和朋友送了红包,他推辞不过,只得收下。客人们一离开,他就把红包全部塞给我。他说:"悄悄的!莫让王琦他们晓得!"

然而嫂子听到了。嫂子有心逗他,伸手就向他要红包,要他"一碗水端平"。他坚决不拿出来,也不怕得罪嫂子。他强硬地说:"王伟没得工作了,我不帮他谁帮他!"

哥哥嫂子上班了,我留在家里陪他说话。他凑在我耳边说:"悄悄的!"带着神秘又得意的神情。我侧耳恭听他的秘密。果然,他说:"有钱啦,很多,比一辈子修机器、补桶桶挣的都多。"

我问有好多?

他看着我,慢慢竖拇指,一边伸一边观察我的表情。

我笑问:"您成首富啦?"

"没有。"他摇摇头,又慢慢伸出小拇指。

我明白了:他有六万。

"钱从哪来的呢?"

他愉快地说:"积的。一屋老少给的钱,一分不花,全积了起来。"

我也吃惊了:"不到两年,就给了那么多钱?"

"当然没那么多。"他说,"我还有另外的门路编钱。"

"什么门路呢?未必还卖手艺?"

他瘪瘪嘴:"我那手艺早不值钱了!"似乎鄙夷的不是他的手艺而是我的见识。

我笑着看他。他迟疑一下,还是说了:"我把你们买的好烟拿到商店,换了便宜的烟,退了差价。钱就这样编来了。"

我又惊到了:"您抽的都是好烟啊!我都看见了!"

"装的!"他得意地说,"留了好烟盒,装了便宜烟。"说着,他从"中华"烟盒里抽出一支,递到我眼前。我瞧见了,是"朝天门"。

"烟、酒、茶咯嘛,不过吃个味儿,又吞不进肚子,吃那么好有甚用?"他说。

我听他还说到酒和茶,就问他:"你不会连酒和茶叶也卖吧?"

"卖。你给我买的钙片儿,我也拿去卖。"

他承认得爽快。

我又惊到了:"钙片是买给您治抽筋的啊!"

他说:"王一说晒太阳也治抽筋。他跟孙媳妇天天带娃儿晒太阳。我也天天晒,晒太阳不花钱,把脑壳都晒晕了,眼睛都晒花了。"

我哭笑不得:"商店敢收您的钙片?"

"就是不收嘛,他们说找不到买家。"他遗憾地说。

过了一会儿,他说:"我给你看看我的钱。"他从房间里拿出一本绛红色的存折,翻开来看了看,递给我。

一共存了三页,有六万零几百块。都是父亲的钱。

我问他:"这么财迷,存钱做什么啊?"

他又招招手,让我凑过去,在我耳边说:"给你妈买房子。"

我吓了一跳。

他说,母亲走的时候,因为疫情,仓促落葬,没给她办道场、烧纸扎房子,亏欠了母亲。他要补起来,给母亲办道场,烧纸扎。"大房大屋,香车宝马,热热闹闹的。"这一道场办下来要十五万。他说这个钱由他出,不盘剥儿女。算是给母亲送个礼吧。

我笑起来:"打算什么时候办呢?"

他调皮地朝我笑笑,说:"等我跟你妈会面的时候。"

我忽然冲动地问:"爹,如果有一天——我是说如果有一天——你真的会见到我妈吗?"

"那当然!"他用一家之主的语气毫不迟疑地答道,"不然,这一世不白过了?"

存到八万元的时候,族里有位堂爷家里遭了火灾。他把存折送过去,让堂爷全部取出来,用来补贴灾后重建。堂爷谢绝了。他说您都这么大年纪了,我们怎么硬得下心肠借用您老的钱?父亲说了好话,又说了气话,然而人家实在忍不下心。他只好拿着存折怏怏回了家。

22

侄子王翼给家里安装了云视频摄像头,"萤石"牌的,大门口一个,院坝一个,厨房兼火铺屋一个,屋后的菜园一个。隔着几千公里,打开手机APP,就能看见远在官渡滩的父亲。

早晨，我看见父亲端只小塑料盆，蹒跚走进屋后的菜地，摘了番茄、海椒，掐了菜叶。他在菜地边的水龙头下冲洗过，端进屋。家里装了液化气灶，但他习惯用柴火。这也是母亲的习惯。他哆哆嗦嗦地淘米，笨手笨脚地切菜，坐在火铺上，倾着身子在火塘里做饭。掺汤时，哆哆嗦嗦的，洒进了火塘，腾起一阵灰。他放下汤碗，拍身上、头上的灰，拍了好一会儿都没拍净。

我看见他放下水瓢，发了一会儿呆。又过了一会儿，像是准备重振旗鼓，拿起吹火筒，鼓着腮帮子吹火。等他终于把火吹旺，菜在锅里已经焉了。一顿饭做了好半天，好像颜色和形状又不对。他端起碗吃了几口，像是没胃口，又放下碗，对着火塘发呆。

他出了门，进了院坝。

母亲活着的时候，院坝里鸡鸣狗叫，花红柳绿。现在，他一个人守望在偌大的家里。他让哥哥给他整点儿活物在家里。哥哥就给他砌了个鱼池，买了些大大小小的鱼放在池子里。鱼跟他一样，都沉默，都困在狭小的空间里。像是惺惺相惜，他对那群生物着了迷，久久地倚在鱼池边，拿根细竹棍在水里拨弄逗鱼玩儿。

有小货车拉着水果、蔬菜和食品进村，停在门前的桥上，开着小喇叭吆喝着售卖。他拄着拐杖下了院坝，买了几只米粑。他还选了一包小橘子。我看到他像是有些迟疑了一下，把小橘子放在手里掂了掂，又放下了。过了一会儿，又拣起来，在手里比来比去，最后还是买下了。他提着橘子和米粑走上院坝，装橘子的塑料袋忽然破了，金色的小橘子滚了一坝。他扔了拐杖，蹲下身捡橘子，费了好大的劲儿把四散的橘子捡拢，起身时，却忘了米粑。等他又蹲下身把米粑抓提在手里，拄着拐杖颤颤巍巍立起身，橘子又洒了，四散滚落。我看到他呆呆地看着满地红橘，像是不明白这些小东西为什么要这样捉弄他。

天气变化的日子，他整天小心地坐在火塘边，咳嗽着熬茶、喝水，预先吃感冒药，生怕受凉生病，给儿孙们添麻烦。

天气晴好时，他就长久地坐在院坝边上，两肘撑着栏杆，眺望河对岸的群山。他一坐一两个钟头，一动不动。院坝寂静，连一只鸟都没有，但云视频程序提示画面有变化。我以四倍速度回看。我看见一片云影从橙树上落到院坝里，在院坝中央移过，又翻过篱笆，游到竹林那边去了。阳光从院坝移上阶沿，又从阶沿攀上板壁，后来爬到板壁中间，院坝就暗下来了。光阴有脚，以肉眼可见的速度游走。而我的父亲，他还趴在栏杆上一动不动。

这让人心惊。

出官渡滩的路，从河边欠起身子，蜿蜒而上，在山坳时隐时现，最后消失在远山蓝色的烟霭里。我的父亲像一个斗士，自年少起，就沿着那条小路一次次出征，又一次次败回。

他一生筚路蓝缕,披荆斩棘。末了,才发现时间是永恒的敌人。跟他并肩的战友潮水一样撤退了,时间撒下了包围圈,远远地包抄过来,他困守在中央,像一个孤独求败的王。

我在手机软件上慢慢转动摄像头,屏幕上依次出现新房,新房旁边的橙树,老屋,老屋的厢房。他的梁背,挂在厢房的墙壁上。他的脊背闲下来。他趴在栏杆上,腰背驼了下去,双肩还撑着。这多像多米诺骨牌,他在最前面勉力挺着,我们这一代,下一代,下下一代,一代代在后面,才站立不倒。

他二十岁结婚。在自己的儿女出生前,他就已经担当起做父亲的责任。我的祖父去世那年,他十五岁,叔叔四岁,姑姑两岁。在他和叔叔之间,还有过六个叔叔。但后来都没有了。他从八岁开始,就帮着我的祖父埋葬自己的弟弟。最后一次,天下起了雪。那是官渡滩少见的大雪天。路上落满厚厚的积雪,天空仍然雪花漫卷。我祖父抱着用席筒卷起的孩子走在前面,他拖着锄头,跟跟跄跄地跟在身后。这个少年在漫漫风雪中白了头,双肩也落满雪花。他一步一趔趄,费劲地把陷在雪窝子里的脚拔出来,跨出去,又小心翼翼插进雪窝,努力不让自己倒下去。

我想跑上前去抱住他,像一个父亲那样抱住他,把他搂紧,让他伏在我的怀里大声哭泣。

我的父亲。

第三辑

官渡

河流朝朝暮暮流淌，荡涤，同时也滋养浸润着两岸。然而，一切流逝的东西，人们都听之任之，信奉和崇尚的，却是岸边稳固恒常的事物。官渡人供奉的是土地、巨石、老树、古井、祖屋，还有埋葬先亲的，在树下或者地边一年年老去的坟墓。而打算放弃的，准备告别的，想要遗忘的，就带到河边，或者放在河上，让它顺水漂流。

　　……河流教给我流逝是世间最根本的事情。在一切流逝中留下来的，必定经历了千辛万苦。

1. 河流

这条河叫董河。它的得名，缘于在其发源的山洞口，住了一户董姓人家。董河从董家门前流过，一路环山绕林，流得散漫，好脾气、慢性子。到了岩门底那儿，遇着一道100多米高的跳水崖。这河水想也不想，一头跌下悬崖，落进深潭。接下去的路，山陡，谷窄，河水挤挤挨挨、匆匆忙忙向前奔流，像是赶着去做一件大事情。

直到进入铜西乡观音潭，两山向后退让，董河才散开来，漫成一片开阔的水域，像是一路走得急，累了，在这里缓口气，歇一歇。

河这边的山坡上，散落着一个小寨子，寨人都姓王。河那边的山坡上，也散落着一个小寨子，寨人都姓樊。河这边的人称对岸的寨子，叫"河对门"。河那边的人称这边的寨子，也叫"河对门"。

河上没有桥。河中间有石头堆起的跳磴，供两岸的人来往。春夏河里涨水，淹了石磴，人就守在屋里，朝河对门打望，也不着急。如果有急事要过河，就得沿着河岸向上走十来里，到岩门底那儿，过了桥，再沿着河岸向下走十来里回来。

这个地方,叫官渡滩。小时候,听寨里老古班子讲,原先这河里没得沙坝,也没得大石磴。河里能行船,捕鱼用鱼叉,对河对岸两排柳树几多大。官渡滩王氏先祖被酉州冉土司招为女婿,辅政有功。土司被刺后,先祖携家眷隐居此地避难。因先祖曾中孝廉,官渡滩由此得名。又一说是,先祖中,有中武魁,任巡道、宪台、台谏等官衔的。这些官赴任的时候,就是从寨前的滩口上船出去的。也有人说,其实官渡滩从来就没出过什么官,这个地方的得名,是因为这个滩口在董河上下游几十里中,是最宽的一个。旧时人们称大路为官路,大的渡口,当然就叫官渡了。还有人说,从这个滩出去,沿途汇合铜鼓河、甘龙河,从贵州小河口直接就进入乌江,就算进入官府要道了。

出没出过大官,连不连通官路,于官渡滩,都遥远得很,大多数人不甚了了,也无意晓得。人们沿河岸筑了一道道小小的梯田种水稻。在梯田上方的坡地,种苞谷、麦子、豆子。两岸的半山腰,各有小股泉水流出,养人畜,也养水田。春天田里蓄了水,梯田一摞一摞,明晃晃的。人吃水,就担着水桶,沿着溪沟走到源头的水井,挑水回家。

我外婆的家,就在河对门。我们那里有个习惯,长女一般都放得近,方便回去帮衬娘家。我母亲出嫁的时候,舅舅还在省立龙潭中学上学。母亲就三天两头,有时候甚至一早一晚回去帮外婆干活。后来舅舅高中毕业,外出工作,舅妈在家里种地、带孩子。这时候,又轮到外婆一心挂两头,忙了河那边又忙河这边,照顾了孙子又照顾外孙,比谁家老人都辛苦。外婆踩着河磴来去过河,步子急急的。有人遇见外婆,就说,你老把孙子外孙都拢在你翅膀下,有福气啊!

外婆愉快地答道:嗯哪!

天底下什么最软呢?是外婆的心。外婆心软,语气也软。她叫我姐姐"秀云儿",叫我哥哥"绪光儿"。我小时候叫绪华,大家叫我华子,外婆叫我的时候,后面还加个"哎","华子哎——",又亲爱又心疼。开春的时候,外婆过来帮忙收拾园圃。夏天挖土豆,外婆过来晒土豆片。秋天掰苞谷,外婆过来蒸苞谷粑。冬天红薯下山了,外婆过来,把红薯打粉,用红薯粉烙苕粑块儿给我吃。

苕粑块儿是我小时候能吃到的不多的美味,既解馋,又经饿。村里能享受这美味的细娃不多。村里舍得打粉的人家不多。打了粉,还舍得给细娃当零食吃的,就更少了。母亲也舍不得。但外婆说,大人少吃几口,匀出来把细娃的嘴哄了,细娃的心就踏实了。

母亲就不说话了。

外婆切一小片猪油在锅里一抹,把苕粉汁沿锅沿慢慢倒下去,端起锅四面一荡,哧啦,乳白色的苕粉汁很快就干了,成形了,透明了。外婆端起锅一颠,苕粑块儿在空中翻了面,稳稳落在锅里。外婆用锅铲把苕粑块儿压实,两边都烙熟,挑起来摊在筛子里。她把洋芋切丝,加点酸菜、辣椒、姜丝炒香,卷在苕粑块儿里,递给我。

烙苕粑块儿,火要大,锅要热,眼要明,手要快,稍慢一点就烙煳了。有一次,外婆烙苕粑块儿,可能火大了,手快燃着了,颠的时候,有点慌,锅沿磕了额头,她惊叫一声,手却没停下来。等把苕粑块儿烙好,递到我手里,我才看见外婆的额头被烫了一道红色的疤痕,像一张嘴巴。外婆去院坝边掐了几片薄荷叶敷在额头,笑着说:"外婆额头好吃,要抢我们华子的苕粑块儿吃了。"

站在我家院坝里,就能看见外婆家,一幢木房,隐在小片杨树林里。哥哥姐姐上学了,祖母和母亲去生产队劳动了,父亲又一直被队里派出去搞副业。白天我一个人在家,无聊的时候,就爬到院里的核桃树上朝外婆家望。外婆在推磨。外婆在吊脚楼下舂碓。外婆在院坝里晒粮食。外婆在屋边的园子里种菜。外婆提着猪食桶去猪圈喂猪。外婆担着水桶走下吊脚楼,走过屋前的田坎,往寨子边的水井沟走,去沟底的井里挑水。

每次看到外婆消失在水井沟的深沟里,我都会莫名感到又凄凉又恐惧。我骑在树杈上等外婆,直到看见外婆挑着水从水井口沟口现了身,我就大声喊外婆。外婆把水桶放在地上,把扁担卸下来,双手卷成喇叭筒,答应我:"华子哎——,

外婆把水挑进屋,就过来给你烙苕粑块儿吃哦!"

没多大一会儿,外婆就从我家吊脚楼下上来,上了院坝,像变戏法似的。

有一回,我去外婆家,几个表兄弟要带我进水井沟耍水。我心惊胆战地跟着他们到了沟口,山高谷深,沟底凉幽幽阴森森的。我们沿着溪边的小路进沟,往源头走,两边山崖嶙峋陡峭,连猴子都爬不过去。越往里走越阴森,一股寒气扑来,我不禁打了个寒噤。走到溪沟的尽头,见一个黑黝黝的岩坎下流出一小股泉水,汪成一个小水凼。原来这就是水井沟的水井。表哥樊鹰让我蹲下身子,两手浸在井水里。我把手浸在水里,水冷得浸骨头。樊鹰忽然大喊:"龙王爷出来吃细娃啦!龙王爷吃的就是华子啦!"边喊边往沟口跑。几个表兄弟也一哄而散,跟在他后面跑。我吓坏了,一边哭一边追着他们往沟口跑。跑到沟口,再跑不动了,就坐在田埂上大哭。

外婆寻声找来,表兄弟们已经四处跑不见了。外婆拿根竹刷条在田坎上虚张声势地拍了两下,大声呵斥:"哪个敢来吓我华子,我打他们!"

外婆给我揩泪水,说:"别听鹰子哥他们吓你!我挑了一辈子水,从没见过龙王爷吃人。龙王爷是好人呢!"

我止了哭,问外婆:"你怎么不去河里挑水呀?"

外婆说:"水跟人一样,各是各的命。井水喂人、喂田,河水喂鱼。再说,"她笑着点点我的鼻尖,"你们洗澡的时候朝河里撒尿，哪家还敢挑河水吃？"

我不好意思地笑了。我跟孩子们在河里洗澡的时候，我们几个站在河边朝河里尿尿，比谁尿得远。我虽然最小，也尿进河里了。

但是，我还是害怕水井沟，害怕沟底的水井。

虽然守着一条河，天干歉收却是常事。稻田沿着河岸，一丘一丘往山坡上叠，直叠到半坡。稻田之上是旱地。庄稼和草木都高高在上，眼巴巴的，仰仗晴雨过活，一副听天由命的样子。董河在下，一直往低处流，老老实实的，没一朵水花想爬上岸去喂一棵秧苗。河边也有水车，吱呀呀转，也只干些碾米磨面的事。官渡人习惯说，老天爷不下雨自有老天爷的原因，老天爷不晴也自有老天爷的原因。老天爷的原因究竟是什么，官渡人从不深究，跟坡上的玉米和麦子一样，也是一副听天由命的样子。

村里有人异想天开，说："人往高处走，让水也往高处，上山浇地行不？"

听到的人就一齐笑话，说："水又不长脚，怎么往高处走？那不是颠倒了？"

遇到旱得久，田里开了裂。田急，人也急。没办法，人就挑水上山。头一挑水倒下去，"哧"的一声，水没了。再挑一挑上来，倒进去，哧的一声，又没了。三挑，四挑，都不见影子。

种庄稼就是这样，得把田地的嘴巴喂饱，剩下的才是庄稼的。等到八挑、十挑水倒进去，这时候，田喝饱了水，眼看秧苗下的泥湿了，稀了，水才懒洋洋地满田里泛开来，在秧苗底下，殷殷勤勤地浸着。那些小姑娘一样的秧苗沾了水，一下挺直了腰，昂起了头。人像是得到鼓励，干劲足了，挑水也有了力气，不觉累了。直到秧田盈盈汪起一指头的浅水，约莫能扛过一天的日晒了，又换另一丘田。

那段时间，每天一早一晚，从河边到山坡的路上，都是挑水灌田的人。

很多年，官渡就是这样的。

水利是农业的命脉。到了二十世纪七十年代初，县里来了一位新领导，提出要把命脉打通，修水库、堰渠，蓄水、引水灌溉农田。1973年初春，县里开修了当年第一条大堰，大堰从岩门底跳水崖崖坎上开始，沿着董河河岸修一道堰渠，顺着山走，过青树、官渡，再到下面的香树、石梁坝。大堰以开工年份命名，叫"七·三"大堰。领导为了鼓舞士气，还亲自题了诗：

"七·三"大堰长又长，

修到香树灌石梁。

沿途的官渡、香树、石梁几个大队和生产队，把领导题诗用石灰写在村里河边的大石板上。领导站在崖上指点江山，手一点，"七·三"大堰就轰轰烈烈开建了，一时间，锣鼓喧天，红旗招展。自岩门底到青树村，沿途高山深谷，悬崖峭壁，民工攀在绝壁上，开山、凿洞、筑台、砌坎，一锤一锤地敲，一錾一錾地凿，一寸一寸地推进。虽然十分艰险，但人人都怀着战天斗地的豪情，一路都热火朝天。官渡滩和香树、石梁的人，都盼着大堰早日修通，好把董河水引过来，让山上的庄稼喝个饱。

"七·三"大堰修到官渡滩，已是第二个年头了。那年旱得厉害，秋天打谷子，多是瘪壳。等队里谷子打完，晒干，秋风就起了，满山黄叶缤纷，河水生凉。又是红薯下山的季节。收拾完红薯，桊籽又熟了，白花花的桊籽亮满枝头。

这时候，"七·三"大堰已经推进到官渡滩山层崖了。山层崖是一面高高的悬崖峭壁，连树草都不长。崖脚就是水井沟。男人们都抽去了工地搞突击。腰上绑着绳子，从崖顶吊下来，在半崖上你一锤我一锤打炮眼放炮。一块石头落下去，打炮眼的人呆呆地看石头往下滚，直落到河边着了地，心头才定下来。

老人们忧心忡忡地说，鬼都爬不上的悬崖，大堰怎么修得过去？

负责修堰的大队干部说："人定胜天！"

剩下女人、老人和孩子们都去山上打桠籽。桠籽熟了不等人，人一慢，籽粒就掉田里了。天不亮就出门"打早"打桠籽，一个"早"要打到中午，才背上桠籽疲惫不堪地回家。这时候，太阳已经当顶，早饭还没吃呢。

那天母亲打早，晌午才回来。她到园子里割了两棵青菜，在院坝择菜时，朝河对门看了眼，说："你外婆和舅妈也是刚打早回来。"

我嘴里啃着红薯，也朝外婆家看，外婆和舅妈正在院坝往晒席上倒桠籽。

母亲低头择好菜，站起身时，又朝河对门看了眼，说："你外婆又挑水去了！这下重力的活，哪该由她做？她就惯着你舅妈。"

我啃了口红薯，说："外婆是喜欢她家的新水桶呢！"

母亲有些恍惚地说："哦，新水桶是你舅舅在城里给买的呢，是杉木的……"

母亲进屋做饭。她把红薯拌上苞谷面在鼎罐里蒸好，就切青菜。那天母亲有些心神不宁，切菜时，切着了指头。她刮了锅咽灰涂在伤口上，喃喃地说："这几天不晓得啷个了，脑壳和手都不管事了。"等指头的血止住，她又开始切青菜。青菜还没切完，就听河对门有人大声喊她的名字，又急又乱。母亲放下菜刀就往河边跑，我也跟在母亲后边跑。母亲一边跑一边跟河对门的人喊话，才跑到河中央，就哭了。母亲哭，我也跟着哭。河那边的人都朝水井沟跑,闹闹嚷嚷的。母亲几乎是爬着上岸的。两个人拖着她,踉踉跄跄朝水井沟口走,几次扑倒在田里,又被人拉起来拖着走,鞋也掉了一只。我捡起母亲的鞋子,跟着人群跑。

到了水井沟沟口,见水井边空出来的稻田里围了一圈人,人群中央,用板凳搭了块门板,门板上铺了张晒席,晒席上摊了一个人,脑袋已经碎了,白花花的脑浆溅了满身。我的舅妈趴在门板旁边,双手捧起一大捧脑浆,想从脑窟窿塞回去,怎么也灌不进去。

这时候,我的表哥樊鹰提着被砸扁的水桶,嚎哭着挤进人群。我的母亲看见那水桶,新杉木水桶,她想喊什么,没喊出来,人就倒了地。

第二年秋天,我上学了。我的启蒙老师姓陈,瘦瘦的,戴副圆框眼镜。他教我们读语文课本上的诗:

> 高山顶上修条河,河水哗哗笑山坡。
> 昔日在你脚下走,今日从你头上过。

陈老师左手拿课本,右手拿竹教鞭,嘴里读着,教鞭在空中一点一点的,像放鸭的人在数鸭子。最后,他的教鞭数到了我,说:"你,王伟,站起来,把这诗读给大家听一听。"

我站起来，低着头，不肯开口。陈老师说："这是一首豪情满怀的诗歌。你要把豪情读出来。读出来。来——"他的教鞭在我头顶豪迈地点了一点。我的眼泪涌了出来。课本上的那条河在我的泪光里打着转儿。这时候，教室响起了笑声。先是一声，后来两三声，后来五六声，最后，全班同学哄笑起来。老师的教鞭点到一个笑得最欢的同学，说："你，站起来，说一说，你这么笑，究竟是为什么？"那同学站起来，捂着嘴又笑了一会儿，才收住，说："王伟的外婆，去井里挑水，被修大堰滚下来的石头砸死了。"他说完，笑得更凶了，完全没注意到老师惊愕的神情。他笑了好一会儿，才说："就是'高山顶上修条河'滚下来的大石头。"

多年以后，我去看望陈老师。他已经退休，在滴水岩老家养老。老师虽人在田间，但胸怀天下，尤喜谈古论今，逮上什么人就谈什么，无论谈什么都滔滔不绝。那时候，我已调到水利部工作。他见到我，谦恭地叫我"领导"，那客气局促的样子让我难过。我告诉他，我只是水利部里的一名干部，不是什么领导。他说，要当好"水利干部"，不要当"水干部"。我请他坐下来，两人都百感交集。他说，他还记得小学一年级时，他让我读那首诗，我不读，哭了。"不知道你家里发生了那么大的事情。每每想起，十分愧疚。"

我想跟老师说几句话，但没说得出来。

陈老师说："'七·三'大堰十几里长，修了两年，修到官渡滩,再也推不动了。工程太难了!"

我难过地说:"以血肉之躯,在千仞绝壁上开凿,这是以卵击石,以卵击石啊……"

老师说,那年头人活得苦,也悲壮。为了活命,不得不以卵击石啊!

我告诉陈老师,那天本来是我舅妈要出门挑水,外婆心疼舅妈,从舅妈肩上夺下水桶。

"她是替你舅妈去赴死的。"陈老师说,"这一路,有多少替人赴死的人啊!"

外婆讳名万翠芝,生于1912年,卒于1974年11月,享年六十三岁。她的墓在官渡滩水井沟畔的田边。近五十年过去了,墓碑已经下沉,碑石变青,碑上的字也模糊了。每年春节,舅舅一家和我们一家都会到外婆墓前拜祭。我想给碑上的字刷刷漆,让它们醒目一点。我的舅舅——一位退休的乡村教师——阻止了我。他说不用。那些字已经长进石头里了。

2. 稻谷

我们那里,稻谷叫谷子。在官渡的土地上,一年四季,只有秋收,只有秋收中的挞谷子,才算得上盛典。

同样是秋收，掰苞谷都算不上盛典。那是一个人背着背篓就能完成的工作。一个单独的人，背着背篓进入茂密的苞谷林，塞塞窣窣从高大的玉米秆上，把苞谷一个一个掰下来，反手扔进背篓。秋风浩荡，苞林汹涌，一会儿被淹没，一会儿又浮起。这个单独的人在秋天里浮沉。这样的秋收，怎么算是盛典？

挞谷子就不同了，人多势众，既像是劳动，又像是狂欢。它需要一个力大无穷的男子拱着挞斗挪到田里；需要一排女人握着齿镰躬身割稻；需要四个男人抱着稻捆在挞斗上使劲摔打，嘭嘭嘭的声音响彻群山；需要两个老者跟在挞斗后面，把稻草束成捆，一个一个立在空下来的田里；它还需要几个小孩儿，蹲在空下来的稻田里捡拾稻穗。这么多人，一步步朝前推进，稻谷步步后退，大地终于现出本来的黄褐色。

我自穿开裆裤起，就进入挞谷的稻田。田里的泥还没干透，便深一脚浅一脚，跟在挞斗后捡稻穗。我手里握着小把稻穗，对未经劳作即有意外收获感到庆幸。它们像是人间额外的馈赠。我的母亲一边割稻一边对我说："眼睛睁大点，手脚麻利点，捡了稻穗，晚上回去给你煮白米饭吃。"可是我从未在挞谷的当晚吃过白米饭。我至今仍然不知道捡到的稻穗去哪了。我猜多半被大人挞进挞斗里，成为生产队的粮食，或者被嘴甜的小姑娘、老太太哄去了。我两手空空，一个人坐在稻草上，脚趾头上停着蚱蜢，头顶歇着蜻蜓，一只老虎（稻田里的昆虫)从膝头跳上肩膀。

父亲一年四季被队里派出去搞副业,给生产队挣钱。他走乡串村修柴油机、面条机、抽水机,修一切半机械甚至机械的东西,忙得一年难得回家几次。可是每到挞谷时节,无论多远,他必定赶回来参加挞谷,像远游的人赶回家过节。在官渡,挞谷是件真正的大事。父亲常年不做农活,挞起谷子却特别卖力。他不割稻,不束草,只挞谷。男人都喜欢挞谷,那是有力量、有气派的劳动。父亲挞谷很有气势,他抡起一捆稻子,高高扬起,在头顶的斜上方稍稍停顿,像是在估量谷子的分量和成色,然后,再使劲朝挞斗板摔拍下去,谷子脱落下来,落在斗里,发出铿锵的声音。父亲挞谷子又准又猛,挞得特别净。他扔在田里的稻草上,一粒谷子都不剩。父亲挞一会儿谷子,便忍不住停下来,两手插进带着热气的谷子,好一会儿舍不得抽出来。他很享受双手淹没在谷子里的感觉。

父亲常年走州过县,有许多见识,又能说会道。他参加挞谷子,田里的气氛就很活跃。大家一边忙碌,一边向他打听他走过的地方,询问当地种种风物人情。父亲嗓门大,气派也大,又乐意有人向他请教。他得意地说着在异乡的种种见闻,一边说一边笑闹。挞谷的人说:"祥胜哥回来挞谷子,田里就像过年。"

我的二叔常年在官渡的土地上劳动。本是同胞兄弟,二叔的性情跟父亲却不同。有什么不同呢?用我祖母的话说,她这个小儿子带点妇人气。"你看他对庄稼,尤其是对稻谷,又耐心,又周到,就像慈母宠爱娇儿。"我们那里有个说法,带点妇人气的男人福旺。我的祖母对二叔到底有福没福这事,也说不清楚。但她肯定地说:"论惜福,官渡滩哪个都比不上我的祥星。"

我二叔叫王祥星。包产到户前,二叔是生产队会计,能说会道,也有架子。但他一近庄稼,尤其是进了稻田,队长的架子就没了。春天,他躬在明晃晃的水田里栽秧,灵巧利落赛过年轻媳妇。他好半天不直起腰来,腿肚子扎进几只蚂蟥,腿上鲜血直流,也腾不出手来把蚂蟥拍落。到薅秧时节,二叔不用薅秧耙,挽起裤腿就下田,脚趾头探到秧苗的根部,像给稻秧挠痒痒似的,把秧苗根的泥轻轻刨松。他抽线似的一根一根扯净田里的稗草和荸荠草,一丝都不放过。小满时节,稻子灌浆,二叔就更情深意长。他拈起一枝稻穗,一粒一粒地数颗数,又用手指轻轻捏稻粒,看浆灌得是否饱满。挞谷的季节,二叔在稻田里,男人的活和女人的活他都干,割稻、挞谷、束草,样样干得麻利。等谷子挞过,他蹲在田里,寻找遗落下的稻穗。稻穗已经被老太太和孩子们捡净了。看见掉在湿泥里的谷子,他就像老妇人一样一粒一粒拈起来,攥在掌心。捡了一小把,他就放进衣袋里悄悄带回家。

祖父是1952年去世的。那一年,父亲十五岁,二叔四岁,姑姑两岁。长兄若父,父亲帮着祖母拉扯二叔和姑姑。像是种庄稼需要间苗,祖母跟父亲商量,托人在贵州沿河县洪渡区洪渡岩村寻了一户姓万的人家,把二叔抱养过去。对外的说法是,万家家境殷实,无子嗣,且慈良,二叔过去算是给人家立门户,也继承家产。二叔离开那天,我的祖母牵着姑姑,父亲牵着二叔,送到河边,看着二叔跟洪渡岩来的人消失在河对门的拐弯处,并且做好一生见不上面的准备。

在我们那里,只有谷子和苞谷才算得上粮食。这中间,又只有谷子才上得了台盘。细娃儿出生,外婆率家族的女眷前去送祝米,箩筐里挑的,是谷子。姑娘出嫁,娘家瓤在枕头里的,也是谷子。进了婆家门,婆婆的赏赐,也是两碗谷子。起新房上大梁,要用红绸系一袋谷子随大梁升到房顶,永远吊在梁上。如果一个人在尘世忍受完劳苦,安然睡去,出殡时,长孝子摔掉棺木上的米碗,谷子撒了满地,宣告他在尘世的吃米生涯至此结束。棺椁应声抬起,载着逝者匆匆踏上另一趟旅程。在棺木内,他的枕边,放着一小袋谷子。那是他在另一世界的荣华富贵。

挞谷是队里的一件大事。吃上白米饭,同样是一件艰辛的事情。要先吃尽土豆,吃尽玉米,吃尽红薯,入了冬,队里才开仓分谷子。分谷子后,河这边、河对门,石碓响个不停,此起彼伏,家家都舂新米吃。白米饭如此受人尊宠。过年了,有白米饭吃。来客人了，有白米饭吃。家人生病了，有白米饭吃。受宠的人，有白米饭吃。

哥哥小时候长得又白又俊。祖母活着的时候曾得意地说他这个长孙："蘸点盐，打生都吃得下。"哥哥爱说一句话："没得意思得。"那是跟插队的重庆知青学的，他说起来有点拿腔拿调。当他有头疼脑热时，母亲就会用熬茶的小陶罐在火塘里煨半罐白米饭给他吃。哥哥用调羹一勺一勺地舀着白米饭，一边吃一边说："害个毛病，就吃这么点白米饭，没得意思得。"我在一旁眼睁睁地看他，他就把碗推给我，说："有的吃，有的看，没得意思得。"等我端过米饭两口扒完，他又说："一碗饭，俩人吃，没得意思得。"

哥哥觉得啥都没得意思得，干活也磨洋工。栽秧时节，队里的人在田里沉着头挥汗如雨，他却坐在桐树下看着天空发呆。他幻想通过参军或者招工的方式跳出农门。他说有一种生活，不栽秧也能吃上白米饭，不受日晒雨淋也能清清爽爽地活下去。我问那是什么生活呢？他朝我笑笑："吃商品粮呗。这都不知道啊？你没得意思得。"

说起来秧苗是个宝贝，人家命里有水，生来就得长在水里。夏天，秧苗发蔸分蘖，一天都不能缺水，水一干，秧苗分不了蘖，到秋天只有独秧秧抽穗、酿籽。老天偏偏又晴多雨少，家家排轮子放水，轮到的人家派人盯水，坐在田边，防止被别人家截流。这截流，叫"偷水"，罪名不小。

放水时节，寨人为争水吵骂甚至打架的事情都常发生。

小时候，我脾气倔，很能骂人，打架也从不服输。我家在中寨，轮到我家放水的时候，经常已是夜晚。母亲就派我夜里守秧水，让哥哥给我搭伴儿。哥哥在田埂上铺好蓑衣，咕哝着"没意思得"，一会儿就响起了鼾声。被蚊虫叮咬，他烦躁地咕哝道："睡瞌睡都不得安生。没得意思得。"

我一个人坐在稻田的进水口，星空下听着流水汩汩注入稻田，蛙声、虫声繁乱，也十分烦躁。忽然水声停了。我打着手电，沿着堰沟一路往回查看，一边走一边大声叫骂，说逮到谁偷了我家的水，就得捶成稀泥。走到半途，见水流到另一户人家的田里，那家的孩子守水决边。我冲上去抓住那孩子就打，边打边骂："排好的轮子，龟儿子才插轮子。"那孩子也不软，一边迎战一边："哪家儿子不是人养的？哪丘秧子不是人栽的？我家秧子快干死了，龟孙子才让我家排轮子了。"死不相让，握着拳头朝我鼻子打过来。我脑袋嗡一声的同时，还不忘推他一把，他跌进了他家秧田里。

我打着手电，满脸是血，破口大骂，一路小跑护送秧水到我家田里。哥哥被蚊子叮醒了，烦躁地坐在田坎上抽烟，手电朝我扫过来，见我满脸是血，一下子跳起来问："哪个龟儿搞的？给我说，我去把他搞死球起！"我疲惫地摇摇头，在水边洗净鼻血，在田坎上躺下来，不想说话。哥哥见我只是鼻子出了血，就觉得没必要去"搞死球起"，说了声"争个秧水就打架，没得意思得。农村没得意思得"，又躺下睡觉了。

遇到大旱，泉水枯了，我们就去河里挑水上山灌田，相当于救急，一家老少都上。哥哥挑担，我年纪小，挑担时水桶杵在地上，就用堰桶背。挑水灌田一般选在早晚。我跟哥哥挑到深夜，累极了，扔了蓑衣，人就瘫在田坎上。哥哥忧伤地说："磨骨头养肠子，没得意思得。我是没意思了，你才十来岁，就要把一辈子搭进去。没得意思得。"

我也忽然悲伤。我跟哥哥头对着头，仰面躺在田坎上。哥哥久久不说话。星空高远，虫鸣汹涌。我感到曾经淹没先辈们的一切，还要再一次将我们淹没。这片土地上曾经的悲伤、困苦，到我们这里，还要原封不动地再经历一次。

抱养二叔的那户人家，实际情况跟中间人的介绍有很大出入。人家也相当窘迫，只是居于深山，悄悄砍了山烧火焰，辟了边角地出来种小谷。二叔在人家，上山看羊子，每天有三五个烧土豆吃，不至于饿死。

我的父亲长大了，队里派他出门做手艺活搞副业。有一回，他在龚滩公社红花大队修面条机，大队没钱结账，就以18斤谷子抵了工钱。父亲接过谷子欣喜若狂。他来不及回家，把谷子装进一只布袋，布袋系在腰上，外面罩着衣服，从龚滩红花大队走到彭水善感乡，在周家寨码头等渡船过洪渡。他一路想好了给万家的说辞:"我们有谷子了。我们家养得活弟弟了。让我把弟弟接回家吧!如果不接回弟弟,老母亲在家里也活不下去了。"我的父亲一路默念这几句话,又欣喜又紧张。他甚至打算,如果万家不松口,他就把谷子分一半给万家。

父亲在码头遇到一个人。那人牵着一匹马,中山装没系扣,披在肩上。那人见了父亲,主动过来攀谈,语气神情和气又耐心。父亲跟那人一起上了渡船。父亲一路心花怒放,他主动说起洪渡岩的弟弟,说起弟弟离家后,母亲夜夜流泪,眼睛都快哭瞎了。他说这一年太难熬,寨里已经饿死十几个人。"老天有眼。"父亲说到这里,十分动容,"弟弟若不是送到洪渡岩,我家怕也有人饿死了。万家是我们的恩人哪!"那人笑着点点头,对父亲的话表示赞同。"谢天谢地!"父亲越说越得意,一得意就忘了形。他解开外衣,让那人看他腰间的谷子。"这年头,有几个人有谷子?把弟弟接回去,混点菜叶熬米汤,挨到小春是没问题的。我家不会饿死人了!"那人又笑着点点头,再一次对父亲的话表示赞同。

船过乌江,到了洪渡。父亲跟那人下船,上了岸。父亲脸上泛着甜蜜的笑,跟他道了别,看他翻身上马,进了洪渡街,消失在拐角处的骑楼下。父亲这才扛着稻谷爬坡上洪渡岩,寻到了万家。

万家真是好人家。听父亲说要把二叔接走,竟也依了。

夫妇俩留父亲住了一晚，第二天早晨，送俩兄弟上了路。下了山，到洪渡码头时，太阳已升高了。父亲带着二叔正要上渡船，头天遇见的那人又骑着马来了。父亲又惊又喜，上前跟他打招呼，抻了抻二叔的衣袖，告诉那人，这就是弟弟。骑马的人微微一笑，下了马。他自报家门，他是洪渡区公所的干部，下乡执法，遇见父亲非法持有稻谷，区公所决定予以没收。他从父亲腰间取下粮袋，搭在他的马背上，像从左手腾到右手那么自然。他翻身上了马，把谷子拢在胯前，马蹄嘚嘚，载着他进了洪渡街，消失在街角的骑楼下。

很多年后，父亲向我提起这件往事。他至今也不明白，那干部抢走他的谷子时，他怎么没去争夺。"当时完全呆了，等想起来，那人已经骑马走了。再说，他是政府。"父亲跟二叔在江边坐了一夜。天明时，他又送二叔上山，回洪渡岩。兄弟俩爬到半山腰，父亲一步都迈不动了。二叔独自上山回万家。山上有雾。二叔往山上走，不断回头哭着喊"大"。最后，小小的身子消失在雾气中。

2012年春将尽的时候，我回老家探望生病的二叔。那时候，他喉癌已到晚期，时日无多。我的哥哥把他接到重庆市人民医院治疗。我的兄长李华副院长说手术已经没什么意义，让我们接回家好好尽孝。我的堂弟绪阳告诉二叔，他得的是气颈包，就是农村常见的大脖子病。这病不当紧，休养一段时间就好了。不知道二叔是真信了,还是心有不甘,总之仍然抱着不死的信心。他声称病好后要跟我去北京,看看天安门,看看毛主席。他陷在一张藤躺椅里,周围塞满了绒被、枕头。家人小心翼翼地护在他身边。

我陪坐在二叔身边。他挣扎着坐起来,要告诉我"一件大事",一件从未说出口的大事。他费劲地张着嘴,一边比画,一边哈着嗓子。彼时,他喉咙里只有气,没有声了。他说洪渡岩万家对他很好,但他对不住人,每晚趁人家睡着,就悄悄从谷桶里偷一小把稻谷放在衣袋里,放羊时带出门,藏在后山的一个山洞里。他想等到存满三五斤稻谷,就当作盘缠,偷偷跑回家。有天去洞里,谷子不见了。

我问:"谁偷了您的谷子?"二叔慢慢地摇头,摇了又摇,最后费劲地说:"那不是偷。"

我说拿走您藏好的粮食,就是偷。二叔还摇头,说:"野地里的东西,谁见了就是谁的。再说,那年头,谁拿了粮食,都是去救命的。不算偷,人家不算偷。"

我一时无话。

"真的小偷是我。我对不住万家。"二叔说,"那是万家延命的粮食。"

二叔是被我滂沱的泪水惊醒的。他从来没见我哭得那么伤心过。他先是有些诧异,后来就明白了。一明白,他眼里的光就暗了下去。好一会儿,他才哈着嗓子说:"一个人,在世上能吃多少米,是命定的……我本该在当细娃儿时就饿死……偷活了这么多年,是额外的福寿……"

我哭出了声。二叔抓住我的手,要交代我一件事。他要我代他去洪渡岩万家看看。"万润生。"他在我手心里写下这三个字,那是他养父的名字。"可能得一世人了。"他说,"替我去二老坟前磕个头。万家在进寨子的第三户人家。院坝有棵大李子树。肚子饿的时候,养父打李子给我吃。"

葬别二叔后,到了夏天,我去黔东北出差。工作完毕,顺道去了沿河洪渡岩,寻到那户姓万的人家。二叔的养父母已经作古。他们在二叔返家后很多年,又收养了一位子孙,算是把万家那一脉香火续了下去。那位养孙、我的兄长带我到二老的墓前焚香跪拜,感谢他们的恩情。他的妻子,一位健壮的农妇,热情地炖了鸡,斟了自家酿的醪糟酒。我跟兄长都喝醉了。我请兄长带我去看看二叔藏谷子的山洞。"哪还有山洞?"兄长醉醺醺地说,"洪渡岩这几年开山修路,把山洞都炸平了。"

黄昏时兄长送我出门,俩人都摇摇晃晃的。我记得院坝里那棵李子树高大壮硕,挂了满树青果。

又一年栽秋季到了。桐花刚落,鸢尾开了满坡。一丘丘水田蓄满秧水,明镜似的叠在山坡上。栽秧的第一天,叫开秧门。这是一件大事情。这天,官渡滩人要杀鸡备酒祭祀,敬天地,告先亲,还要跳栽秧锣鼓。一年最重要的耕种开始了。歌师傅提着锣鼓,在田埂上敲打,且歌且舞。栽秧的人排成一行,躬身在田里,和着歌声一边栽秧一边后退。秧苗横平竖直,整整齐齐立在水中央。我的父亲来到田埂上,满眼喧腾,沉默不语。我看到我的二叔,我的祖父母、外祖父母,还有更远的家亲和先祖,他们结队而来,站在盈盈的田边,亲切又怜爱地看着水里单薄的绿秧苗,像是远行归来,又像从未离去。

3. 麦子

在官渡,玉米像数量众多的女儿,卑微,坚韧,粗糙,挺拔在山洼、台地,无论地肥地瘦,都蓬勃昂扬。头顶粉红的嫩穗,披搭下一缕粉缨,让玉米显出几分娇柔、几分嫣然,有了女儿态。但玉米梭镖一样凌厉、泼辣的叶片,护住腰里长出的青壳棒子,像长姐卫护幼弟。而水稻像晚来的独子,金贵、宠溺,占尽一家最好的田地,是一家人最核心的心情。秧苗插进田里,还来不及慢慢拔节、分蘖、扬花、灌浆,就已白花花地香在一家人的心头。

麦子,就像已经长成、即将出阁的妹妹。这妹妹上有兄嫂,下有侄儿侄女,她正好处在中间。这妹妹又像半个客人,人还在家里,一只脚已经跨出门。麦子的生长也是这样,她处在头一年秋收后,第二年春播前。那时候,土地和季节都进入秋冬沉寂阶段,空了下来,也静了下来。这时候,麦子出场了。麦子安安静静、不声不响地铺陈在大地上。

麦子自种下,到麦黄前,几乎感觉不到它的存在。它安安静静地生长,安安静静地拔节,安安静静地孕穗,安安静静地瓢籽。那段时间,人跟麦子各忙各的,互不打扰。到来年春后,家里储粮的桶和缸已搜干刮净,秧苗刚下田,玉米也才挂穗。这时候,麦子黄了。麦子的黄恰逢其时。

收麦子一般在五月。麦子是官渡的第一轮收成。虽不及秋收声势浩荡,但动静也大。收麦子是一年中最累的时候。地里的麦子要收了,麦子黄起来像着火一样急,从低处向高坡蔓延,金黄的麦芒在初夏烈日下,明晃晃、火辣辣地扎得人的心火烧火燎的。人不急吗?再说,插秧也紧了。要赶在端阳雨下来之前把麦子割了,束成捆背回来,铺在晒坝上,点起马灯抡起连枷打麦子。这是夜以继日、争分夺秒的时节。你看在晒场上抢着连枷打麦子,风车簸麦子,背麦子。人已经累得散了,心头却是愉快的。在玉米成熟之前,肚子不会空着了。麦子承上启下,继往开来。

新麦出来,家家忙着吃新。摘了新鲜的桐叶蒸麦粑,煮麦疙瘩,或者磨成麦面掺饭。不过,这都不是麦子的最高使命。麦子只有做成面条,才算是实现了它的最高价值。

面条对于乡村，像半个客人，也像礼物，它偶尔来到乡村少年的生活里，浮在灰白色贫穷之上，成为最深刻的童年记忆。

在我们那里，相邻几个寨子，共用一个面坊。面坊是乡村生活的圣地。后来我读到的许多关于爱情、伦理、争战、复仇的乡村故事，起初都发生在面坊。在那些故事中，面坊只是一个场域，一个背景，带着乌托邦式的审美。人才是故事的主角。

在我们官渡的面坊里，面条就是主角。面坊的师傅，背着麦子前来换面条的人，一盘水车带动的大石磨，一台面条机，一块大案板，两只面盆，一杆秤，两把剪刀，十几排横竹竿，都是配角。麦收后，这些配角聚在面坊里，目睹一篓褐色的、闪着光的麦粒如何被粉碎、融合、塑造，最终成为面条的过程。这过程说来也是牵心挂肠，让人百感交集。

童年时，去面坊看出面，是我们的节日。我们那里的面坊，就在我们生产队。面坊的两边都是厢房的吊脚楼，楼前有片大晒场。面坊有两个出面的师傅，一个是真正的师傅，另一个是他的学徒。面坊整天机声嗡嗡，这对师徒系着白围裙，戴着白袖笼，面粉雪花一样落在肩头，落在头发上、眉毛上、鼻尖上，看起来就像风雪夜归人。俩人在嗡嗡声中劳动，一天也难得对上两句话，技艺的传授，艺德的养成，全在眼手间。

师徒俩在一面大案板上和面。面和好，成了粉子，徒弟端起来,倒进轧面机,粉子在机槽里起起伏伏、吞吞吐吐,像泡沫一样浮动。这时候,师傅打开面条机的出面口,尺把宽的面皮就源源不断地下来了。师傅坐在机口前接面皮,用根粗木棍卷面皮,一边接一边卷,把面皮卷成筒,拿剪刀剪断面皮,把面筒立在案板上,又拿根木棍接第二张面皮。到第二轮,徒弟在机槽口扶住两卷面筒,把两筒面皮叠上,一起喂进机器,师傅坐在机器口接面皮。这样两层轧成一层,面皮就筋道、有韧性,熟了。轧过第三遍,就可以出面了。

师傅在出面口装上刀片。徒弟把轧熟的面皮喂进槽口,用手抹着转轮转动面条机,机器肚子里咕噜咕噜地响。孩子们蹲在机器前看出面。这是见分晓的时刻,是激动人心的时刻。

面条出来了。面条们姗姗而下,<u>丝丝缕缕</u>,袅袅娜娜,娇滴滴的,软绵绵的,格外的楚楚动人。

师傅左手拿一根长竹筷,右手拿一把大剪刀,把一排软软的面条高高挑起来,用大剪刀咔嚓一剪,徒弟赶紧上来接过面条,奔跑到一边的竹竿旁,两根筷子一分,把面条披挂在长竹竿上,然后拿着筷子跑回机器旁,交给师傅,又回机器边抹着转轮转动面条机。就这样,面条源源不断地下来,不一会儿,面坊的竹竿上就挂满了柔软的面条。师傅跟徒弟一人一头,抬着竹竿爬上梯子,把面条晾在高处。面条们高高在上,孩子们在面条底下,仰望雨丝般的面条柔柔软软、清清爽爽、晃晃悠悠,心里像是有了着落又没得着落,不由学着大人唱情歌：

>天上有雨噻——又不落哦，
>情妹有话噻——又不说哦。
>是好是歹噻——说几句哦，
>叫我回去噻——心底落哦。

等师傅把和好的面粉都出成面条，挂好，他的脸上才活泛起来，扯下袖笼拍打头上、肩上的面粉，跟人打招呼。面坊安静下来，只剩水车在面坊脚下转动的咕噜声。

一斤麦子换七两半面。师傅跟学徒抬起秤，称人们背来的麦子。称好麦子，倒进巨大的桶里，就去收竿子上的干面了。那面是前两天出的，在竿子上晾了两天。师傅把一薄竹片擦着竹竿朝上的一面穿进去，往上一挑，干面条就挑起来了。面条横放在装麦子来的帕袱里，把帕袱的对角扯紧扎上，称好，交上一两毛的加工费，给人背回家。面条焦脆、松散，放在背笼里，走路的人小心翼翼，生怕把面条的细腰闪了。

在官渡，面条不是寻常物，是给客人吃的，给老人吃的，给病人吃的。面条背回家，母亲不慌不忙地给面条过秤。我跟哥哥姐姐眼巴巴地盯着面条，馋极了。

母亲自言自语地说："家里来人来客，要下碗面算添个菜。大人细娃有个头疼脑热，吃碗面就好了。寨子里哪家贺生、送祝米,也要面条配礼。"说着,在我们眼目睽睽下,把面条放进柜子里。

每一段人生,都有一个主题。自出生到1980年那十来年间,我的主题就是饥饿。我小学二年级快念完的那一天,我的同桌,一位叫樊统录的在我耳边说,他刚去了一趟他姑姑家,姑姑给他下了一碗鸡蛋面。干巴巴的一大碗,打了两个鸡蛋,香死了。

这句话石破天惊,点燃了我身体和肠胃对于美味、对于饱足的狂热欲望。整个下午,我坐在桌前,课本上的数字,1变成了面条,0变成了鸡蛋,1和0合在一起,就是一碗鸡蛋面。它们搅和在一起,相互提味,相互生香。

被震惊的不是我的心而是肠胃。每当我在大脑里虚构那一大碗鸡蛋面,我的肚子就会咕噜咕噜十分积极地活动起来。"在姑姑家吃了一大碗鸡蛋面。"樊统禄的话像神谕一样启发了我。那是端午后,四处的麦子正在收割。收得早的人家,已经晒干了麦子,背到面坊换回香喷喷的面条了。

当天放学后,我问母亲:"我想去嬢嬢家看看行吗?"母亲此时正在晒场边捡拾麦粒。几只鸡过来,伸头望颈的,也想去啄掉进泥土里的麦粒,母亲恼怒地拉起响篙朝鸡砸过去。她显得相当疲惫。听到我说想去姑姑家,她回头望了我一眼,答非所问地:"嬢嬢家的麦子也晒干了吧?"

那是我第一次单独去姑姑家。姑姑家在茶园，离我家有十来里山路。沿途看见收割后的麦地，像被潮水洗过一样荡气回肠。两山的高坡上，还有一些麦子熟在地头，金黄的麦芒在农历五月的阳光下，像火焰一样灼烧着我的肠胃和心。

走了两个多小时的山路，到茶园时，已是黄昏。我先上前向姑婆打了招呼。姑婆是姑姑的婆婆，也是我的亲姑婆。我们家两代女儿，嫁到茶园同一个家庭，做了婆媳。姑婆对王家去的客人十分客气。我打过招呼，就悄悄在他们家四处寻找鸡窝。在屋后的鸡窝里，摸到两枚鸡蛋，余温尚存。我把鸡蛋揣在口袋里，一边一个。我坐在阶沿上，任姑婆怎么劝说邀请，也不肯进屋。我不知道口袋里的两只鸡蛋，是交给姑婆，还是等姑姑回家交给姑姑。两只鸡蛋在我袋里捂着，都要捂出鸡娃了。最后，我把鸡蛋拿出来，一只手一只，我告诉姑婆，我捡鸡蛋了。然后，我跌倒在地，两只蛋破了，蛋液从壳里流出来，淌了我满手掌。

姑婆过来扶起我。我举着两手，蛋液从掌心流出来，顺着手腕流进袖口，凉凉的，有股淡淡的腥味。

姑姑收工回来了。捡了几个鸡蛋，打在锅里煎成两面黄，又摘了黄瓜切丝，下油锅炒香，加汤煮开，等鸡蛋和黄瓜丝的香味出来，姑姑端出面条，拦腰撅断，下进汤锅里。那排面一下进锅里了，腰就软下来了，特别的慵懒，特别的雍容，特别的惹人怜爱。

当晚待客的饭，是鸡蛋面。我一碗，姑婆一碗。表弟冉明也有一碗。姑姑和姑父则是吃洋芋。

姑婆端过面，见表弟的碗里只有半碗汤水和不多的一点面，就说："这几天的鸡蛋腥味重。年纪大了，吃不下腥啦！"说着，把鸡蛋拨了一个到我碗里，剩下的鸡蛋和面，倒进表弟碗里。她坐到姑父旁边，拿过洋芋就吃起来。姑姑说了句客气话，也由着老人了。姑父坐在灯影里，一言不发。

许多年过去了，每每想起那碗面，我仍然百感交集。它太香了，太醇了，太浓了，太旺实了。鸡蛋和面，真是绝配啊。那碗面，颠覆了我对面和鸡蛋的想象，也颠覆了以后我对面条的所有想象。在以后的许多年里，我吃过许许多多的、各种各样的面，但都吃不出当初那碗面的香味了。

我经常跟妻子提起姑姑家给我煮的鸡蛋面。起初，我的妻子对此不以为然。她说，一碗鸡蛋面有什么好说的？

是没什么好说的。

我要说的是，在那以后的好些年里，为了那碗鸡蛋面，我一次又一次踏上去茶园的路。后来去双河中学上学，每周末返校，也要绕道茶园，吃了姑姑煮的鸡蛋面才飞奔下山，赶当晚的晚自习。

我要说的是，我和我们王家三代人，在以后的很多年里，每当有困难，首先就是求助于茶园的姑姑和她的家人。那个家庭在以后的几十年里，曾以羸弱之力不顾一切地帮衬了我们，喂养了我们，收留了我们，最后，把性命也搭了进去。

我还要说的是，我的姑婆、姑姑，她们像一株爬藤，藤蔓远天远路地牵缘到了婆家，但根还扎在官渡滩。亲戚间流着同一支血脉。只要我们需要，她们就回溯血液，供我们吮吸，供我们勒索，直到最后瘦成一把枯枝。

我的亲人啊！

在以后的许多年里，我的妻子经常在周末的早晨买来筒骨、鱼虾、海鲜，熬制鲜汤，给我煮她能想到的五花八门的面条。那些洁白晶莹的面条安静地卧在乳白的浓汤里，上面盖着肉片、鱼片或者别的她认为高级的各种片。老实说，到了这时候，面条的意义已经相当稀薄了。我的妻子端着面递到我面前，她在对面坐下来，歪着头看我把一批又一批面条扒进口里，脸上是几十年不变的少女神情。

她问我："好不好吃？"

这时候，我的心就像面条那样软下来。

我说："好吃！"

4. 豆儿

在我们官渡，大宗的粮食后面，都缀一个"子"字，稻谷叫谷子，玉米叫苞谷子，小麦叫麦子，荞麦叫荞子，大豆叫豆子。这个"子"，既表示普通、平常，又表示轻贱。然而，带"子"的粮食，都是"当得了顿"、可以依靠的，是活命的。只有豆儿例外。这个豆，是除大豆以外的小宗豆类，巴山豆儿、绿豆儿、红豆儿、胡豆儿、豌豆儿等。豆后面缀个"儿"字，表示小，也表示少，表示亲昵，一个"儿"字让人格外牵肠挂肚。

豆儿是庄稼的补充和边角，是点缀，专门为了丰富庄稼的品种。官渡人种苞谷、麦子，插秧，栽红薯、洋芋，是正事，也是大事，是需要全力以赴投入的。收工后，在田埂、土边、地角、岩旮旯，顺手用锄头掏几个小土窝，撒几颗无论什么豆儿，随便刨点土盖上，就算种豆儿了。

在官渡的土地上，每一棵庄稼都理直气壮，月光下咔嚓咔嚓拔节，太阳下气势汹汹生长，到了时节，一夜之间就轰轰然排山倒海地成熟了。

只有豆儿是静悄悄的。它们在田边、地角，婉婉约约，纤纤秀秀，伸一片叶，爬一枝蔓，探头探脑，又娇滴滴的。胆大的、心长的，就调皮地朝苦蒿、苍耳攀援，搭上了就一圈一圈地缠上去，人家往上长一截，它也跟着长一圈，在人家身上开花、结荚，静悄悄地孕一排嫩嫩的仁儿。

在官渡滩，豆儿是属于老婆婆的。老婆婆已经从土地上退场，不再参与主要的耕种收割。她们只在田边地角种几把豆儿。种下豆儿的日子，老婆婆人在家里头，心却牵挂着山里的豆儿，白日夜里，心随着豆儿藤缠来绕去的。夜里，年轻力壮的人随着禾苗拔节的节拍在沉酣中做着梦的时候，老婆婆在黑暗里睁着眼，心里想着岩窠窠的那丛豆儿该牵须儿了，田埂边的那行豆儿该开花儿了，地角边的那排豆儿该瓤籽儿了，苞谷林边的那绺豆儿该饱米儿了。立秋后，白日里太阳烈，夜里却微凉。秋虫繁密如雨。老婆婆心里都有数呢，她晓得她的豆儿正东一棵西一棵成熟，此一处彼一处乍裂。

在我们官渡，老婆婆总是慢吞吞的，老赶不上时间。年轻人的嘴里一口一个洋词儿，老婆婆还说着土里土气的方言。年轻人今天"斗资批修"，明天"打倒孔老二"，风一阵雨一阵的，老婆婆脸上还是又静又慢，陈旧又安详。年轻人穿上了驳克领、对尖领、方角领、翻领，老婆婆还是黑布褂，胸前系青布围腰，围腰上缀着兽形银片。

在我们官渡的老婆婆那里，围腰兜还是一个特别的家什，相当于随身的包袱。捡菌子，拾麦穗，摘果子，掐菜叶。围腰是布褂的一部分，也是老婆婆的一部分。

在官渡滩，庄稼是属于成年男女的。从种子播下开始，他们就在土地里与庄稼相互纠缠，汗水与庄稼的汁液相互浇灌，相互浸泡，蓬勃的禾苗与健旺的身体相互耕耘，相互纠缠。苞谷的成熟是排山倒海的，在八月的烈日下，苞谷们一片一片地熟了，宽阔犀利的苞谷叶像被火焰炙烤过，一片一片地黄。苞谷收过后，秸秆也砍了，土地像潮水退尽，空旷下来。

剩下豆儿们在田边地角，在山的背阴处，安安静静、一心一意地黄。豆儿的黄是东一下西一下的，是此一处彼一处的，窸窸窣窣的，像老婆婆的窃窃私语。

粮食从地里一挑一挑进了寨子，轰然倒进粮仓。雄迈的肉身劳累至极，却不敢疲惫，队里丰收的高潮还未到来呢。

九月是队里最意气风发的日子，比八月秋收还要豪情满怀。这时候，粮食都晒干了，接下来，要把最好的粮食筛选出来。社员们怀着赤诚与虔敬筛选，每一粒选出来的粮食都经得起掂量，经得起追问，都饱满硬实，掷地有声，金黄锃亮，就像社员的赤胆忠心。

送公粮的日子是队里的节日。一大早，晒场上敲锣打鼓、喜气洋洋。女人腰上系着红绸，男人戴着红袖章，马的头上戴着大红花。打头的扛着旗，男人挑着担子，女人背着背篼，马背上驮着麻袋，送粮的队伍出了门，扬鞭催马、号子翻天，浩浩荡荡地往公社去。人人脸上堆着笑，心里却打着鼓：收成不好,这又敲锣打鼓地送,剩下的就不多了。分到每家每户,劳力少的人家,又有个把月接不上趟了。

人都走空了,寨子静了下来。这时候,老婆婆挎上竹篮悄悄出门捡豆儿了。

褐色豆荚比麻绳粗不了多少。豆荚裂了,里面安安静静卧着一排豆儿,整整齐齐,喜眉喜眼。老婆婆一见那豆儿,也喜眉喜眼了。这时候豆荚脆、焦,蚂蚱跳过去都会惊得乍开。老婆婆心里喜气,又不露声色。她老腿儿蹲不下,就半蹲半跪在豆丛里,身子跟苦蒿、苍耳一样高了。这时候,她还舍不得马上捡豆儿。她的眼睛恰好跟豆儿对上了,她眯起眼睛把那豆儿好生看了一会儿,直到认熟了,才一只手捧住豆荚,另一只手拇指和食指捏住豆荚轻轻一捻,豆儿就落进老婆婆的掌心了。等手掌心装满豆儿,老婆婆就放进围腰。有调皮的豆儿蹦出来,落进土里。老婆婆手指笨,从土里拈不起来,就很懊恼,连哈气都小心翼翼的了,生怕又惊着一枚豆荚。

捡了半围腰豆儿,老婆婆的腿支不住了。她一手牵住围腰兜,一手扶着腰,颤巍巍立起身来,把豆儿倒进篮子里。

豆儿捡回来,倒在晒席上晾晒。豆儿不多,只铺了半席。几场爽朗的焦太阳一晒,晒到午后,豆荚就此起彼伏地乍裂,豆儿咯嘣咯嘣地跳。到黄昏时,老婆婆用竹刷把扫拢一堆,还藏在荚里的豆儿就不多了。老婆婆像对待生得晚的孙子,一点儿都不急,把那荚一只一只细细捻开,把豆儿一粒一粒剥出来。

豆儿怎么吃呢?磨成面,掺在洋芋里蒸饭,或者磨成面蒸粑粑、煮面糊糊。最直接的,就是煮豆儿。青黄不接的时候,谷子吃净了,苞谷也见底了,有的人家急了,扒了树皮,掘了草根,凡是能吃的都扒下来了。这时候,老婆婆悄悄端出藏在桶里的豆儿,端到媳妇面前,磨成面,混上野菜,蒸成粑粑,或者煮一锅糊糊,掺半筛子野菜,一家人的肚子又有食了。

我的祖母四十岁就寡居。她一个人拖儿带女,耕地犁田扛挞斗,男人能做的她都得做,栽秧挞谷更不在话下了。我出生前,祖母一直在队里劳动。到我出生,她才从土地上退场,一心一意在家照看我。她人在家里,却不甘心,强悍地为家里的肚子们机关算尽。吃树皮草根的时候,山上的枇杷树都被剥光了皮,母亲剥了屋后的柿子树皮蒸粑粑,差点把她噎死。她悄悄在屋后种了几垄瓜,那几株绿苗刚开花就被割了资本主义尾巴。几乎是悲愤又秘密的,她在后山的地边撒了一把豆儿种。

我是祖母背大的。也许是照看一个婴儿让她强悍的性子柔软了下来。在我们姐弟三个中,她明显对我要疼得多一些。哥哥姐姐上学后,祖母就在火铺的铁三脚上架只小鼎罐,悄悄煮豆儿给我吃。

煮豆儿时,祖母一直靠在火塘边打瞌睡。她的老年,总是在不断地打瞌睡。我就守着柴火等豆儿熟。煮豆儿像变魔法,只是过程需要耐心。加水,下豆,捂盖,烧火,只听罐里咕嘟咕嘟响,水汽扑哧扑哧朝外扑,两巡柴火燃过,揭开锅盖,先前一把硬邦邦的豆儿,现在粒粒都绽开,像一锅白花花的姑娘,挤挤挨挨,喧喧嚷嚷的。

十岁那年,我考到双河中学上初中。学校离家远,平时住校,周六上午还要上课,午饭后回家,周日再去学校。祖母晓得我在学校吃不饱,就把豆儿煮开花,加海椒炒香,装在瓶子里,临出门时,悄悄塞给我。自从我上学后,祖母当着人,叫我王伟。背着人的时候,就忍不住叫我华子。"我华子吃不饱,紧倒长不开。下自习,饿了,舀两勺嚼,抵抵饿。"

哥哥姐姐知道祖母给我豆儿瓶,但俩人都一声不吭。

上初中一年级,临近期末考试时,有天姐姐请假回家。三天后返校,给我带了碗豆腐渣。那豆腐渣是加了油盐和海椒炒的,香得很。我拿勺子舀豆腐渣吃,没在意姐姐的眼睛又红又肿。我顺口问姐姐,不年不节的,家里怎么做豆腐吃了。姐姐的眼泪夺眶而出。过了一会儿,她才说,家里办席,推了豆腐。

我问办席做什么呀?

姐姐哭出声来。她说,奶奶不见了。

一团豆腐渣卡在我喉咙，吞不下，也吐不出。

周末我跟姐姐哥哥回家，路上经过祖母的坟。四周是静静的田野，麦子在灌浆，油菜在结籽。世界蓬蓬勃勃，没有一点儿伤心的样子。祖母的新坟在热哄哄的田野里显得又突兀又茫然。我扒着坟堆上的石头和新土，一声声叫她，可是她一声也不答应我。

5. 红薯

在官渡的庄稼地里，什么开花最好看，又最愁人？是红薯花。六、七月，红薯藤在地里牵来绕去，爬成繁茂厚实的绿毯，绿毯上张开一串又一串浅紫色的小喇叭花，微风吹过，满坡响起浅紫色的风铃声。姐姐到苕地里割苕藤，摘了几朵小喇叭样的好看的红薯花别在发际，背着苕藤回来，被祖母看见，大骂一顿。

我的祖母一见红薯开花，就像撞见仇人。"红薯开花，夫妻分家。"官渡人说红薯花是灾花，一提起就害怕。红薯开花虽不常见，但哪年遇上，不光当年红薯减产，下一年也是不旱就涝，大春小春都没指望了。她蹲在红薯地里，一边掐花，一边咒骂，其恶毒不亚于咒骂仇人。她骂完，把满篮子花倒在路上，用脚死劲儿踩躏，一边踩躏一边嚷："过路的人都来踩呀，踩掉灾性长红薯呀！"

红薯开花的时候，外婆就会忧愁地说："今年难了。"她叹了口气，又说："不晓得明年又是哪样光景？"

忧愁归忧愁，红薯花能吃，外婆才不愿放过。她提着篮子去摘红薯花，浅紫、浅蓝、粉红、粉白的喇叭样的小花装了满篮。回家用开水焯过，加点油盐和干海椒炒熟，就是一碗香香的下饭菜。

不管红薯开不开花，红薯减不减产，红薯成熟的日子都会如期到来。

挖红薯的日子，队里的人背着背篼，提着撮箕，扛着锄头，拿着镰刀，一起上山。男人抢着锄头挖，女人蹲在后面捡红薯，把红薯上的泥抹净，扔进撮箕。天冷了，天日也短。挖的人满头大汗，捡红薯的人手都冻僵了。人们就在地边捡枯枝和干草燃起篝火取暖。大家围着火堆，用镰刀剐生红薯吃，丢红薯到火里烤，都不说话。等队长和会计算好账，当天挖下的红薯就在地头分到各家。天快黑了，各家陆续分到红薯背回家，已经是傍晚了。冷风从后山刮下来，吹得寨子呜呜响。

那段时间，生产队的人忙着收红薯、存红薯、吃红薯，想赶在红薯烂掉之前把红薯吃光，好省下玉米和谷子，用来应对即将到来的冬天，以及冬天过后，更为严峻的春天。官渡吃红薯有多种方式,蒸红薯、烧红薯、红薯拌饭,还把小个的红薯削皮洗净,放大锅里蒸熟,再铺在火炕上烘成红薯干,就是孩子们的零食了。

我的祖母对红薯的态度沉稳从容,把红薯吃得行云流水。

我长到三岁时,能满地跑了,祖母就不再带我了,她又加入生产队劳动。她倔强,强硬,以一种近乎悲愤、决绝的态度对待土地和庄稼。她不肯放过哪怕一块土块。她把它们揉捏粉碎,想从中间揉捏出粮食来。在家里,凡是能当饭吃的,她绝不当菜。因为菜是附属品,可以随便凑合。只有粮食才是饱腹的,才能活命。红薯是霜降后的当季粮食。她不允许一只红薯改变性状和使命,降低它的功能和价值。

祖母跟我们分开过,单独住在堂屋旁边的厦屋里。红薯下山后,我的祖母上顿红薯,下顿红薯。她吃红薯永远只用一种方法——洗净上锅蒸熟,剥皮吃。她老人家认为这种吃法浪费最少。祖母剥红薯皮非常仔细,吃红薯吃得极为专注,她嚼得很慢,咽得也慢,那神情像是享受,也像在受难。

官渡土薄,又沙,种出的红薯很面。祖母吃红薯时常常被噎着,红薯哽在喉咙,吞不下,也吐不出。她一只手举着半只红薯,另一只手捏成拳头朝胸口不住地捶,绝望地干呕着,老泪流了一脸。她痛苦的样子让我害怕。"华子!"她叫我,"快给奶奶捶背,奶奶要哽死了!"我攥紧拳头在她背上使劲捶。捶了好一会儿,祖母才缓过气来。她剥一只红薯递给我,说:"奶奶把我华子吓着了哦。奶奶不得死。有红薯吃,人啷个会死呢?"

祖父去世的时候三十八岁。村人提起他,都替他惋惜,说王和章好不容易熬过一轮又一轮饥荒,眼见新时代来了,结果被一场病要了命。按说那病起先不重,不至于致命,但他在床上躺了一年,他是被一点点耗尽的。据说当时他曾流着泪请求祖母替他延请医生。然而吃的都没有,哪还有钱请医生?

祖父去世后,二叔抱养给沿河洪渡岩万家。姑姑在家里,在寡母和长兄的照拂下,慢慢长大了。她跟着祖母学习做家务,学习织布、染布。

祖母是织布能手,三五天就织下一匹布。她在缸里给布煮染了青色蓝色,就带着姑姑上路卖布。那其实是半卖布半逃荒的路程。娘俩沿着葺河上行,过铜西,到丁市,经万木、铺子,在沿途的村庄售卖布匹。在灾年,那些悲哀的村庄气息奄奄,活下去成了人唯一的目标,至于穿用,已经没人关心。娘俩沿着葺河一路走,一路望,夜里就歇在庄稼地边废弃的窝棚里,捡秸秆烧红薯充饥。娘俩一直走到贵州沿河黑獭堡——多年来,我对贵州省沿河县心怀感恩,那个县的两个村子,黑獭堡和洪渡岩,曾在艰辛年代收留了我的两位亲人——终于有一户人家买了她们的布。买布的人家没有钱，连稻谷和玉米也没有，只有红薯。祖母用布换了一柜子红薯。一柜子红薯太多了！祖母背不动，又喜又忧，就跟买布的人家商量，先背一百斤红薯回官渡滩，其余的留下，把七岁的姑姑也留下，吃红薯。让她把剩下的红薯吃完，祖母再去接她。

三个月后，祖母沿着董河又到了沿河黑獭堡，到了买布的人家。姑姑在那户人家吃了三个月红薯，人长高了一头，脸也圆了。

但祖母带姑姑回家时，遇到了麻烦。那家有三个儿子，想把姑姑留下当童养媳。那家的男人说话软中带硬。他说，你们娘俩说来卖布，其实这年头，哪个出门不是逃荒？看起来，我们只是出了一柜子红薯。这红薯在平时呢，也不算稀罕。遇到灾荒年辰，谁说这不算救命呢？

我的祖母真是女中豪杰。她说起话来，也是软中带硬。她说，按理说你们对我有恩，我是记恩的。但自古恩有轻重，各有各的报法。她说，她一共生养了九个儿女，其中六个不是饿就是病，都没熬得出来，小小年纪就急急忙忙走了。他们的爹最后也跟了去。这时候，她的泪水涌了出来。她说："我在人世还有两个儿子一个女儿。我的第二个儿子，也送给了人家。我身边就只有一个儿子和这个女儿了。如果你们把这孩子从我身边拿走，我也活不下去了。"

买布的人家在祖母的背篓里放了半筐红薯，送祖母和姑姑上了回家的路。

还是沿河县。有一年,父亲做手艺到了沿河县,过了沙子场,又到了孙家寨,夜里在一户姓孙的人家歇脚。那户人家端正仁义,跟父亲很投缘。父亲就提出跟他们结干亲,让姐姐拜认那对夫妇为保爷保娘。那以后,每年大年初二,姐姐就带一瓶酒,两斤面条,由我或哥哥陪着,去孙家寨给保爷保娘拜年。姐弟俩一人背一只背笼,清晨从官渡滩出发,沿着祖母和姑姑当年卖布走过的路,爬四官坡,翻小岗,在码头乘渡船过河,就进了贵州沿河县。再翻几座山,爬几道垭口,路过沙子场,才到孙家寨,到保爷家时,天就黑了,保爷屋里点着灯,一家人正等着我们一起吃晚饭。

保爷家偏僻,土地宽广,又瘠薄,不出稻谷和玉米,种红薯倒是适宜。红薯多,当季吃不完,又存储不下,保爷保娘就把红薯切成粒,晒干,存在柜子里。

姐姐给保爷保娘拜年,得到的打发,不是压岁钱,也不是布料或者衣服,是两背笼晒干的红薯籽。这在保爷家,是寻常物,对我们家,意义却相当重大。来年三四月青黄不接的时候,红薯籽就派上了大用场。加水发开,又是一季口粮,要一直吃到五月里打新麦。两背笼红薯籽背回家,拌上麦面、苞谷面或者荞面,够我们撑到新麦出来。

我十一岁那年,陪姐姐去沿河孙家寨给保爷保娘拜年。那一次不知怎么了,临出发时,母亲只给了我们一角五分钱。

到了小河的五堆过河时，我跟姐姐一人花了五分钱坐渡船，剩下五分钱，姐姐小心地揣着。在保爷家，姐姐一直忧心忡忡的。离开保爷家时，姐姐跟我都不好意思找保爷要五分钱坐船。返程的路上，到码头的时候已是午后了，天又阴又冷。我和姐姐把红薯籽背到船上，给船老板说好话，要他让我也坐渡船过河。船老板不答应。我脱了衣服递给姐姐，就下到水里，泅水过河。正月的河水冷得浸骨。我一边凫水，一边转过头去看船上的姐姐。她趴在栏杆上，大声地喊我的名字。快游到河中央时，姐姐喊我，要我泅到船边，抓住船舷。我凫过去，抓住船舷，任由渡船拖着我向前，感觉没那么冷，也没那么累了。正喘气时，船老板一篙打过来，把我的头打进水里。

等我的头从水里再浮起来时，我看见姐姐站在船头，抱着我的衣服放声大哭。

那次姐姐是一路哭着回到家的。她告诉母亲，打死也不去保爷家拜年了。母亲很诧异，追问她原因，她却不肯说一个字。

第二年大年初二，姐姐由哥哥陪着，去保爷家拜年。

挖红薯的日子，外婆收拾完自家的红薯，就过河来，帮着母亲收拾我家的红薯。她把个头大的红薯下放到苕窖，中个头的红薯堆在屋角做当季的口粮，小个的和被锄头挖伤的红薯，寨人一般都喂了猪。外婆舍不得。她背到河边刷洗净，削了皮，小镰刀剜去伤口，背到粉坊打浆。

入冬的天色暗得早。外婆把苕浆背回来，倒进大木桶，舀水一遍遍淘粉，直到桶底沉淀了厚厚一层红薯淀粉。外婆拿铁勺挖出苕粉，用帕袱包上沥水后，摊晾在一面大簸箕里。

苕粉晾干，外婆开始烙苕皮。她在锅里烧开水，水面上仰浮着大铁盘，外婆调好粉汁，倒进大铁盘，盖上大锅盖捂一会，揭开锅盖，雪白的粉汁成了透明的苕皮。外婆挑起苕皮，摊在筛子里，又朝铁盘倒上粉汁，盖上锅盖，就拿刀把苕皮切成粉条，挂晒在院里的竹竿上。

刚挂好粉条，锅里的苕皮又熟了。外婆调粉，烫皮，切粉，忙得脚不沾地。不到半天，院坝的竹竿上挂满了晶莹的粉条。过路的人看见，赞叹："华子外婆讲究、大方啊！"

外婆就温和地答："华子家常年人来客往的，添个菜，桌面上看起也像样点。"

祖母坐在她家的门槛上，冷眼看着亲家母为自己的儿孙忙碌，院边的竹竿上挂满了粉。她瘪瘪嘴说："几大筐红薯，就烫成这几根丝丝……糟蹋粮食！不会过日子！"祖母越说越气："我看她是忘事啦，忘记她男人是咋走的啦！"

多年后，我跟舅舅聊天，聊到外公的死。舅舅说，外公不是饿死的，他是累死的。他其实不是背脚仔。他是小河铁器社的工人。新中国成立初期，"三线建设"需要大量硝磺做炸药。外公身强力壮，被征到运磺队当背脚。外面硝磺需求大，要得急，里面的背脚仔赶路就急。从大盖坪到小河，来回两百多里，背两百斤硫铁矿，两天要走一个来回。超负荷的劳累苦寒，再加上饥饿，许多背脚的死在路上。我的外公也成了其中的一个。外公被发现死在雪地里时，是1960年冬月初三，时年四十一岁。

我的舅舅提起外公就痛心不已。他听官渡滩一同背脚的三公说，我外公背着硝磺路过菊花坝的时候，又冷又饿又疲惫。他到地里刨开土垄，想找一只遗漏的红薯，一连刨开几条土垄，一无所获。舅舅说到这里就忍不住眼泪："肚里有垫底的东西，哪会冷死？累死？他爬了几台土垄，想刨开厚雪找一个红薯，手抠出了血，也没找到。"

霜降后，红薯都下了山，该窖藏的窖藏，该烘干的烘干，该打粉的打粉，都收拾好了。这是冬闲的日子。

每年到这个时候，我的姑婆就会从茶园来我家。

姑婆是我的姑父用背篼背着来到我家的。她缠脚，走不了山路。她站在姑父的背篼里，头发抹得光光的，眉毛扯得细细的，青布衫的盘扣也扣得一丝不苟，脸上带着阅尽人世的表情。我的母亲迎上去，把她从背篼里抱出来。她双脚落了地，在阶沿上站得笔挺，笑盈盈的，怀里抱着一只青花小瓷坛。

姑婆是我祖母的小姑子。她是坐着花轿嫁到茶园的。她是我们家族唯一坐花轿出嫁的姑娘。她嫁给伪乡长姑公冉隆清做小，为奴为妾十多年。我的姑姑嫁到姑婆跟前做了儿媳妇，姑婆跟我的祖母，又成了姻亲家母，亲上加亲了。

我的姑父，也就是姑婆的儿子，他管我的父母叫大哥大嫂，他们三个人，在年少的时候，就失去了父亲。但他们都顺命，平静、温和，毫不恓惶。他们在一起的时候，不像亲戚，倒像三个手足。他们的母亲——我的祖母、外祖母、姑婆，这三位姻亲，她们在一起的时候，像三姐妹。

我的姑公死于1962年的荒年。那一年，我的姑父十八岁，大体也是我的父亲失父的年龄。

旧日子过去了，我的姑婆和她的家庭仍然保留着痕迹，为人处事谨慎周到，日子过得齐整细致。家里整洁干净，衣着虽旧，但平整熨帖，一丝不苟。虽粗茶淡饭，但比别家的做得细致可口，同样是红薯、土豆、玉米，进了这家门，总会被姑婆揉捏调弄出不一样的花样和滋味来。

红薯下山后，姑婆踮着小脚，把红薯洗净，削皮，上大锅猛火蒸熟后，用木勺捣成薯泥，撒上切碎的麦芽，薯泥就渗出青黄色的糖水。姑婆把薯泥盛进干净的布袋，使劲地挤压布袋，把糖水挤入大锅，滤掉薯渣，留下一锅糖水。接下来，姑婆整夜寸步不离地守在生着文火的锅边，不停地用勺子在糖水中搅拌。从深夜熬到天明，直到糖水熬成浓稠的糖浆。姑婆把糖浆搅缠在筷子上成团，又放进锅里。又搅缠成团，放进锅里。如此反反复复，直到糖浆变成韧性十足的焦黄色薯糖。

我的祖母对姑婆客气又不失分寸地责备道:"一大堆红薯熬下来,就得一小坛糖。费时费力不说,还费红薯。不过,话又说回来,"祖母的语气又婉转了,"大户人家讲究,让我孙子和外孙都见了世面,也喂了肚子里的馋虫。"

姑婆听懂了祖母的潜台词。她微微一笑,说:"一堆红薯,如果不把它们熬成糖,那红薯有哪样意思?"

姑婆把我和堂弟绪阳叫到她面前。"把眼睛闭上。"姑婆命令我们。我跟绪阳弟弟闭上眼睛。姑婆又说:"仰头。"我们仰起头。姑婆继续命令:"把嘴巴张开,舌头伸出来。"我张开嘴,伸出舌头,感觉舌面中央,降临下一缕细细的清凉的甜。我不禁一震。我睁开眼,看见姑婆用筷子高高卷起一团薯糖,糖像丝绸一样垂下来,琥珀一样温暖透明。

我吃了那么多红薯,只有在那个时候,才感到了红薯的魂,琥珀色的魂。

6. 嫁妆

在一个弟弟看来,姐姐出嫁,就好比玉米从地里掰下来,剥了壳,抹了籽,装进布囊,叫人拎走了。

好在父母心疼姐姐。姐姐自小劳苦,出嫁时不能"光人"

出门,要置办一堂嫁妆,一起陪送过去。多年以后,我回想起当初做嫁妆的情景种种,不禁怅然。那过程,像是精心缝制布囊。我的姐姐像玉米装在布囊里,体面地被人拎走了。

一堂嫁妆主要是木器和花铺盖,得请木匠和弹花匠来家一件件打制。

做嫁妆是个漫长的过程。官渡滩嫁女儿一般选在十冬腊月。做嫁妆从五月就得开始。这时候,麦子割了,油菜也打了。秧苗下了田,玉米也薅过二遍,快冒缨了。最忙的时节已经过去,秋收还有两三个月。这是农家相对闲散,也是天日最长的时节。这时节,木料最干燥,打的家具不变形,弹的棉被也更蓬松。

父亲在灯下对母亲说:"该给王珍打嫁妆了。"

最先上门的是木匠。父母为姐姐请的木匠是官渡滩的章和大爷。章和大爷带着两个儿子、一个侄子。这三个年轻人,我都叫叔叔。这四位木匠组成一个团队。这支木匠队伍人品好、手艺好,也肯吃苦,请他们修房造屋或者做嫁妆都很吉利。木匠进门时,打头的章和大爷背着黑亮的背篼,三个年轻木匠也都背着背篼,恭顺地跟在身后。我正在院坝跟堂兄弟们玩耍打闹,看见木匠进了院坝,赶紧住了手,奔进屋,向父母报告,木匠来了!

父母恭迎木匠进屋。父亲把老木匠的背篼接下来,放在堂屋。其他三位木匠的背篼也依次摆在堂屋。木匠的工坊就设在这里。堂屋已经安起两座木马，相当于木匠的机床。木匠们从背篼里取出锯子、钉锤、斧头、推刨、凿子、墨斗，一件一件摆在八仙桌上。我在大人们身边转来转去，好奇地打量。即将到来的铺张和热闹让我兴奋了。

打嫁妆的木料早备好了，就堆放在吊脚楼下。父亲陪着木匠查看清点，商量要做的家什。我跟在他们旁边凑热闹。别看都是板材，宽窄、厚薄、密度和硬度不同，使命也不同。宽的、没有疤痕的柏木用来做桌子和柜子的面子，水红和梨木这些硬一点儿的做方子。方子又分为横方和立方，横方就像房子的抬梁，立方好比房子的柱子。泡桐、银杏和杉木最轻，用来做内台板、背板和侧板。像岩桑这种最硬最重的杂木用来做桌腿和柜子腿。没有图纸，也不用计数，但全堂木器，粮柜、碗柜、衣橱、八仙桌、条凳、书案、火盆、洗脸架，都大大小小、高高低低、清清楚楚地站在木匠心里了。

木匠们吃过，就开工了。寨人听到乒乒乓乓，或者嘭嘭嘭的声音，还间杂着拉锯的呼哧声，就说，祥胜家给王珍置办嫁妆了。

做木工有四个步骤，一是裁料，二是刨板，三是凿榫，四是合榫。有的人家讲究，木器还有雕花，就是五道工序了。老木匠把每件木器的式样、高矮、宽窄、厚薄，哪块木料安排在木器的哪个部位，跟三个年轻人交代好，就开始作业了。

最年轻的木匠是小儿子。他刚入行，力气也大，负责裁料。他把一块木料放在木马上，拿尺子量好长度，墨尺划了短线，就一只脚踩紧板子，操起锯子沿着墨线裁料。裁好料，那位侄子，也就是三木匠接过去，拉起墨线弹出长线，操起斧头沿墨线劈毛边，然后递给二木匠刨板。

老木匠的长子三十多岁，技艺成熟，说话也沉稳，算是二木匠。二木匠刨板是最有趣的事情。他把裁好的板的一端卡在木马的马口里，两手扶着推刨的两只柄翼，躬着身子朝前推，哗的一声，刨口清清脆脆地吐出刨花卷。木匠来回推，木板平了，光滑了，露出温静的本色，清晰的纹路也露出来了。

在木工坊里我来劲得很，每一道工序都兴致勃勃。小木匠睁一只眼闭一只眼弹墨线的时候，我就帮他摇墨斗放线、收线。三木匠锯长板的时候，就让我骑坐在板上压着，不跑线。

二木匠刨木板时，我凑近去看。一块板刨好，我把手掌贴上去，反反复复地摩挲，感受到了光滑的凉意。鼻子凑上去，闻到一股木材的香气。二木匠把推刨递给我，让我也来试试。我兴奋地接过来，二木匠手把手教我，让我两手握着推刨的柄翼，使劲朝前推。我力气小，推起推刨来是飘的。二木匠就把手压在推刨上，我感到重了，使劲推，刨口吐出的是刨花渣子。二木匠把板取下来让我看，板面凹凸不平，像狗啃的。木匠说，把我刨过的板上在姐姐的嫁妆上，婆家的人看了，还不牙齿都笑掉。我慌了，赶紧把推刨还给木匠。木匠做好一块板，我就上前帮忙，跟木匠一人一头，把板抬到堂屋板壁边，小心翼翼地把板立在屋角。

我蹲在刨花里，盯着木匠们的手，目光在推刨、锯子之间游来移去。过了几天，我跟木匠们已经默契了，知道哪位木匠需要锯子，哪位需要推刨，哪位需要墨斗，哪位又需要曲尺，不需要指点，我直接就把家伙拿过来递到木匠手上，十分熟练。

老木匠不怎么说话。他整天沉着头，划线，凿榫，查看各个徒弟的活儿。遇到有含糊的板，老木匠接过去，睁一只眼闭一只眼一瞄，拿过推刨推两刨，就平了。

最年轻的木匠刚从学堂毕业，长得好看，年轻，心浮气躁的，有时候难免出些小差错。两位哥哥暗中包涵着，却瞒不过老木匠的眼睛。趁主人不在家，老木匠当着儿子和侄子的面，严厉地训斥了小木匠，末了，又拿过锯子、刨子，三两下修改了差错。训完话，像是明了小木匠的心思，语气也软和下来，说，学手艺急不得的，你急了，手艺反倒跑了。小木匠脸上像是不服气，手上却仔细了。

前面的几天里，几个木匠只是在锯、刨、凿，竖起一堆木板。地上积了一地卷曲的刨花，还有一堆锯下来的形状各异的边角料。小堂弟绪阳过来和我在堂屋里耍，拿那些边角料当玩具。有的当手枪，有的当风车，有的当车轮。绪阳腕上缠着刨花卷,头上、脸上沾满锯末,兴奋得很。我端着废弃木块当机关枪,口里"噼啪噼啪噼啪"地叫着打鬼子。我把他摁在锯末粉里,让他投降。我们耍得兴致勃勃,完全想不到,几个月后,这些家具将陪着姐姐一起被娶走,那时候,接亲的人群散尽,我留在落满鞭炮碎屑的空地上,成为一个伤心的弟弟。

几天过去了,长长短短的木板在堂屋四周高高低低立了一大圈,门边还堆了一大摞板,但还看不出家具的样子。我也乏味了,倦了下来。这时候,我开始打量姐姐。

我的姐姐高大、健壮,相貌也很漂亮。提亲的人家不少。父亲都不中意。后来有个亲戚介绍了姓冉的人家。那家的子弟在乡供销社工作,人长得斯文。他父亲很早就没了,母亲也走得远。介绍的亲戚说,这不必受公婆的气。父亲一听,就觉得是门好亲事,当天就打了酒,去供销社找到那子弟。一老一少坐在供销社后院的米蜡子树下喝酒。一场酒喝下来,亲事就定下了。父亲很满意这门亲事,让母亲去问姐姐的意思。姐姐其实心里有了喜欢的人,但父母允下的亲事,她也依了,没说一句话。

姐姐高中毕业后,在铜西场上开了家小小的裁缝店,给人打衣服。自从木匠进屋后,姐姐就不去裁缝店了。她每天留在家里给木匠和一家人做饭,料理家务。她比先前更沉默、羞涩。她头总是低着,听到有人说了好听或者好笑的话,她抿嘴微微一笑,马上就收住了。她变得沉稳、持重,也柔和了。我从小跟姐姐感情深,很喜欢姐姐。姐姐留在家里,我整天跟她在一起,既开心,又踏实。

把方子、面子、背板都刨好后,就该凿榫了。有意思的是,长端的榫,无论凹凸,都是一条直线出头。短端的榫,却要凿成榫齿。榫有公榫和母榫,合榫就是把公榫插进母榫里,长端的榫卡紧,短端的榫齿与齿之间咬牢,两张板组合起来,然后组合成柜子。板与板之间的连接,不用钉子,就靠合榫,这样,一件家具就成了。

合榫是一件大事。四个木匠一起上,乒乒乓乓的。最先合成的家具一般是大衣橱。作为一堂嫁妆的门面,大衣橱是主角,它安上了镜子,明晃晃地立在堂屋显眼处,既沉稳,又傲娇,代表木匠脸面,率先接受主家与村人的评价。有人上门来参观,仔细查看柜子的木料和做工,用手摩挲着,夸赞章和大爷的手艺,同时也夸赞我父母的大方和对姐姐的厚待。父母跟木匠都矜持而谦逊地应着,心里却得意。我目睹了柜子形成的整个过程,比谁都兴奋。我一会儿抱着柜体,一会儿把脸贴在柜面上,一会又把鼻子贴在柜板上,嗅木板的香气。最后我打开柜门,钻了进去,蹲在里面,人窝着,就像是幼时挨打受委屈了,躲在姐姐的怀里。

四个木匠继续工作,锯,劈,刨,凿,合。一件又一件家具出来,立满了堂屋,这就叫满满堂堂。大功告成,木匠们收拾好行李告辞了。留下满堂嫁妆,高高低低,大大小小,各有各的香气，各有各的纹路。在淡淡的木香中，那些木纹像水波荡漾开来，寂静、妩媚，又清凉。

姐姐进了堂屋，静静打量着衣柜，用手摩挲着，打开门，连柜子里面也慢慢摩挲着，轻轻地，不易察觉地叹了口气，又满意，又忧伤。

是漆匠红一刷子绿一刷子惊醒了我。漆匠上门的时候，是七月了，天最热的时候。漆匠挽着袖子，冲了几盆红红绿绿的水，拿刷子蘸了水，在柜面上横一刷，又竖一刷，那些家具挤挤挨挨，红红绿绿的，像戏开演前被推了前台。

姐姐的嫁期越来越近了。

漆匠给家具上好色，就开始熬漆了。他在阶沿边架起一只炉子，炉上坐一口大锅。漆匠坐只小板凳守在锅边，拿大铁铲不停地搅，锅里翻江倒海，油烟袅袅，浓烈的腥味飘得满寨子都是。说是熬漆，其实并不全是漆，是桐油，里面加了一点漆。熬漆是个细致的慢活，像出豆腐。微妙处只有漆匠自己才能掌握。我帮着漆匠往炉子里添柴火，拿漆匠的铲子帮着漆匠在锅里搅和，不一会儿，满脸满身密密麻麻长了漆疮。天太热了。炉子里火光熊熊。我全身红肿痒痛，又被腥味熏吐，满脸是泪。这是整个制作嫁妆的过程中，让我感到最难受的地方。姐姐打来井水，帮我擦洗干净，涂上清凉油。我眼泪汪汪地看着姐姐，第一次感受到了哀伤。

漆熬好，冷在大木盆里。漆匠给上过色的家具上漆。家具亮起来了。到最后，漆匠拿起一包毛笔，在柜子上、箱子上、洗脸架上、镜架上描花。漆匠描了很多花鸟，有牡丹、梅花、喜鹊、凤凰，花朵艳丽，鸟儿像要飞起来，喜气洋洋的。我心情才又亮起来。

有一天，家里来了两个人，一个是姐夫，我叫他书全哥，另一个是姐夫的堂哥。吃过饭，两人就去查看嫁妆。他们摸着那些木器，看上漆的颜色、光亮和描摹的花纹，又打开门，从里面看木料的种类、成色，用指头敲打着，试木头和密度，又抬起一张桌子，估量重量和牢固度。漆匠站在一边，矜持地看着他们，偶尔回答他们的提问。姐夫一直喜笑颜开。他一边看，一边跟他堂哥计算嫁妆一共有多少抬，到时候要准备多少抬包杠，要请多少名杠夫。那架势就像谋划着一场抢劫，连同姐姐一起抢走。姐姐站在一边静静地打量着他们，一言不发。

我却有些恼怒。

直到弹花匠进场，我才又开心起来。我们那里，嫁姑娘，或者娶媳妇，问到嫁妆的时候，先问铺盖有多少床。可见铺盖是嫁妆的硬指标。弹花匠来自茶园，说起来也是亲戚。但因为那里离场镇近，再说，弹花匠不像木匠石匠那么多，每个弹花匠都走过很多地方，有些还是属于另一个省的。弹花匠就有一种走州过县的意味了,举止言谈有了别样的气质和见识。到底有什么不同呢,一时也说不上来。

弹花匠有两大武器,一是肩膀上斜挎的一只巨大的弹弓,二是腋下夹着的篾片卷,那是弹席。弹花匠带着这两件武器上门了。

弹棉花也新鲜有趣。我们那里,把棉花称为花,而把其他所有能开花能结果的花,称为花儿。弹花匠在堂屋里架起案板,三折蔑片打开,铺开六尺宽、七尺长的弹床,在弹床四周插上竹片,形成一圈十公分高的栅栏。堂屋靠板壁高高低低立着上了红漆的家具,弹花匠立在中央,就有点精心构造一张床的意味了。相对于木器制作的硬铮铿锵来说,弹棉花要柔软得多,也要抒情得多。动作是单调的,重复的,声音也是有节律的,不变动的。那一招一式,让人陶醉。这么说来,木匠是粗重的力气活儿,而弹花,也费力气,但软得多了。

弹床布置好,弹花匠把一绞绞网线绕在锭子上,用根竹竿,竿顶挑着线,沿对角打来打去,挂在竹钉上,给棉被铺网线,竖经横纬的。他挑起竹竿牵网线的样子,又轻捷又灵巧。

铺好一层网线,换个方向,再铺一层,一连铺了三层,均匀、疏而不漏的网线就铺好了。方格又密又整齐,让人赞叹。

网线铺好,把母亲买的一捆捆花打开,扯散成一团一团,撕开成一绺一绺的,均匀铺在弹床上。这时候,弹花匠开始弹棉花了。我也有些兴奋。我看到弹花匠把背弓背在背上，挑住巨大的弹弓，弹弓的一端系在腰间，左手扶住弹弓的木柄，右手握锤，黑亮的弹花锤在弦上空弹几下，试了试弦的松紧，调好弦，倾下身子，把弦吃进棉花里。那弦一吃进棉花，声音就沉闷了。他把弦陷在棉花里，弹了两锤，把花弹散，又立直身子，长弦沾满棉花，咣咣弹拨两下，发出铮铮之声。梆梆梆，咣咣咣。弹花匠的头发和眉毛上落满雪白的飞絮。

我站在弹床边给他打下手。弹花匠让我跑来跑去帮着扯网线，挂在栅上。我也想试试弹棉花。弹花匠就把花锤递给我，他蹲下身子，够下来，把弦吃进花里，让我拿花锤弹。花吃得很深，我弹了几锤，弹不响，声音很小，像孩子怯生生的。我就不好意思了。花匠又抬高弦，我弹起又是空弦，声音还是空洞洞的。我不好意思，就把花锤还给弹花匠了。但弹花实在有意思。我拿张小板凳在旁边坐着闲看。说起来，弹棉花也是个累活。但花匠背上背着弓，怀里抱着弓，左手托着弓，右手握着锤子，咣咣咣，梆梆梆，又清脆又好听。在漫长又疲倦的夏日里，敲得人昏昏欲睡，我在这声音里，躺在门边的长木上睡着了。

醒来时看见姐姐倚在门边看弹花匠弹花。咚咚咚的声音敲在她的心上。满屋嫁妆，花红柳绿的，说到底，棉被是最温暖、最柔软的，只有棉被才是中心，是脸面。被子是贴心的，又是暖心的。弹花匠在飞絮纷飞的堂屋，弹得风声水起，棉真的开成花了，云朵一样堆积在弹床上。花匠卸下弹弓，又挑起竹竿牵网线，用网线把云一样翻涌的棉花罩住，粗针穿了麻绳，把两面网线缝拢，再用圆凳压平，叠起来，用红绳捆住，抱过去交给姐姐。

弹花匠干起活来勤快又踏实。每隔两天，就弹好一床棉被。官渡人讲究满十满载，嫁女一般要做十床喜被。等十床棉被弹好，弹花匠收起工具，放进他的背篼。这时候，太阳还没下山呢。弹花匠摘下口罩，拿块肥皂，肩膀上搭起毛巾，去河里洗澡。等他洗得清清爽爽的走上岸来，走进院坝，像换了一个人。姐姐和我都有些吃惊了。时间过去多久了啊。

第二天，弹花匠也走了。

接下来，就是我们一家人自己筹备嫁妆了。母亲开始忙碌起来。多年来她一直在忙碌。姐姐出生不久，她就开始积攒姐姐的嫁妆，毯子、被面、枕头，像燕子衔泥，一件一件地积攒起来，整整齐齐地放在柜子里。这天，母亲请来有德行又儿女双全的二婶帮忙给姐姐绗花铺盖。母亲把积攒珍藏了十几年的被单线毯被面翻出来，花花绿绿摊了满床。母亲记得哪床红线毯子是姐姐刚扎上羊角辫时买下的，哪张雪青色缎子被面是姐姐上小学那年置下的。一张湖蓝色床单是姐姐上小学那年置下的。那一年，七岁的姐姐到远山割阳雀树皮卖，换的钱交了学费，还剩下几块钱，母亲就买了那张床单。还有一张大红的丝绸被面是姐姐高中毕业那年置下的。那年，父亲外出做手艺，挣了点钱。本来家里花钱的地方还多，但看着姐姐长大了，母亲一咬牙，就花了大钱买了这床被面。母亲看着这些，入神了。姐姐1962年出生。那一年大家都在咬牙渡难关，姐姐却不顾人世凶险，投生而来，躺在襁褓里，粉头粉脸的冲着母亲笑。长女劳苦，姐姐在成长的岁月里，帮着做农活，做家务，带弟弟。这个家里，多亏有姐姐帮衬。而现在，姐姐却要出嫁了。

母亲和姐姐不断从集市上买回瓷器、织物。父亲也加入进来。这就使得姐姐的嫁妆跟别家的姑娘有些不同。有一天，父亲从外地做手艺回来，很晚了，背篓里背了一台新缝纫机。母亲帮着父亲把缝纫机从背篓里抱出来，放在吃饭的大方桌边，两人在灯下围着缝纫机看了又看。母亲用手抹着缝纫机的转轮，机头那里的针头就咔嚓咔嚓地跳。母亲不住赞叹。最后，还是做裁缝的姐姐坐在机器前，试了试，说："比店里的机器好。"父母就很满意。

下一次，父亲回来，怀里抱着一台录音机。"在县里买的。"父亲很得意。

嫁期临近了，父亲回家也更勤了。又一日，他回来，从衣袋里掏出一块上海牌手表。父亲打开表盒，把手表小心翼翼取出来，替姐姐戴在腕上。姐姐迟疑又羞涩。那表带是牛皮，有点生，表带针穿过去时有点慢，父亲笨手笨脚的，戴了好一会儿才替姐姐戴好。父亲流了泪。

离愁就是从那时候开始的。

日子越来越近了,每一天都像在离别。姐姐比平时更忙碌勤快,也更温柔。我想不出家里如果没有姐姐,日子该怎么过。有天晚饭后姐姐在灯下洗碗,母亲说:"王珍,你一去,我的臂膀就少了一只。"

姐姐说:"你让王琦赶紧娶个媳妇进屋,有人帮你做活,你就会松活点。"

哥哥坐在灯影里,不说话。

母亲说:"我是心头不好过。"

过了一会儿,母亲又说:"像心被剐掉一块肉那样不好过。"

母亲和姐姐都哭了。

姐姐出阁那天早晨很冷。客人很多。姐姐的嫁妆一一铺排出来,红彤彤亮闪闪摆了满院坝:衣橱、碗橱、书橱、粮柜、大饭桌、小方桌、茶桌、书案、方凳、条凳、椅子、洗脸架、箱子。每口箱子上放了一床花铺盖。毯子和床单则蒙在桌面柜面上,上面再用红绳系扎上杯盘碗碟筷匙。缝纫机、收音机则放在最显眼的地方。总之,所有陪嫁都显露在外面。贺喜的亲朋来了一轮又一轮,鞭炮也炸了一遍又一遍。我跟几个小孩子满地捡炸漏的哑炮,放了满裤袋,又在院坝追打。我喝住他们，让他们停下来。

我说："如果你们蹭坏嫁妆哪怕一点皮，我就剥你们的皮。"孩子们被吓着了，赶紧跑开了。

一位堂祖母过来，对我说："王珍这嫁妆办得热闹啊！官渡滩好些年没办这么热闹的嫁妆了！"

我本来想说句话，想了想，没说出来。

那堂祖母说："再好也是别人家的。养女儿就这样。再热闹的嫁妆也会被人抬走，送到别人家。连同女儿也成外姓人啦！"

我听不下去，扭头就走。

这时有人过来，说姐姐让我过去。我进了姐姐闺房，见母亲和几个亲戚在陪着姐姐说话。姐姐见了我，叫了声"崽弟儿"，就哭了。姐姐哭了一会儿，站起来，把给我的礼物一一点给我：从嫁妆里拨出来的一床被子；一支自来水笔；一段布，留给我做身新衣服，这是姐姐从办嫁妆的经费里省下来买给我的。

接亲的唢呐奏响了。鞭炮也炸开了。我从姐姐房里出来，站在院坝边让冷风吹一阵。姐夫家带来的杠夫忙着用竹杠和绳子捆扎嫁妆，乒乒乓乓，又忙又乱的。我看见姐姐拜辞了祖宗和双亲，从堂屋跨出门，垂着头走下阶沿。姐夫垂着手站在阶沿下等她。唢呐奏得又高又急，鞭炮炸翻了天。杠夫们抬着嫁妆，潮水似的裹挟着姐姐出了家门。

母亲和族人站在院坝边,含泪目送姐姐跟着接亲的队伍消失在河湾处。

我一个人站在落满鞭炮碎屑的空院坝里,哭了。

7. 草木

祖母活着的时候常说:"一棵树,一根草,也是一条命。虽然走不得路,说不出话,人家也会疼,会流血、流泪。"

我们听了总是忍不住笑。有一次,祖母火了,霍地从刀架抽下柴刀,抓住我的手作势就要砍。我吓得大哭。祖母气恨恨地说:"还没砍就哭?你也晓得怕疼?那树们,那草们,就不怕疼?"

母亲对祖母这些神戳戳的论调不以为然。她说草木跟人一样,各有各的任务,各有各的命。有的生来就是栋梁,有的只配进灶膛。有的让人掐花,有的让人摘果,有的给人剥皮。

整个冬天,我们都在砍阳雀树剥皮卖。阳雀树长在山尖山上。山尖山,是十几里外的王屋山上的一座石砣,又高又陡,三面是石崖,只有一条路上去。阳雀树长在崖上的石窠里,靠薄薄的腐土和落叶生长。说是树,其实是矮小的灌木,枝条繁茂,柔韧,皮绵柔,纤维长。烘干的阳雀树皮卖到供销社，一毛三一斤。

哥哥姐姐和我去山加山砍阳雀树，清早出门，天黑尽了才回来，一人背一捆阳雀树。夜里母亲烧开大锅，把阳雀树枝折起放在水里蒸。等阳雀树蒸软，青皮变黄，姐姐就帮着捞出来，摊在地上，沥干水。我跟哥哥姐姐挼掉外面那层红色的膜，再轻轻一撕，阳雀皮就剥下来了。一大堆阳雀树，剥下来只有一小篮子皮。母亲和姐姐把阳雀树皮放到火炕上烘烤，我跟哥哥才疲惫地去睡觉。

剥过皮的阳雀树像弃儿，光着白生生的嫩身子，堆在吊脚楼下。等晾干了，就是烧锅的好柴火。祖母抱柴火的时候，喃喃地说："早化灰，早投生，投生投到原先的根。"那语气像哄小孩子上床睡觉。

真如祖母说的，我们砍过的阳雀树，开春后又发起新芽。到四五月，树上开满吊钟样的小黄花，很好看。到了冬天，我们再去山尖山，见阳雀树长出繁密的枝丫，就像未曾被砍割过。

庄稼地边的林子里，有崖樱桃、羊奶子、野枇杷、山核桃、野板栗、刺梨子。这些山果，说不出来历，因为长在公地里，所以算是公共的。我们小时候饥饿时、馋嘴时，能向山野索取，都有些迫不及待，恨不得搜干刮净。野毛桃还没红嘴，就摘光了。野柿子还没黄，就一杆子打净。还有些老树，像山核桃、斯栗子，长得高，够不着，扔土块也砸不到，就抱着树干摇，果子"噼噼啪啪"落了满地。这些不经栽培和耕耘，未曾被汗水浸泡的果子能饱腹、解馋，让人惊喜，简直是老天爷的恩赐。孩子们对林子里每一棵结果的树都熟悉，熟谙它们生长的位置、脾性、汁水的多少、味道的酸甜，甚至记得它们的大年和小年。那些树在荒年，喂饱了人的饥肠，也慰藉了人的心灵。在最难的时候，官渡人上山挖草根、剥树皮。枇杷树首当其冲，被剥了皮，炒熟磨面，帮寨人熬过了冬天。第二年春天，野枇杷仍然开了花，枇杷黄时，笨拙的枝头支起一簇簇黄澄澄的枇杷，衬着五月的蓝色天空，感人至深。年景再难，毕竟是人与草木一同挺了过来。大地一贯沉默，却不忘在朴素处给人以慈悲和恩情。

一个寨子，它允许一些树平白无故地长在路旁、屋边、地角、墙缝、院坝。这些树，有檬子、楠木、桂花。它们像穷亲戚一样长在寨子里，与人和牲畜互不惊扰，也互不指望。这些树，不知道是什么时候，怎么嵌入寨子的。可能是启祖落业的时候先辈顺手植下的；也可能是一阵风把种子吹了过来；也可能是一只鸟衔着一枚种子飞过的时候，不慎落了下来；还有可能是，另一棵树的根从地底下爬了过来，恰好在这里拱了出来，长出枝叶，成为一棵树，而原先那棵树，却老得不见了。总之，它们以各种各样的理由，在这个寨子里，毫无作为、无所用心地长着，一年年抽枝、长叶、壮干，鸟在树上垒了窝,树上又寄生了另一种树。有的树还一轮又一轮开了花,结了籽,却没人留意到。除非树荫茂密,遮挡了屋瓦,人们会砍去一些树枝。又或是树根壮大,撑破了墙基,就会砍去那棵树。砍了也就砍了,过不了多久,砍去的枝条又长得围拢来。砍去的树根上,又冒了新芽。这些都是命好且有耐心的树。因为无用,也无碍,可以在寨子里长到老,长到自己都懒得再活下去。这些树目睹了一轮轮生老病死,因而通了些人性。寨人们呢,也觉得它们是通了神,平时想不到,也视而不见,但不可不敬,不可指指点点,言语不可亵慢,不可指责。有的树过于古老,空了心,枯了半边枝丫,还被尊为神,树下立起土地菩萨。

我的祖母活着的时候,有一年夏天,她正在河边的沙地里给苞谷锄草,忽然雷鸣电闪,下起了瓢泼大雨。祖母记起院坝里还晒着麦子呢,她拖起锄头就往回跑。那天的雨真大,祖母跑到龙洞沟那里时,路边的老楠木树被雷电劈断了枯枝,落在祖母面前。祖母面对掉到面前的柴火,瞬间忘记了院坝里的麦子。她撅断枯枝,准备收拾好了放在背篼里背回去。正当她老人家在大雨里忙活时,前面忽然传来更大的声音。她无比震惊地看见,路前方十来步远的地方,一片山坡像长了脚似的;泥石从半山上整片塌陷滑下来,滑到路中间才停下。巨大的泥石堆在路面上。我的祖母惊魂未定,亲人一样抱着那根楠木枝,泪水和着雨水流了满脸。

几天后，祖母带了香烛，到救命的楠木树下，虔诚地道了谢。

相对于这些树来说，成材的树木，意义就更加重大了。这些树还长在地里，就被人盘算着日后可以做房屋的梁柱，还是儿女的家具，或老人的寿材。

有一些树，因为一些特别的机缘，承担了崇高的使命。做大梁的，被大木匠认定后，早早被系上红绸。待到柱、檩等这些材料都齐了，才被从山上请下来，一路不沾尘泥，请到家，成为栋梁。还有一些松柏，它们天生祥瑞，又恰好与一个上了年纪、安心准备退路的人相呼应。只要人硬扎地活着，树就得耐心地活下去，一棵树为一个人活着，一个人也为这棵树活着。那个人有时间了，就去那棵树下坐下来。到了这时候，风吹过，枝叶说话的声音，他都听得明白一二。这时候，人和树像一对兄弟。

哪一户农家的日子不是靠有用的树木支撑起来的呢？一个儿子一栋房，一个女儿一套嫁妆，上百根木料，都得一根梁、一根柱、一块板，燕子衔泥样凑拢来。官渡人爱每一棵树，看树的目光里藏着温情，也藏着锋芒。这些树，生来就是为了献身。因为具有实用价值，所以，村里的树木经常成为纷争或者恩义的载体和缘由，为一棵树失义或者生恩的事也不是没有。

我家的菜地边有棵杉树，也不知道是谁种下的。那树很大了,父母盘算着,等姐姐出嫁的时候,把树砍下来,给姐姐做嫁妆。

但一位堂叔出来说话,说那树其实是他家的。因为他家的地挨着我家的地。有好些年,他不断地悄悄移动地界,不断地向我家这边延伸,终于,那棵杉树进入了他的包围圈。后来我想,他其实不是为了地,是为了那棵树。

堂叔家也有一个女儿,比我姐姐小两岁。他也要为女儿办嫁妆。

我的父亲跟他讲道理,但完全讲不通。父亲愤愤不平,拿着斧头就要去砍树,恨恨地说:"养女儿的人家,哪能这么横?这不是欺负我们家王珍吗?"

但母亲表示,那树我们家不要了,古话说得好,吃亏是福。我们亏了树,说不定就是给王珍添福呢。

父亲虽然气,也依了母亲。

于是就把那树让给了堂叔家。

在寨子里,草是最低矮的生物。它们长在树根下,墙缝里,老坟边,竹林里,矮小柔韧、安安静静。祖母说,寨里的草,跟人早晚相见,都通人性。人护着它们,草懂得记情。人有急难的时候,草会来报恩。我的堂妹光脚踩着了蜈蚣,被咬了一口。我的祖母提上马灯就出去,在屋后的墙边寻到了鸡矢藤,捣融,敷在伤处,立时就不疼了。一位老祖(曾祖父)

背上长了背花,也就是蜂窝组织炎。家人把紫背天葵捣融,敷在疼处,不出半月,碗大的窟窿,就收了脓头,蔫了皮,一日一日地好了。村里有人腹疼,头晕,伤寒,就割把草来嚼融敷,或者熬汤喝下。肺筋草治肺痨,刀口药止血消炎,青蒿熬水治打摆子,七叶一枝花治蛇咬,伤了筋骨用接骨草。如果这些草木都没用,就吃火药面。在官渡,一直停留在天真蒙昧的药草时代。人都是赤子,与草木为伍,共同生长,人也长了一副草木心肠。村里没人看过医书,也不懂药理,甚至连医药两个字也遥远得很。急难处,也只有将性命托付给草木。人人都认得那些草,也知道长在哪棵树下,哪道溪边,哪面墙下。与草木相依为命,若草木无能为力,就平心静气地随草木一道枯萎。

春天里,什么是寨子的主角呢?是盛开的桃李。在许多年里,我都没注意到官渡春天的花树。官渡的四季是以庄稼的耕种和收获为标志的。春天,菜花明亮的黄,小麦浓厚的绿,东一块西一块,高高低低铺在村后的坡上。开在村寨中的桃李,却被人忽略了。它们长在院坝边,牛圈外,菜地旁。你看到一枝枝桃李伸到屋檐下,伸到院坝里,树枝头叽里咕噜冒出密密匝匝的蓓蕾。春天真是不计厚薄啊,再穷再辛苦的树,也有浑身劲头,抑制不住勃勃生机。白日里,人和牲口在坡上种苞谷,桃李花蕾在寨子噼噼啪啪绽开。从远山眺望官渡,你看见绿树青瓦间浮起一团又一团粉的、白的烟霞,轻盈柔软得像要飞升。这情景让人格外感动。在春天,天下桃李都有相同的荣盛,都开了满树繁花。

我的二叔从沿河洪渡岩万家回来那年,父亲在院坝里并排栽了两棵桂花树。桂花真是好树,易活,枝丫繁多,年年八月,满树繁花。日子艰辛,兄弟俩互相帮衬着,平静地往下过,直到兄弟俩儿孙满堂。2011年,矮一点的那棵桂花,先露出衰老的迹象,花开得稀稀落落的,父亲就起了些疑心。腊月里,二叔说喉咙疼,去寨子边的丛林里扯了把名叫"开喉箭"的药草来嚼,不知道是开喉箭的麻醉起了作用,还是心理作用,二叔的喉咙疼时好时坏。父亲约上二叔去重庆看望我的哥哥一家,兄弟俩再顺便做个检查。父亲没事,二叔的检查结果出来,喉癌晚期。哥哥开车送父亲和二叔回家,一路上父亲心事重重,二叔却一无所知,只知道他的喉部因为缺碘,甲状腺膨大,就是早年常见的大脖子病。他说,回家后让二婶天天炖海带吃。

到了家,那棵桂花树,竟有些枝丫从顶部开始枯萎。这时候,兄弟俩同时怀着心事,又都不言语。

二叔离世的时候,矮的那棵桂花,从根到枝,枯尽了。父亲让绪阳堂弟起了树,平了地,他坐在阶沿上看绪阳把那树抬走,人又老了十岁。

有些花的香气，对艰辛困顿的人心是一种慰藉。桂花是一种，橙花是另一种。我家屋后菜地边有棵青柑树，那棵树真大啊，树冠遮盖了半爿菜园，树荫又伸过来覆盖了屋瓦。我后来到过许多地方，再也没见过那么大的柑橘树。青柑绿叶间开满玉簪一样的雪白的花，那香气洁净、清冽、澄澈。许多年里，我都觉得那香气像不知从哪儿飘过来的云，在五月偶尔歇在我家。那香气跟树下的杂草，泥土里疲惫生长的禾苗格格不入，跟人和牲畜走过时路上溅起的泥泞格格不入。五月里，我们跟祖母坐在橘树下。橘树满树繁花，花间缀满青橘。不知道这棵树从何处来，为何站在我家园子里，一时间有些恍然，不知道置身何处。蜜蜂在花叶间嗡嗡鸣唱，提醒我们是在人间。

起初，我们都以为碧绿的青柑是好果子。我领着一群孩子进了我家园子，抛石块砸果子下来吃。掐开青皮，青黄的汁"哧"的一下就冒出来，带着浓烈的酸味儿，伸舌头一尝，又酸又涩，忽然就冷，全身起了鸡皮疙瘩。祖母见我们打青柑，睁一只眼闭一只眼，也不理会。

天越来越寒凉，霜降以后，祖母就带着我和堂弟绪阳打酸柑儿。满树的酸柑打下来，堆了一大堆，足足装了五六大背篼。我的祖母在院子里铺上两张晒席，一张归我家，另一张归二叔家。她把刀板搬到晒席边切柑片。我跟绪阳守在刀板边，祖母切一只酸柑儿，我们就把柑片儿摆在自家的晒席上。谁的手快,谁家晒席上的柑片就多。

青柑片去了哪里,用来做什么?

祖母也不知道。母亲跟二婶也不知道。

2012年,我到府佑街一条深巷尽头的一家中药坊为岳父抓药。那时候,岳父被结肠癌折磨得形销骨立,但仍不失尊严。那段时间,每当我在外应酬,遇到席上高营养的份菜,我就不动一筷子,请服务员打好包,带回家给岳父。他努力地咀嚼,咽下去,又吐出来,再咽下去,又吐出来,最后长叹一声。西医治疗对他的病已经失去效果。这时候,一位朋友推荐了李老先生。我坐在老先生的药铺里,看着白发美髯的先生亲自抓药,其中有一味青柑片,散发出我熟悉的寒香。

我很意外,向先生请教:"我以为,治疗沉疴必用猛药,而青橘是这样平常。您知道,我岳父的病……"

李先生说:"青橘平常,因其性温,与身体相宜,能治百病。苦能泻燥,辛能散,温能和。同补药则补,同泻药则泻,同升药则升,同降药则降。"

我提着药包出了老先生的药坊。我又想起老家屋后的那株青柑,隔着几千公里,它格外让我感到心安。

8. 手表

有一年,官渡来了一个同志,也姓王,大家叫他王同志。王同志是从上面派下来搞社会主义教育的。他驻扎在队长家,跟贫下中农同吃同住同劳动。

村里来了同志,不是稀奇的事情。那之前,生产队也有同志来驻队,先是李同志,后是陈同志,之后是胡同志。这些同志穿解放鞋,裤腿沾满泥,讲话粗声大气,骂骂咧咧,下地干农活不输官渡人。遇到矛盾,这些同志就挽袖子捞裤腿,摩拳擦掌的,三下五除二就摆平了。

这王同志跟先前来的同志不同。王同志穿得干干净净,长得斯斯文文,戴着眼镜,灰色中山装的四个兜整齐熨帖,左胸的口袋盖上,插着一管钢笔。王同志一来,就由队长陪着,挨家挨户搞访问,作调查研究。他每走一户人家,先问了人口,检查存粮,查看房屋,又查看猪圈和牛棚,就坐在院坝跟人聊天,身边围了一圈看热闹的人。他坐在人群中央讲话,一边讲一边打手势,袖口那里露出来一只手表。那表明晃晃,亮晶晶的,配着银白色钢表带,妥帖文雅地戴在他的腕上,使得那手腕就像长了思想,长了学问,不只是血肉之躯的一部分,显得格外高贵,格外优雅,格外抒情。他讲到兴致来时,那手腕随着语气和情绪晃动,手表在袖口处时露时隐,时明时暗,特别的迷人,特别的撩拨人心。他讲的什么,村民们不甚了了,倒是他腕上那块手表像长了吸石,吸得大家的眼珠子随着那表忽上忽下,忽左忽右,心也被搞得闪闪烁烁的。

当天夜里,官渡滩的人躺在床上,每个人眼前都有块明晃晃的手表晃来晃去。

王同志和他的手表进入官渡,是件大事情。官渡滩的时间因此被重新定义了。

以往,在官渡,有一套特别的计时系统:婚娶看年庚,农事看节气,日期问甲子,一天中的时刻就掐时辰。一天中的时辰,夜里听鸡叫,鸡叫头遍、鸡叫二遍、鸡叫三遍。白天看太阳,太阳出来了、太阳当顶了、太阳打偏了、太阳落山了。太阳出来一尺高,太阳出来一丈高。太阳差一丈落山,太阳差一尺落山。若遇阴天或下雨,就以三顿饭来计时,吃早饭的时候,吃晌午饭的时候,吃晚饭的时候,外加点灯的时候。三顿饭之间,又叫早饭过后一杆烟的时候,早饭过后两杆烟的时候。在官渡,每个人都能掐时间,有的掐得准,八九不离十。有的呢,掐得十之差八九,不过也无所谓。

自从王同志戴着手表进村后,官渡滩旧的计时系统退场,新的计时系统登场。"七点半"代替"太阳出来了","十二点"代替"太阳当顶了"。太阳落山叫下午五点半,鸡叫头遍叫凌晨三点。除了这些时辰,出太阳到太阳当顶这中间,还有九点、十点、十一点这好几个钟头。每个钟头间,还有一刻钟、两刻钟、三刻钟等。总之,王同志的手表让村里的时间被重新命名,有了新奇的意义。时间复杂了,详细了,科学了,也紧迫了。六点半,村人还在残梦中,王同志就让队长敲着锣喊:"起床啦!出工打早啦!十分钟后在大桂花树下集合!去梨家沟栽红薯!"干活到十一半点,王同志让队长在地头喊:"十一点半啦!收工回家做早饭吃啦!"这表鼓舞人心,催人奋进。

官渡人没事的时候,就去队长家里找王同志看手表问时间。王同志,现在几点钟了?王同志,娃儿放学是几点钟?王同志,离天黑还有几个钟头?王同志放下手里的书或本子,抬起手腕看了看表,很认真地、带着宣布的意味说,现在三点零八分,黎家村小放学是三点半钟,现在离天黑还有三个钟头,等等。

有时候夜深了,还有人去问时间。

王同志,现在几点钟了,我浸谷种晚不晚?

王同志,几点钟了,我熬苕麻糖,现在下麦芽来得及不?

有人还问王同志:王同志,三点钟下不下雨?

又有人问王同志:我家母牛要下崽了,你看几点钟下?

每当遇到这样的问题,王同志就大笑:"本朴、天真!本朴、天真！"

王同志跟先前的同志们不同，他不怎么干活。薅二遍草时，队员们在玉米林挥汗如雨，他一个人蹲在土埂上，拿个牛皮纸记录本，在上面写写画画，写了几行，又抬起手腕看看表。稻谷灌浆时，遇上天旱，队员挑水灌田，他不挑也不背，蹲在田边，手指头试水深水浅。官渡人说，同样是同志，现在的同志戴手表，不干活，像先生。"不过，"官渡人厚道，"反正我们也不靠同志们干的那点儿活。"

小孩子们也对那手表好奇。我们悄悄拿了哥哥姐姐的钢笔，在腕上画手表。那时候我捡哥哥的旧衣服穿，手长衣袖短，手表掩也掩不住，就担心被人嘲笑，被大人责骂。

大人为什么要骂呢？一是浪费钢笔墨水；二是脑子里装满稀奇古怪的东西，耽误放牛和砍柴；三是手表是同志们才戴得起的。戴不上的东西，就不该想。

我的母亲看见我画在手腕上的表，没说什么。她疲惫得不想说话。父亲倒是丢了一句："有本事长大了去搞块真手表戴。"

真手表是怎样的呢？大家都没看仔细过。我可能是寨子里的孩子中胆子最大的一个。王同志再来我家搞访问的时候，我毕恭毕敬地给他上了盅茶，问："王同志叔叔，手表是怎么晓得时间的？"

"靠齿轮运转。"王同志笑着说。我惊了。我以为一切呼应人间的东西都是得到了神谕启示。王同志笑着说，"手表的道理就这么简单，就像水车的齿轮，一个齿轮咬住另一个齿轮，另一个齿轮再咬住下一个齿轮。一个转，全盘都转起来了。你看太阳在不停地升起、落下，升起、落下，一天也不偷懒。手表齿轮一圈圈地转，一刻也不偷懒。"

这只手表跟太阳有这么深刻的对应关系，我更不明白了。王同志把茶盅放在地上，大方地把手表伸到我眼前，让我看个仔细。我看到表盘里一根针一跳一跳地转圈，另两根针看不出在动。我看着那针转了一圈，关于手表，我实在提不出别的问题了。这时，王同志把表转过去，让我看背面。表背盖是透明的，手表的脏腑历历在目，原来真的是一盘又一盘齿轮，互相咬合，在转动。咔嚓一声，王同志把表解下来，又咔嚓一声，戴在我的手上，用手卡住表带多余的部分。手表贴上我手腕，我的心一热，而后，又随着表针咔嚓咔嚓地跳，跳得我满手心都是汗，跳得我心都要从腔子里蹦出来了。

过了一会儿，王同志把表从我腕上解下来，又咔嚓一声，戴在自己手腕上。

我看着他的手表，问："你们上边，都只看手表，不看太阳吗？"

王同志又笑了，笑得愉快又爽朗："都看，都看。在大城市里，要看太阳，也要看手表。"

那年多亏了王同志和他的手表。队里的人掐着时间赶活,事事走在前头,庄稼比哪年都长得好。王同志是栽秧前来村里的。八月里谷子才挞完,还没晒干,王同志就回上边去了。官渡人说:"新米都没吃一口。"

王同志一走,官渡的时间也跟着他走了。进九月了,天天秋雨连绵,整个寨子灰蒙蒙、湿漉漉、散垮垮、软塌塌的。用哥哥的话说就是:"一点意思都没得。"寨子又恢复了以往的计时系统,夜里听鸡叫,白天看太阳,阴雨天就按三顿饭来计时间。那些被王同志的手表命名的时间,不,那是跟"时间"对应的生活种种,忽然涣散了,所有事物重新归类,重回古老、缓慢、模糊的旧时光。

我也觉得一点意思都没得了。早晨放牛回来,裤腿沾满露水,再赶到学校,迟到了。夜里在稻田边守水,蛙鼓聒噪,我被蚊虫叮了满脸的包,也不敢撤退。烦闷了,我经常一个人到河边散步,流水的声音擦洗着虫鸣,也擦洗着满天的星子。每当这些时候,我就会想起土同志,想到他开阔、爽朗的笑声,想到他腕上的手表,想到他把表扣在我手腕上,那凉意瞬间滋得我浑身冰爽。想起他戴着手表的手一挥,沉默缓慢的事物瞬间被激活,从此具有新的意义,眼前也由此展开一个新的世界。王同志就在这个世界的中心。他是上边的人。然而上边到底在哪里呢?

那以后，我在村里念完了小学，又到区里念中学。班上有个坐我后排的同学戴着块手表。这同学袖子高一只低一只，即使在大冬天，左袖也高高挽起，露出亮铮铮的手表。我常盯着那块表出神。

初一下学期时，照相馆的人进了学校。好些同学都照了相。我找那戴表的同学商量，请他把表借给我戴上照张相。

那同学说，老汉说了，手表儿不要借给别个，搞烂了不好。

我说就戴上照个相，照完就还，不得遭搞烂。

那同学说你本来就没手表儿，戴上照相有啥意思。

我说戴表照相行势（在我们老家，行势是指与众不同、高人一等，是阔气的意思）嚜！

你没表儿借表儿，再行势都是假的。我们家花钱费米，买个表儿来借你戴起行势，冤不冤？不晓得的还以为你真有表儿呢。一分钱不出，白得个好名声，我不帮你搞。

没办法，我只好光着手腕照了个相。

那是我人生的第一张相片。

期末考试，戴表的同学愁眉苦脸，来跟我商量，他把表儿借我戴戴，我把答案借他抄抄。

我说不搞。抄答案得高分，不知道的人还以为你真能念书呢。你一颗汗水都没流，白得个好名声，我不帮你搞。

虽然算是报了一表之仇，但那表始终像明晃晃的太阳，灼烧得我心里又热又痒。

周末回家,我吞吞吐吐把借表的事告诉母亲,母亲会错了意,叹了口气,说,你从小就不肯服穷不肯服弱不肯服命。你这脾气不好,要遭吃亏的。

我没理她。

有一次,父亲回来,我绕山绕水地说起一块手表带给我的屈辱和委屈。父亲大人一听,再看我躲躲闪闪的眼神,就明白了。他说手表有么子意思?早晚啊,快慢啊,时辰啊,都在心头,都有个数的。戴个钢圈圈在手上不嫌多余?那都是上边人搞的玩意。

我又气又怨,扭头就走,走了几步,又回头丢了句话:

"你等着看吧,我会到上边去的。我会戴手表的。"

后来我工作了,又从乡里调到县里。父亲大人就得意洋洋地说:"我家老幺到上边去了。"

在"上边"的日子里,我一边努力工作,一边努力找对象。同事朋友们都很热心地给我介绍一个又一个姑娘。在介绍人的见证下,两人见过一面,如果心仪,我就给姑娘写信。我练过书法,也读过些文学作品,写的信也很过得去。但找对象这事就像通关,过了第一关、第二关都不算成功,甚至到单位做了调查,这些都过了,都不算成功。接下来姑娘的父母做家庭考察,一听说小伙子家在农村,脸上的笑容就矜持了,事情往往就此打住了。过多的失利挫败了人的斗志。几轮相亲下来，我蔫了。

母亲说："就在官渡附近几个寨子挑一个吧，还能生两个。"

我们县是少数民族自治县，农村媳妇是能生两个孩子的。

然而父亲大怒。整个寨子的人都听得见他的咆哮。他大骂那些不识相的"亲家母"。他说，那些婆娘真是有眼无珠！一个农村的孩子能跳出农门岂是等闲之辈？"等着吧，有他们后悔的时候！"我沮丧地垂着头不说话。他朝我骂道："没志气！去找！去找！我给你钱，你去买手表！戴上手表给我找！我就不相信我王家这么踏实勤快的小伙子，连个老婆都找不到！"

父亲大人并没给我买表的钱。我决定自己攒。

还没等我攒够买手表的钱，李虹就嫁给我了。结婚后，我们一起辗转了好几个地方，经历了好几种不同的生活。我们过得匆忙而精准。我们都戴手表，每天的时间以钟头计，甚至以分秒计。经历了生活的种种，年至半百，我才明白，真正的时间，从来不在一块表盘上。手表是对时间机械的、笨拙的模拟。真正的时间，其实在天地间、人心里。它是日夜，是晨昏；是四季，是枯荣；是青春与衰老，别离与相逢。是思念，也是爱，是永不忘记。

9. 流水

河流从深山峡谷劈路而来,到了观音潭口,就松散开来,河水散散漫漫地流,形成一片宽阔的水域。

我小时候,听族里的老人说,当初,先祖带着族人,沿着河的崖岸跋涉,一路披荆斩棘,到了此处,看见河流开阔平缓,河水清澈,水中游鱼如织,两岸山坡碧绿,遂就此驻足。先祖在河岸搭建木屋,筑了稻田,车水灌溉,在河里汲水、戽鱼,在屋后的坡地种苞谷、土豆,一代又一代,繁衍生息。

那时候,河流还没有名字,河岸也还未形成寨子。

春夏时节,河流水涨,常常淹没了稻田和房屋。先祖的儿子成年后,就把新屋立在老屋后坡。儿子的儿子出生,长大成人,又把新屋立在父亲房屋的后坡。这样,一代又一代,半山坡就形成了寨子。房屋不断后靠,稻田也跟着筑到了半山腰。族人在半山腰的泉源处淘井饮用,又引溪水灌田。先祖最初立在河边的老屋,不见了。河边的沙洲和稻田,也成了滩涂,废弃了。寨人养殖禽畜,先前在河里戽鱼的生计,也放弃了。这个寨子,虽然临水而居,跟河流已经没有多大联系,寨人也是实在的山里人了。

一个寨子，如果没有一条河流经过，是多么焦灼又枯燥的事情。试想，这个寨子，松松落落地散在一面山坡上，背后是山，前面是山；左边是山，右边也是山。村里的人和事，在草木荣枯和生老病死的旋涡里，越陷越深，越来越陈旧。

如果有一条河淌过，就不同了。河流带来上游的影子和气息，从村里流过，把两岸的疲惫和梦想映进水里，又流到下一个地方。一个地方如果有河流，就不是孤立的，它跟上下就是贯通的，这个村庄，就跟广阔大地上的万事万物有了联系。

水在低处流，水又往低处流。在一个村庄里，河流在下，田地、禾苗、房屋，一切都在河流之上。下河洗菜，洗衣服。下河洗澡，下河捞鱼。草木庄稼在河岸，一摞一摞叠到山顶。需要河水滋养的生命高高在上，生长、酝酿和结实，一切仰仗半山的泉水和老天的晴雨。

河流对一个村庄的作用是什么呢？它只负责到来，跟人相互激荡，然后离开。

盛夏，庄稼和人都疲惫，河流也疲惫。只有河滩上的孩子，光着黢黑的身子，叽叽喳喳的，梭子一样钻进水里，激起高高的水花，过一会儿，从另一处冒出来。又钻进去，又冒出来，使这个疲惫的乡村有了些生气。这些梭子一样精瘦灵巧的小小身躯，在漫长的成长岁月里，不停止地在河里沉浮，从水里获得或者舍弃。他们的命运与河流相互纠缠。有的留了下来，有的顺水漂流。

我在这样一条河边出生和成长，幼年至少年，所有的梦都贯穿着流水的声音。年轻的时候，我站在岸边，看河流日夜不停地拍着河岸匆匆流逝。我以为，对于官渡滩，河流是过客，奔流不息的过客。当我年过半百，看着族人一个接一个老去，又一个接一个离去。年轻一代一个接一个出生，一个接一个长大。目睹了许多生老病死，经历了许多离别相逢，才明白，只有流逝才是永恒。人只是河流永恒的过客。是的，星空和大地教给我永恒，四季教给我轮回，而河流，教给我流逝才是世间最根本的事情。多年以后，当我回望故土和亲人，回望一条河流流经的岁月，心里就会涌起湿漉漉的忧愁。我的妻子说这就是乡愁。乡愁是轻盈的，具有审美主义的质地，是闲愁的一种。而我的乡愁，因为这条河流，以及河流两岸的土地，它沉痛，而且悲伤。

一个村庄的生活，是相对孤立的，是片断式的。是河流让一个村庄与另外的地方连接起来，并形成难以解释的因果关系。河流带来上游的消息。有时候水浅了，是上游旱了。有时候，官渡滩风和日丽，风平树静，河里却浊浪滚滚，从上面隘口卷着波浪奔流下来。过了隘口，河面开阔了，流水散漫，洋洋洒洒的，水面浮着木柜、衣被、晒席、柴禾，还有猪羊或者鸡犬。有时候，水上漂漂着人，衣衫散在水面，一漾一漾的。官渡人站在岸边，不住叹息，说，上游的董河还是宜居，又有一户人家散了。

像一切居住在河流岸边的人,对河流冲下来的浮财,都怀着意外的惊喜。耕种太艰辛,有不经劳苦而来的东西,为什么不抓住?

有一年端阳,河里涨大水,上游漂下来一批浮木。那一年,我的一位堂叔三十二岁,正为建新房子四处筹措木材。堂叔一大早就扑进水里忙活,捞起一根又一根浮木,凫水到岸边,递给他的弟弟,晒在太阳下。

那天堂叔收获丰硕得很,河岸上摆了一堆木材。他看了看,差不多了,堂婶煮的粽子也该熟了。他抱着一根浮木,往岸边凫。这时,一根更大的浮木逐浪而来,撞在了他后腰上。堂叔撒了手,向前一扑,沉进了水里。他的弟弟在岸上看着,想哥哥水性好得很,在水里扎个猛子,不一会儿就能浮上来。等了好一会儿,不见人浮上来,只有那两根木头在水里一漾一漾的,一时聚拢,一时又散开。他的弟弟这才回过神来,大声呼喊哥哥,这时候,更大的波浪挟裹着浮木、牲畜、衣被下来,漂在水面上,久久不肯顺着河水流走。

我常想,这些浮在水面的东西,顺水流到下游的香树坝、一两丝,进入小河,到了五堆、沿河、龚滩,最后进入乌江。岸边会不会有人,像堂叔那样,跳进水里,舍生忘死,最后顺水漂流?

这是激流中的董河。

除去洪波汹涌的时候，董河平日顺和平静。老婆婆们在河边捶洗青麻。母亲和婶娘们在河边洗红薯，洗洋芋。姐姐们在河边洗衣、洗菜，整个冬天，满手都是麻皱子。听见有人叫，她们应声回过头来，红扑扑的脸上是温和安静的笑容。这是那条河给我的安慰和温暖。

一条河流，给予男人的乐趣远远多于女人。男人们在水里洗澡、捞鱼，孩子们耍水。一到夏天，两岸的男孩就整日泡在水里，搬螃蟹、摸鱼。河里满是鱼虾，人却没有吃河鲜的习惯。即使在荒年，村人啃光了树皮草根，甚至有人饿死，纯良的官渡人却不曾从河里打鱼上来活命。

我小时候挨饿不少，也不吃鱼虾和螃蟹。虽是好东西，但缺油少盐，腥味重，闻着气味就吐。但铜西场上的人吃鱼。他们有多余的油，把鱼煎得焦黄，把鱼汤炖得又香又浓。孩子们在河里摸到了鱼，就飞快地穿上衣裤，用细蔑丝把鱼穿成串，提在手里，走十来里山路，到铜西场上去叫卖。见到工作同志模样的人，就跟在人家屁股后，一边走一边问："要鱼吗？刚从董河摸上的鱼，瞧，尾巴还在摆呢。大的五毛，小的三毛。要鱼吗？"

摸鱼毕竟靠运气。心狠的孩子就朝河里扔雷管和土炸药炸鱼。小时候我也跟村里的伙伴们去河里炸鱼，一包土炸药扔下去，"砰"的一声，就有大大小小的鱼翻着白肚皮浮起来。炸鱼很危险。炸药包扔早了，惊得鱼群四散。扔晚了，在手里爆炸，炸掉半只手腕、几根手指，也是有的。至今，村里还有几个缺胳膊短手的人，就是幼年炸鱼炸掉的。

我一生也不敢告诉父母的一件事，是童年，我也曾为一点小利舍生忘死，差点儿送了性命。

夏天，久不下雨，河水消了，中间就露出一片沙洲。十一岁那年暑假的一天，我跟同伴们下河炸鱼。一起炸鱼，却分得最少，我愤愤不平。等同伴离去，我就在沙洲的一侧用石头筑了坝，留一个窄窄的决口，用竹子编成一个梭子箭船，安在决口处。箭船是我跟哥哥发明的捕鱼的器具。河水哗哗，鱼顺着河水游进箭船，回不了头，困在箭船里扑腾。运气好的时候，两三个小时，就能捕到十多斤鱼。

安好箭船，天晚了。我就卧在沙洲上守鱼。河水拍着沙岸，发出轻微细碎的声音。前面是水，后面是水，左边是水，右边也是水。我仰面躺在沙洲上，像躺在轻轻晃动的船上，不一会儿就睡着了。两岸的灯火都熄了，星空高远，夏虫繁密。谁都不知道一个十一岁的少年躺在夏夜的星光下，梦里全是活蹦乱跳的闪着银光的鱼，跃出水面，在星空飞来飞去。

是冰凉的河水鱼嘴一样啄着我的脚背，我才醒过来。醒来愣了一会儿，才意识到是在河里。箭船已经不见了。河水快速上涨，不一会儿就漫过了沙洲。又一个浪头打过来，我跌进水里，呛了一大口水。我想站起来，本能地用脚踩地，但已经踩不到底了。河水越来越深，越来越急，我拼命朝着岸边游，却被波浪打进水中,被大口大口地呛水,又死命地凫出水面。我爬上岸的时候,裤子没有了,背心也被撕成绺绺。我横趴在路上喘气,心想被父母知道了非打死我不可。趴了好一阵,缓过劲儿来,我站起身,光着身子进了院坝,推门进了屋。父母的房里响着鼾声。我摸索着进了我跟哥哥的房间,站在床前,牙齿咯咯打着战,全身筛糠一样发抖。哥哥醒了,在黑暗里问:"搞到着没?"我颤抖着说:"起先是搞到着了,搞到了两条大鱼。我去捉,没捉住。最后,遭滑脱了。"哥哥说:"大鱼就爱打滑,捉不住,你说日怪不?好东西都打滑,捉不住,没得意思得。"

河流朝朝暮暮流淌,荡涤,同时也滋养浸润着两岸。然而,一切流逝的东西,人们都听之任之,信奉和崇尚的,却是岸边稳固恒常的事物。官渡人供奉的是土地、巨石、老树、古井、祖屋,还有埋葬先亲的,在树下或者地边一年年老去的坟墓。而打算放弃的,准备告别的,想要遗忘的,就带到河边,或者放在河上,让它顺水漂流。

我一位堂叔,有一个三岁多的儿子。有一天晚上,这孩子忽然不见了。整个官渡滩倾村出动,分成两路寻找,一路上山,在寨子后面的庄稼、山林和草丛间翻找。另一路下河,顺着河岸一路走一路呼喊。那孩子的叔叔跪在河岸的一座土地庙前,祈求土地菩萨保佑,许愿找到了孩子,要给土地重修一座庙。

最后,孩子的叔叔在山层崖上的一个石窟里找到了孩子。这事至今让人迷惑的是,悬崖上没有路,一个三岁多的孩子,如何能沿着河岸上行五六里,又攀上悬崖,最后窝在那个石窟里?孩子的叔叔抱起孩子,看见石窟里就有一座土地庙。这个叔叔抱着孩子就跪倒在土地庙前,放声大哭。

秋后打了苞谷,家家都有了点余钱。做叔叔的上门跟孩子的父亲商量,说菩萨救的是你的儿子,这土地庙该你修。土地庙是怎样的呢?就是三块石板支起一个尺余高的岩硫,岩硫里面立个木片做的神牌,花不了多少钱的。孩子的父亲却不买账,说谁许愿就该谁修,不信你去问菩萨。这位叔叔很生气,说哪有这样做父亲的?土地菩萨救的是你的儿子,修不修是你的事。

谁都以为这事就这样过去了。第二年开春,这位叔叔的女儿在河边采刺莓,脚下打滑,掉进河里,还来不及呼喊,就被河水冲走了。后来人们说起这事,很为叔叔和他的女儿鸣不平,说堂叔仁义,他女儿走得冤枉。后面那句,厚道的官渡人却忍下了,只说,地上的一切都归土地菩萨管,河流也是。河流是土地的儿子。

河水散散漫漫地流,流了两三里地,流过官渡,到了寨子下面的白杨滩那里,两岸山崖向中间围夹、收紧,河道断了,河水轰隆隆进入氽洞,不见了。要翻过白杨山,才看见河水从山脚一个洞里涌出来,像是一条新的河流。

我的父亲,一位略识文字的农人,常常翻着家谱数给我们看,在二三百年里,官渡滩王家有哪些人沿着河岸向下,到白杨滩那里上山,去往外面的世界。那中间,有做官的,有背脚的,有抓丁的,有念书的。父亲提起他们的名字,就说:"山高有柴烧,路远有米吃。"

我离开故乡三十多年了。三十多年里,每年都会回家几趟。如今,河水浅了,河上架了大桥,河两岸也高高低低起了些新楼。岸边的地里,还是长着谷子、苞谷、红薯、洋芋。水井还在汩汩流着。河的右岸睡着我的外婆,左岸睡着我的祖母和母亲。我的父亲一个人住在老房子里。他的耳朵听不见了,眼睛还好。一提起母亲,他就沉默不语。河流教给我流逝是世间最根本的事情。在一切流逝中留下来的,必定经历了千辛万苦。

第四辑 道路尽头是茶园

几十年岁月长啊,那些来到他们中间的人和事,有的已经退场,有的也去了远方。剩下这对兄妹,留在这个院子里,像是潮水退去,留在沙洲上的两条鱼,又一次相濡以沫。

像从未经历中间的几十年。像祖父离世时,他第一次像父亲一样把她搂在怀里。那时候,她两岁,他十五岁。

1

清明节那天,家里来了一位年轻的女性客人。她是我妻子的小闺密,刚从四川攀枝花探亲回京,带了一篮大樱桃过来。"今早从姑姑园里摘的,请你们尝尝鲜。"其时,我的妻子正跟女儿在京郊踏青,我奉命招待客人。作为答谢,我打开一个长竹茶筒,用竹匙舀了一小勺新茶倒进杯里,冲上开水,端到她面前。

"这是我的姑姑亲手种植、手工炒制的明前茶。每年,姑姑的茶叶总是与清明一同到来。"茶叶在开水里翻滚激荡,不一会儿,就沉落杯底,卷曲的叶子缓慢舒展,泅出缕缕绒絮状的浅焦糖色,在水里弥漫开来。略带焦煳的茶香随即散发出来。

客人端起杯子,轻啜一口,不失礼貌地赞叹:"香!"她说:"茶叶手工制作,是一项民间文化。您的姑姑,她一定是一位民间艺术家。"

我不知道跟这位年轻的女子说什么好。我想起我的姑姑。她生活在离官渡滩十几里外一个叫茶园的寨子。她不是什么艺术家,她就是一个农妇,是母亲、祖母、外婆,是姑姑。她生于1949年，与共和国同龄。两岁时，她的父亲离世，被寡母和长兄抚养成人。她自幼年开始，就帮长兄长嫂带三个侄儿女，多年后又收留了其中一个侄子的儿子。她被长兄——就是我的父亲——嫁给她的表兄，育了三个儿女，其中一个残疾。后又给儿女们带大三个孙子。她没上过一天学，不识一个字。她曾经有过丈夫，后来没有了。她是我的另一位父亲和另一位母亲，是我在世上的另一处安顿和收留。

她的名字叫王淑云。

2

母亲活着的时候告诉我，我是在姑姑出嫁的那天晚上出生的。作为长嫂，我的母亲挺着呼之欲出的大肚子，协助祖母和父亲为她操办了朴素且周全的出阁之礼。据说她在辞拜高堂时哭得极为沉痛，让观礼的族亲不胜唏嘘。让村人印象极深、多年后仍被屡屡提起的，是那位等在阶前的新郎——这个人在几个钟头后成了我的姑父——也心疼得哭出了声，其动情之状，不像迎娶新娘，倒像在告别远嫁的知己。

而她的兄长——我的父亲，彼时侍立在祖母身旁，也忍不住落了泪。但这位乡村聪明人并不悲切。长兄如父，他把这个妹妹抚养大,并把她嫁到亲姑姑膝下做儿媳,这是合乎王家规矩的,也是合乎官渡习惯的。肥水不流外人田,亲上加亲,婆婆聪明解事,夫婿厚道慈良,总的来说,这是桩不错的亲事。至于哭嫁,那都是情之所至。哪个姑娘出阁时不哭呢?

母亲可能是因为操办婚事太劳累,当晚,办喜事的席棚还没撤尽,我就在她的肚子里挥拳踢腿了。后半夜,我挥舞着拳头,愤怒地哭着,来到人间。

我的出生,弥补了姑姑出嫁带来的失落和冷清。祖母笑逐颜开。"去一个,来一个,这算双喜临门。"她抱起我,"这娃儿是在撵他孃孃的脚呢。大妹、二毛都是孃孃背大的,我这三毛也想要孃孃背了。"在我哪里,管姑姑叫孃孃。

第三天早晨,她在姑父的陪同下回门。在堂屋向祖先行过礼,进了屋,见到祖母,眼里就噙了泪。我的父亲迎上去,她叫了声"大",把头别过去,眼泪落了下来。

我的姐姐和哥哥很高兴,两人一边一个,拉着她进母亲的房间,去看刚出生的小崽弟。她抱起我,用哭嫁还没消肿的脸贴在破褴褛上轻轻蹭着,喃喃地说:"你哪个这么小啊,小得像个唧粑儿呀!你哪个这么小啊!"她那亲爱又心疼的样子,像捧着她的心肝儿。

彼时,她的新婚丈夫,那个被我们叫作姑父的年轻人,恭敬地站在我父亲面前。他幸福得一塌糊涂,对他的这位大舅子兼亲表哥感激不尽。他掏出一支纸烟,毕恭毕敬地给父亲点上,然后紧张局促地搓着手,不知道说什么好。于是,他朝院子里四处打量,想找点儿活儿来干。终于,他看到吊脚楼下有只断了腿的犁辕。像是新手上台找到一个救场的道具,他搬出犁辕,又找出斧头、锤子等工具,坐在阶沿上,就开始修理起这只犁辕。在以后的几十年里,他每踏进这个院子,就四处张望,见有什么活儿就马上找出来干。最后,他死在这个院子里。

3

我出生后,我的祖母就从土地上退场了。那年她才五十多岁,但长年的劳苦和艰辛,让她老得不成样子。她回到家,负起了背我的职责。她把姑姑曾经用来背哥哥姐姐的旧摇背篼拎到河边,浸在水里涮洗干净,立在河滩上晾干,用破布把背带缝补修整好,把我放进摇背篼,背到了背上。

官渡滩的小孩子都是在背篼里长大的。小孩子生下来,刚满月,母亲就得下地劳动。奶细娃儿睡在竹编的摇背篼里,由老人或孩子在家里看管。摇背篼安了背带,背在背上,远天远地地去地里找母亲喂奶。我们那里屋里潮湿,多蚊虫,夏季还常有蛇虫蜈蚣出没。背孩子的人在家里,也把摇背篼背在背上,做饭、喂猪、洗衣服,连上茅厕都不放下来,背奶细娃儿、干活两不误。待奶细娃儿稍长,勉强能坐了,就把孩子放进一种"座背"里背。奶细娃儿在座背里长到能站立了,又换一种叫"梁背"的背篼。梁背就是贴在脊梁上的背篼,不到三尺高。这种背篼编织精致,造型讲究,在背篼中是体面的一种。这时候,娃儿站在梁背里,头脸和肩膀露出来,如此,一直背到孩子能走能跑。

姐姐打猪草、洗衣服,哥哥放牛。八月里,苞谷掰了,苞谷秆也砍了,打成捆盘在桊子树下,地里剩下锋利的苞秆茬,半尺来高,棵棵带着锋利的刀划口,像古战场上排布好的短枪矛。苞秆茬间间种的黄豆还没熟,豆荚饱了,豆稞还青着。要再晒几天太阳,等豆稞黄了,才能收豆子。

有人喊,我哥哥放的黄牛在河边地里吃豆子了。

祖母背起我就朝河边跑,她一路跑一路喊,到了地边,拍着手又喊又叫,愤怒地咒骂那牛。我在背篼里也很来劲儿,跺脚摇手,嘴里"嘘嘘"地叫着,为祖母帮腔。但是那牛毫不理会,一张大嘴就像收割机,舌头一卷,一大丛豆稞就不见了。祖母躬下身子,从地里捡起土块,远远扔出去砸那牛,全然忘记背上的背篼里站着两岁的孙子。

我从梁背里倒栽出来,落地时,额头被苞秆茬戳了个窟窿。祖母扯了把青蒿,放嘴里嚼融,一把按在我冒血的伤口上，才大哭起来。偷吃豆荚的牛停了下来，默默地看着我们。祖母抱着我，牵着牛，一路哭着回家。她的哭声苍老破败，河两边的寨子都听见了。

到了家，祖母从锅底刮了烟灰，一把按在我的伤口上。

第二天早晨，姑姑就从茶园来了。我至今不知道她是怎么得知我受伤的消息的。她一进门，就把我搂在怀里，不说话，只是不住地流泪。

我们那里，治疗伤病自有一套紧急办法。病了，吃火药面面；受伤流血了，就涂黑锅灰。至于破伤风什么的，村人一律没听说过。不知道这是什么原理，但我的血确实止住了，伤口也没发炎。伤口愈合后，额上留下了很明显的疤痕。父亲回来，抱着我，仔细端详这疤痕，说："这娃儿好养了，老天爷做了记号的。"

多年以后，在一个深秋的午后，天下着雨。一位绵羊般温顺的姑娘把我抱在胸前，流着泪吻我额上的伤疤。她一边吻一边揉我的后背、耳朵、脸颊，她吻得那么深切，揉得那么温柔，差点儿把我骨头揉碎了。我在她怀里轻飘飘软绵绵的，想要流泪。

是她的父母及时止损，中断了我跟她的爱情。这位姑娘带我上门拜见她的父母。在饭桌上，她的母亲关切地问起我额上的伤疤。这位农机厂会计听我汇报完伤疤的来历，又对我的家世进行了询问。得知我的家族都是农民，且现在都还在官渡那片土地上种苞谷和红薯,这位聪明的母亲夸张地说:"哦哟,到了赶场天,我们家可顿不了(放不下)那么多背篼!"

姑娘的父亲则委婉得多。他说:"年轻人还是先立业,再成家。先立业,再成家。"

从姑娘家出来,雨下大了。我甩甩头,走进雨中,假想自己是一个英雄,孤独求败,气概豪迈。那时候我还年轻,还没练就一副铁石心肠。我在雨中走着走着,就忍不住回头望向她家的小院,那位绵羊般的姑娘拿着一把雨伞站在院门口,她没有叫我,我也没有叫她。

在以后的很多年里,我时常在镜中端详额上的伤疤。它是童年留给我的礼物,是苦难的桂冠。我戴着这顶桂冠在汹涌人潮里前行,艰辛的时候心里想,我是被苦难加冕过的,眼下的困难又算什么呢?

4

我受伤后,姑姑回娘家就勤密了。很明显,她不放心祖母带我。她一进门,就把我从祖母背上的梁背里抱出来,仔细看我额上的伤疤。她听说生姜祛疤痕,就把生姜洗净擂融,在伤疤处一遍一遍地擦。擦完,又把我放进梁背,背在背上干活儿。祖母的双肩解放了，默默地坐在灯影里抽着旱烟。姑姑背上背着我，替下做饭的姐姐，菜刀在菜板上切得飞响，菜在锅里噼噼啪啪地炸，就连火塘的火苗也燃得比平日旺。她一边干活儿一边跟祖母和姐姐哥哥说话，忙碌又喧闹。母亲从地里回来，筋疲力尽，见家里收拾得齐齐整整，饭菜香熟，一对儿女干净整齐地坐在灯下，最小的站在小姑子的梁背里喜眉喜眼，她的小姑子在灯下笑吟吟地忙碌着，像未出阁时那样。

我的姑父也经常陪姑姑一起回来。那个拘谨的年轻人，已经心安理得地享受了他的婚姻。在我们家里，他不卑不亢，但更忠诚，更勤劳，就像一家人似的。他每次来，先是一口气把水缸挑满，再把院坝边的柴劈好，码成方垛。然后看有什么农具、篱笆、猪圈需要修补的，就修补好。我们家的活儿，就像长在他手上似的。他跟我家那些锯子、刨子、戳子、錾子、斧子也像老熟人，使用起来得心应手。我的父亲有时候回来，看着他的这位新妹夫忙忙碌碌，说了两个字："仁义。"

姑姑和姑父在我们家里，各忙各的，不怎么说话，就像两个客人从不同的地方赶来，恰好在我家相遇。吃饭时，姑姑客客气气给姑父盛饭，吃完饭赶紧接过姑父的碗，双手给他筛上茶，跟对待一个外客没什么不同。

姑父干完活儿，就带我在院子打马马肩儿玩。他蹲下身子，让姑姑把我放到他脖子上骑坐好，把我两只小手撑举开，架着我在院坝里一颠一颠跑圈子，嘴里喊："飞高高喽！飞高高喽!"我也非常兴奋,嘴里"嘚嘚嘚"地叫着,像张开翅膀飞翔。姑姑在一旁看着,紧张地喊:"小心点儿啊!别把细娃儿摔着啦!启平,你要小心点儿啊!"

只有这时候,他们两个才像共同呵护一个孩子的夫妻。

她生下了表弟冉明,刚满月,跟姑父带着奶细娃儿回娘家。她长胖了,更白了,浑身被一股洁白温暖的奶香充盈,她安详下来,也心安理得了。姑父跟她默契了。是婚姻、生育以及共同的劳苦,让他们在尘世认领了自己的命运,从而相依为命、相濡以沫起来。两个人都松弛下来,在我们家里,也妥帖而自然。两人之间也有了些亲昵。她叫姑父"哎——",姑父叫她也是"哎——"。她坐在院子里,撩起衣襟给婴儿喂奶。两个人的目光都被那个吃奶的孩子吸引去了,都不怎么互相看一眼。但言语和眉眼之间,仍然掩饰不住默契和温情。

那时候我四岁了,还在吃奶,但我母亲的奶水已经没什么滋味和营养了。姑姑的奶白白胖胖,小表弟叼住一只,另一只就不住朝外冒奶水。她拿手帕使劲按着奶嘴,很难受的样子。她对我说:"来,华子,你过来吃这只。"我害羞,不肯过去吃。哥哥在一旁吓唬我说:"吃了孃孃的奶,长大了要上孃孃家当上门女婿哦。"我其实不晓得上门女婿是什么,但是吓得大哭,更不肯吃了。

她于是很惆怅地说;"姑侄姑侄,还是鸡蛋隔层皮哦……"

这时祖母就发话了。祖母十分愉快地说:"亲戚中,孃孃是老子,姨孃是娘。哪有老子给儿子喂奶的?"

那以后,她再也不提给我喂奶了。

5

我母亲活着的时候,对她这位半是女儿、半是妹妹的小姑子既感激,又爱怜。

母亲说,淑云是她看着长大的。她嫁过去那天,这细娃儿穿着洗净的旧布衫,头发在头顶扎两只朝天椒儿,欢喜得很。等新嫂子拜了堂、进了洞房,这细娃儿给新嫂子端上了进门的第一盆洗脸水。母亲说,她给了细娃儿一毛二的喜钱。那年,那孩子八岁,眼睛又大又亮。

母亲说,淑云从小怕她的大,却跟她亲。母亲说,当时只道是帮着父亲把这个小姑子盘养大。哪晓得这辈子,小姑子帮她,比她帮小姑子多得多。母亲说:"你们孃孃是我们家的恩人。你们哪个都不许对不起她。"

母亲说,我们那位长兄出生时,姑姑到了上学堂的年龄。她天天闹着要上学。但是我的父亲不许,要她留在家里背我那位长兄。母亲说,那位长兄出生时又白又胖,满满一背篼。

那时候姑姑比背篼高不了多少，背上婴儿时，竹篾背带在肩膀上勒出两道血印子，脖子拉得老长。

长兄长到快两岁时，得了一场伤寒。那个可怜的长兄夭折那天，她哭得比我母亲还伤心，仿佛是她的罪过。

两年后，我的姐姐出生时，她自然而然地担当起了背姐姐的责任，像是等待了很久终于等到，只字不提上学的事情。等哥哥出生的时候，她已经像一个熟练的小母亲，孩子一生下来她就接了手，一把屎一把尿照顾奶细娃儿，侍候母亲坐月子。母亲满月后加入了队里的劳动，姑姑就手里牵着姐姐，背上背着哥哥，做着繁重的家务，拉扯着这个家庭。

等哥哥姐姐都已经长大，上了学。她的肩背不再背孩子，就背柴火、背水、背粮食，像官渡滩的每个女孩子一样，在繁重的劳作中，长成了一个大姑娘。由于从小营养不良，再加上自小就劳苦负重，她个子不高，但相貌俊美，手脚麻利，性情也十分温顺。虽没上过一天学，不识一个字，但聪明伶俐，眼水好，凡事看得到方向，行事做人也很有分寸，处处先想到别人。

这时候，提亲的人家就上门了。

有一次母亲背着父亲，悄悄跟我说，当初姑姑欢喜的不是姑父，而是岩鹰头一户人家的亲戚的儿子，那年轻人在彭水鹿角中学教书。但我的父亲不许，要把她分到茶园，到她亲姑姑膝下作媳妇。

母亲说,当初姑姑要死要活,又是跳河又是上吊。父亲眼皮都不抬,一个字都不松口。姑姑又绝食,不吃不喝关在屋里好几天,跳了好一阵子。母亲说,莫看你姑姑平素乖顺得像只羊,犟起来比牛还横。但你老汉是什么人?他定下的事情,哪个能拗得转?

母亲说,一个姑娘生得好看又聪明,要是没有一副好命来配,就好比金元宝装在破布袋里,不是金元宝把布袋刮破,就是布袋子把金元宝蒙蔽了。

6

我五岁那年,经历了两件重要的事情:一是断奶,二是上学。我是官渡滩断奶最晚的人,也是上学最早的人。上了学,断了奶,能暂时离开母亲了。一个周末,姑姑和姑父来接我去茶园。

母亲把我抱到姑父肩膀上打马马肩儿——一个小孩子,骑坐在大人的肩膀上,被驮着行走,我们那里,叫打马马肩儿。"打马马肩儿"这说法,真形象啊,犹如骑着一匹马——我骑在姑父的肩膀上,抱着他的额头,他一路"咿呀——哦","咿呀——哦"的,健步如飞,像是一匹愉快的骏马在山间驰骋。秋收后的庄稼地从我们身旁连绵后退,草木低矮,路在姑父脚下,风从我的耳畔吹过。我满面清凉,嘴里呜呜叫着:"骑马啦——骑马啦——"

我们上了关口,翻过四官坡,又上滴水岩,到了小岗,就遇见荞子开花。荞子开花太美了,像穷山坡穿上了花棉袄,又像云朵落到人间。荞麦种得稠,花也开得密,挤挤挨挨的,把路都遮住了。从小岗到茶园,一路荞子都在开花。姑姑、姑父带着我穿过连绵不断的荞花盛开的土地,像是乘风破浪。我脚上沾了荞花,姑姑头发上、脸上也沾了荞花。她一边走一边回过头来朝我笑。黄昏时分,我们到了姑姑家,才像是从云中落了地。

姑姑的婆母,也就是我的姑婆,拄着拐杖,颠着小脚,站在阶前,迎接我这个五岁多的王家来客,其欢喜与郑重,至今让我记忆犹新。

7

姑父说,以前,茶园方圆几十里的小山包,植满了茶树,茶园因此得名。农业学大寨那年,社里组织社员挖净茶树,砌了梯田种水稻。茶园缺水,梯田白天装太阳,晚上装月亮,水稻没种成，只得当旱地用，种苞谷、洋芋、红薯。茶园荒废了，但名字还在。茶园吃水要到四五里外的一个天坑里背，相当于地下水。有限的山林都被开垦种了粮。没有柴木，家家都砍秸杆、挖草根当柴烧。土地有限，人口却在不断增长，落到每个人头的耕地就只有七八分。茶园有种荞子的传统。八月里，苞谷掰过后，赶在下洋芋、麦种前，加种上一轮荞子。种荞不费事，把地犁翻、耙平，荞种拌上草木灰，扬撒到地上，就等着荞麦发芽、拔节、开花、结籽。到霜降时节，就能割荞子了。这多出来的一季口粮，让茶园的农人一年要从容踏实得多。即使在灾荒年景，茶园人也少有闪失。

姑姑姑父在队里劳动，姑婆在家料理家务。日子虽然清苦，但姑姑一家仍然过得整齐干净。这跟姑婆曾经过过的好日子有关。我的姑婆是坐着花轿嫁到茶园的。她是我们官渡滩第一个坐花轿出嫁的姑娘。但家族的人提到的时候，往往隐去姑婆嫁给伪乡长冉隆清做小的事实。她在茶园冉家大院度过了十多年亦奴亦妾的日子，等到她终于获得正妻的身份，冉家的田产和房屋也被没收干净了。

好日子虽然短暂，但是养出来的气度和方法还在，这是本事。这一家人干活肯吃苦，日子也过得整洁，家里家外收拾得齐齐整整，简单的瓜菜也做得细致可人。再穷也要待客，再苦也要养花。屋边栽了桃李、柑橙，院坝则种了桤子、桂花。按成分，这样的家庭往往会吃很多苦头。但一家人温和、谦逊、有礼，与人世周旋，懂得揣度忍让。这样不光让他们免受了许多苦，还在茶园获得了好名声。

姑婆的三个儿子，在艰辛的成长中各习得一门手艺。姑父的两个弟弟，一个是弹花匠，一个是捡瓦匠，就是搭着梯子上房翻捡屋瓦的那种。我的姑父，则是杀猪匠兼刨口匠。

乡村进入冬腊月，姑父背着背篼在邻近几个村子替人杀猪。他围着黑色人造革围裙，脚上套着黑色塑胶长靴，白刀子进红刀子出，一头猪收取一块钱的杀猪费，猪鬃还可以背走卖钱。逢哪家有红白喜事，主人上门恭敬延请，他又换上白围裙，套上蓝袖笼，担任宴席的主厨，成了一名刨口匠。他干活扎实，能吃苦，手艺好，为人也实在，排场、用料、分量，都替主家考虑，十分周到得体，深得主家信任。

姑父个子不高，很结实，走起路来，地皮踢踢踏踏作响。他举止大气从容，爱笑，笑声爽朗，说起话来声音高亢，边说话边打手势。他说话，常常夹带几个新词，那些词，有的是报上的，有的是广播里的，还有的是开会的时候干部讲的。他这样说话，在乡村寨子里就显得与众不同。他凡事又拿得起主意，讲得起道理，也担得起责任。总之，他是一个受人欢迎、逗人喜欢的可以依靠的人。

我去茶园的时候，姑父出门杀猪或者帮人刨口，就带上我。他让我打马马肩儿，让我骑坐在他的脖子上，抱着他的头，随他在坪上走村串户，威风凛凛地大口吃四方。坪上的人宽厚仁义，听说是冉家婆媳两代的娘家来客，虽然年幼，但对我也多迁就，让我跟着姑父坐席，饮食汤水格外照顾。在饥饿苦寒的成长岁月里，骑坐在姑父肩上出门吃顿好的，成了我童年最大的口福以及幸福的回忆。

姑姑织布。夏日天长，寨人都在干活儿或者午睡的时候，她在堂屋里架起机子织布。她在娘家的时候就跟着祖母学会了织布，到了茶园，有姑婆教导，手艺就更精进了，织的布紧实绵密又柔软。姑婆年轻的时候是织布里手，年纪大了，则给姑姑打下手，姑姑织布的线，是姑婆摇着纺车一根根纺出来的。姑姑织好布，就交给姑婆煮染。姑婆在锅里放上煮青或者煮蓝，把布下锅里煮过，提起来就是青布或者蓝布。

姑姑温静、平和、秀美。她不识字，但能算账。姑父杀猪挣的钱，办席挣的钱，买线的钱、卖布的钱，生产队分的粮食，苞谷、红薯、土豆、荞麦，人情世故、礼尚往来，这些账，她都记下来。她家的板壁上，用黑炭整整齐齐地画了圈儿，画了线。一个单位用一个圈儿表示，满了十，就画一条线。她用手指头点着那些圈儿和线，告诉我一家人一年的收成和支出：大春收了多少担，小春收了多少担，荞子打了多少斤，姑父杀猪挣了多少钱，刨口挣了多少钱，吃酒席随礼了多少钱、多少谷子、多少苞谷。我在学校学了点儿课文和算术，就在姑姑面前卖弄，一会儿口算一会儿心算，算出姑姑家一年大致的收入和支出。算完，又坐在阶沿上得意洋洋地背乘法口诀。姑姑见我会算账，很高兴。我做作业，姑给我摆小桌子，安小板凳。她坐在一边做手工，一会儿看我，一会儿看我手里的书和本子，很着迷的样子。

每到寒暑假，我就往茶园跑，不用干活，又得姑婆和姑姑的宠爱迁就，天高皇帝远，严厉的父母也责打不上。我躲在姑姑家里做起了客人。

虽然到处都是农业学大寨留下的痕迹，但天高皇帝远，茶园人得以自成一统。茶园人爱占卜，信药草。一个滂沱的雨夜，我赤脚踩着了一条蜈蚣，大脚趾被蜈蚣咬了一口，毒液进入身体的刹那，我痛得钻心，大哭起来。姑姑一把把我扯过来摁在怀里，扳起我的脚趾，找到蜈蚣咬处嘬啜，又吐。在她的嘬吐之间，我的疼痛减轻了。在灯下一看，脚一点儿也没红肿。姑父冒雨去屋后扯来鸡矢藤，在嘴里嚼融，调上酒，糊在伤口上，一股清凉从伤口进入，弥漫了脚背，疼痛消失了。姑姑又撕了片干净的布片把我的脚包上。

夜里姑姑把我抱到她床上，把我包了草药的脚用枕头垫起来。表弟冉明黏着姑姑不肯入睡。他一遍又一遍地问姑姑："你把哥哥脚上的虫毒吸进嘴里，会不会毒死？会不会毒死？"他每问一遍，姑姑就微笑着答"不会"。直到他问乏了，才在姑父手臂上睡了过去。

第二天早晨醒来，我全然忘记头晚的惊心动魄，又跟茶园的孩子一起疯玩了。

8

表弟冉明生下来就斜视。姑姑姑父小心翼翼地照顾着冉明,又心惊胆战地怀上了表妹小红。妹妹落地时,在一家人的注视下,湿漉漉的眼睛像一朵花缓缓绽开,露出两粒黑亮的眸子。几天后,那双眼睛就转得灵巧又生动。姑姑姑父这才安下心来。他们想不到,在以后的很多年里,我的妹妹因为这双会说话的大眼睛,一次又一次在命运里浮沉,历尽人世沧桑。

霜降过后,割了苦荞,挖了红薯,茶园就进入冬闲了。这时候,寨里的人就忙着准备嫁娶、忙着立新屋、忙着给老人打材子。寨子里天天响起乒乒乓乓的敲打的声音。

那年白露刚过,苦荞刚割下,还没来得及抡起连枷打荞,姑父就出事了。

后来人们说起姑父出事,都以为坏就坏在他太聪明。那时候,远近寨子漆家具,都用桐油混和生漆熬炼。小河供销社桐油三块钱一斤,而贵州沿河的供销社有桐油卖,每斤两块三。姑父看漆匠烧起大锅熬漆,再红一刷子绿一刷子刷在柜子上、桌子上、箱笼上的时候,就走神了。

这个聪明人背起桐油桶就去了沿河沙子乡，在供销社打了八十斤桐油，告诉店员"腊月要嫁妹妹"，趁着月黑风高背回茶园，以每斤两块八的价格卖给制作嫁妆的人家。

一斤桐油便宜两毛钱，还送货上门，油又好，卖油的人又是那么好的一个人。一时间，漆家具的人都暗地里找姑父买桐油。

本来卖油的人偷偷摸摸，买油的人也小心翼翼。但不知道怎么了，事情还是败露了。

姑父因投机倒把罪被判了三年。那是1979年，第一部《刑法》颁布，刑法规定了投机倒把罪。姑父是新中国第一批犯投机倒把罪的罪犯。

9

八月秋收后，再收一轮荞子，相当于秋收被延长，收成也增长了。荞子有花荞和苦荞两种。花荞色白、味平，也叫白荞。苦荞色黑，味苦涩。那些年不知怎么了，花荞老长虫，苦荞苦，虫都不吃。于是家家都种苦荞。苦荞打下来，一粒粒饱满结实，很对得起坪上的黑脸种荞人。种荞轻省，办荞食却费力又费神。苦荞晒干，先放石碓里舂去皮，回风簸里簸去壳，剩淡绿晶莹的荞米。这时候,就上锅把荞米炒熟,上石磨磨成面,用细面筛筛过,做成荞面,这才算半成品。苦荞难吃,但姑姑总有办法让苦荞不苦。她把苦荞面跟麦面、苞谷面混在一起,擀成荞面条,摊在大笸箕里晾干,吃的时候,抓一把下锅,也权当面条了。我屡屡上茶园吃到的鸡蛋面条,其实就是麦面掺了苦荞面做成的面条。他们家还做一种荞搅团,把红薯蒸熟去皮,捣融,混上苦荞面揉匀,一半苦荞,一半红薯,捏成团上锅蒸,苦味儿就没了,红薯的甜香中掺着荞麦的清凉,算是美味了。最难的时候,有一年荞子减产,荞面也没多余的,姑姑就把南瓜叶切碎,搓融,拌在荞搅团里,连菜也省了。

姑父离家那年,我恰好考上双河中学。星期天我起得很早,先把牛赶到山上喂饱,哥哥姐姐还在帮着母亲干活儿,我就单独出发上茶园。

我一去,就帮姑姑家干活儿。最初的时候,只能提着篮子在收割后的地里缮苞谷、麦穗、谷穗。入冬犁地时,铧犁犁开冻土,去冬没挖净的洋芋就被翻出来。我提着撮箕,跟一群茶园的孩子一起,跟在牛屁股后面缮洋芋,手比哪个都快。隆冬到来时,我背着背篼上山耙草根,回来烧锅。

没多久,我就拿上农具,找到姑姑劳动的队里,帮着干她的那一份活儿。种苞谷、割麦子、栽洋芋、挖红薯、割苦荞,一个农民全部的耕种,我都是那三年去茶园在姑姑身旁学会的。最初，我干起来僵手僵脚，只当给她做个帮手。没过多久，就成了手脚麻利的好把式。我熟知她们那里的每一片地，每一道土埂，认识坪上的每一户人家。到寒暑假，我大半个假期都待在姑姑家。白天帮忙干活儿，夜里坐在灯下吃晚饭，跟这一家老的老、小的小坐在油灯下呼哧呼哧地喝荞麦面汤，我把稠的端给姑婆，把稀的留给自己，像是这家的长子。

表弟冉明和表妹小红也上了学。我带着姐弟写作业，给他们讲功课，考他们背诵。表弟被寨上孩子欺负了，我冲出门就为他出头。茶园的人都温厚、慈良，不跟我计较，还夸我："这么小一个娃儿，远天远路赶过来帮衬孃孃，王家仁义，仁义。"

冬天的夜晚，我跟这一家子偎在火铺上熬夜。姑婆眼睛不好了，手却闲不下来，在火铺上搓麻绳，剥花生。她有一肚子龙门阵。姑姑手里做着针线活，听到有趣处，也忍不住笑着插话。姑婆说，她那双小脚，从跨出花轿落地那天起，就没沾过泥土，只在家里纺线、织布、绣花。那时候，冉家威风八面，田产从赤土一直绵延到五堆，家里有十几个长年，五六个佣人。姑公出门骑马、挎枪，身后跟着好几个随侍。每年打下的荞子堆成小山，家里开了酒坊酿苦荞酒，一上茶园，老远都闻得到冉家的酒香。

姑姑缝好了一只鞋，咬断线头，抬起头来跟姑婆打趣：

"啷个不把好日子留点儿给我呢?"

姑婆说:"土地分给贫下中农了嘛,酒坊也交到社里了嘛。"

姑姑又埋下头飞针走线,过一会儿,才轻轻叹了口气,说:"亏大了嘛!"

"不亏,"姑婆说,"人活下来了,就不亏。"

姑姑又笑着打趣:"冉家的富日子,我连影子都没见过。"

"比我这代强啦!"姑婆说,"你公公就是饿死的,启平这一代,没人饿死。"姑婆摸着她的小脚说:"我一双小脚,把三个娃儿平平安安拖大成人,没人敢说我不中用了。"

姑姑也摆她小时候的龙门阵。她说,她七岁那年,跟着祖母去贵州黑獭子卖布。买布的那户人家,钱不够,就用一堆红薯抵了布钱。母女俩背不动那么多红薯,祖母就把姑姑留下,住在那户人家,吃那堆红薯。自己背着一篓红薯回了家。那对夫妇仁义,对她也和善。她独自吃了几天红薯,就允许她上桌跟一家人一起吃饭。她伶俐、乖巧,也帮着那家做些家务。那家有三个儿子,最大的那个砍柴,第二个放羊,最小的拖着鼻涕,还在吃奶。砍柴的那个处处帮衬照顾她,放羊的那个却处处作弄她。两兄弟常常为此打架。三个月后,祖母再去黑獭堡接她回家,结果那户人家不放人。要留下给那个放羊的老二当童养媳。我的祖母不许,拼着命把女儿接回了家。

姑姑说,她有兄弟姐妹九个,中间六个都走了,只留下打头的那个和落末的两个。我的祖父去世不久，祖母和我父亲就把二叔送给贵州沿河洪渡岩万家，可日子还是过不下去。"孃孃您，"她管姑婆叫孃孃，"把家里剩下的十斤苦荞藏在一个小包袱里，悄悄送到官渡滩。那年头，送一把苦荞的，都是救命恩人。要不是那包苦荞，说不定我们王家也饿死人了。"

姑婆笑着说："生死有命，几斤苦荞，也就填一时肚子。哪有那么神？"

姑姑说，您老对我们王家有恩，我大就要我来您跟前报恩呢。

她抽出鞋底上的线，笑着说，我就是您花十斤苦荞买来的儿媳妇哪。

姑婆笑笑说，没那十斤苦荞，你也要来。

姑姑就不说话了。

姑婆像是想起了什么，说："我们王家两代姑娘都嫁到茶园。到了下一代，"她看看我，"你姐姐王珍，怕是不愿意上来了哦。"

姑姑咬断鞋上的线头，说："茶园这么苦，您还想王珍也来受这份苦？莫说她爹妈，就是我都不许！您也是王家的人，您还嫌我们王家做得不够吗？"

姑婆含蓄地说："不愿意嫁上来，也可以上来娶嘛。亲戚还是不能断的。"说完，看看我，又看看小红。妹妹小红正耍着姑婆手上的银手镯，她还小，听不懂姑婆的话。我却不好意思了。

姑姑说:"您老就别操心啦。天地这么大,各有各的路。非得把人家扭在一路?"

于是姑婆就不说话了,她颠着小脚下了火铺,提了半篮刺炭添进火塘里,又在炭火上烤了几个苦荞粑。我们都兴奋起来。表弟冉明和冉建开始在火铺上打闹。我用手护着,不让他俩摔到火塘里。

姑婆说,她的公公活着的时候,是个农民,忙时种地,闲时做点布匹买卖。他挑着担子在上一个寨子挨家挨户收购布匹,又挑到下一个寨子走村串户卖布,赚的那点儿差价,不过是渣渣钱。谁想到积少成多,人又刻薄自己,舍不得吃舍不得穿,专用来置办田产家业,几十年下来,竟给后人积累了啷大的家业,一辈子顺风顺水、平平安安,从没听人说有哪里不对头。做买卖是古来有之的事情,到了我们启平这里,就投机倒把犯罪了。

她说,她的启平没得错,是世道错了。

姑姑听着很安慰。这么说来,她的男人是好人,没有犯罪,只是受了冤枉。对她来说,一个受委屈的男人,比一个坏男人让人心安。

姑父服刑的第一年,姑姑带着表妹小红到垫江的东印茶场探监。姑父在茶场给茶树施肥、培土,人又黑又瘦,但性情仍然开阔爽朗,没被监狱生活摧残得失去人形。姑姑想到在茶园的土地上劳作一年，并不比劳改农场的犯人过得轻松，心里就得到些安慰。

上初二的时候，学校开了生物课，老师讲遗传，说到近亲结婚会导致后代残疾。我想到冉明，抽了一口冷气。周末去姑姑家，告诉了她这事。她惊叫起来："这怎么可能？是我怀冉明的时候，你姑爷往墙上钉了钉子！"

姑婆也不信。她老人家坚定地认为是墙上那枚钉子作祟。在我们那里，怀孕期间不能钉钉子、不能移动家具、不能拣瓦。

我翻开书，指着书页上的图画，一字一句讲给姑姑听。她看了书页，又看着我，眼里一片茫然，不知道该信还是不该信，最后叹了口气。

荞花谢过，苦荞熟了。茶园的人赶在霜降前把苦荞收完。苦荞割下来，在地头束成捆，扎在高背架上背回家，立在晒场上晾干，才铺在坝上，人们抡着连枷，进进退退打苦荞。收割后的土地像褪下了花棉袄，露出贫苦疲惫的棕黄色。我去队里帮着姑姑割苦荞，姑姑用高脚背架背着巨大的荞垛。山一样的荞垛压迫着我的姑姑，她那么小，那么弱，身子几乎躬到了地上。她人看不见了，那荞垛像长了脚，在坪上趔趔趄趄往家移。

姑父在垫江茶场劳改的三年，也是我去茶园最勤的三年。茶园是我的另一所学校。它与山下那所双河中学一起,共同完成了我童年和少年的教育。那是关于劳动的教育,关于苦难和忍耐的教育,也是关于爱的教育。

1982年,姑父刑满释放时,我恰好初中毕业。

10

在我认识的人中,姑姑和姑父才是真正的佳偶。

他俩都在幼年失父。我的姑姑由寡母和长兄养大,姑父则帮着寡母拉扯两个弟弟。他俩都没什么文化。姑父念过初小,姑姑没上过一天学。但两人都十分聪慧,事事无师自通。姑姑纺线、织布、裁剪、绣花,所有女红无所不能、无所不精。下田栽秧、播种、收割,比谁都能干,也比谁都能吃苦。再窘迫的日子,都被她拾掇得洁净清亮。她苦的时候,不温不火;乐的时候,也是不温不火。我的姑父学什么会什么。他当过劁猪匠、杀猪匠、兽医,也当过刨口匠。他从垫江茶场劳改释放,带回来的东西,除了一身病痛,还有一门手艺——种茶。

他回来的时候是1982年。那是不平凡的一年。那一年,农村实行家庭联产承包责任制,每家每户种自己的地,吃饭是不成问题了。姑父又在自家的小山丘种了一小片茶树,严格按照在农场学到的种茶技术给茶树上肥、培土、剪枝。清明前两天,人们看到姑姑跟姑父在茶园采茶。刚种下的茶树只有开花的土豆那么高。两人一个蹲在茶树那边,一个蹲在这边,中间隔着一条茶垄,一边采茶,一边小声说话。

明前茶娇贵,茶叶采下后,姑姑跟姑父熬夜炒制好,第二天早晨,姑父就到小河场卖茶。新茶三块钱一斤,居然没人舍得买。姑父不以为意,乐呵呵拎回家,慷慨地四处赠送,剩下的留着待客,自己不怎么喝茶。

表妹和表弟慢慢长大,陆陆续续上学了。姑婆身体也不错,头脑清楚,耳聪目明。姑父在农场落下的病痛,在姑姑的悉心照料下,也在慢慢地恢复。日子平静、安宁,那是那家庭的黄金时段。

我十五岁那年,家里给我说了一门亲事。春节,父亲带我去未婚妻家拜年,我上厕所不小心掉进了粪坑,觉得没面子,很沮丧,就坚决地毁了亲事。我的父母很着急。恰好我舅舅的女儿老五长大了,父母一商议,就打算到舅舅家提亲。

掉粪坑的事,让我一连好多天都蔫蔫的,闷闷不乐,对亲事,我一律没了心情。一听说又要给我提亲,对象还是我的表妹,当场就把碗"咣当"一声砸到地上。父亲本来为上一门亲事被我搞黄了,正生气,现在看见我还砸碗,更是怒不可遏，操起扁担就要打我。

我拔腿就往姑姑家跑。在姑姑家里，我一边吃面一边控诉，又气又恨。姑父听我说完，叹口气，对姑姑说："这娃儿是长了翅膀的，以后会有出息。你跟大和大嫂说说，莫在近处开亲，把娃儿捆住了。"

第二天，姑姑送我回官渡滩。她跟父亲说，这门亲事，她不许。不为别的，就为两个娃儿是姑表亲。她说，天宽路长，这娃儿哪里找不着个媳妇，硬要在近亲里找。她说："你看我冉明……"说了半句，后面半句，被她咽下去了。

然而父亲不以为然。他说那小子——他指着我——米箩不蹲蹲糠箩，怪哪个？还不抓紧噻，怕连糠箩都没了。再说，古理就是这样，舅家的女儿不交把孃孃，交把谁？你不也这样？

姑姑就是在那一刻哭出来的。她眼泪不住地往外冒，她一声不响地用手背抹，抹也抹不赢。母亲想劝她，却不知道怎么劝。她抹着泪，看着我的父亲，说："大，你把我交把哪里，我就认哪里。这是我的命，我不怨哪个。你莫照原样害王伟。这个细娃儿，你害他，就是拿刀剜我的心……"

多年后，我的父亲忆及当时情景，仍然动容。他说他没见哪个孃孃疼侄儿疼到这样。他说："仁义！"他看着我，一字一顿地说："王伟，孃孃对你仁义，厚待你。你给我记住，有恩不报，人皮难背！你也要讲仁义！"

开亲的事就这样放下了。

11

母亲活着的时候常说,你们孃孃这样的仁义,实在难找。顾了我的儿子,又顾我孙子,仁义。

1988年,我的哥哥到烟厂开大车,嫂嫂也离开酉阳去了广州打工。哥哥带信回来,让母亲去县城把两个孩子接回官渡滩带。

母亲一个人背不了两个,又带信给姑姑,让她一起去县城接孩子。

那一年,王一三岁,王翼两岁。但两岁的孩子比三岁的孩子肚子大,鼓得像皮球,小屁股瓣儿只剩两道褶皱,屁缝儿不停拉黄水。拉了好多天,脖子又细又长,奓在肩膀上,气息悠悠的,连哭声都弱得像小猫儿。

那时候,父亲在外面做手艺,母亲一个人在家,要上坡劳动,一个人种一家人的地,还要喂牲口,带孙子。姑嫂俩就约定,一人领一个孩子回家带。母亲怀里抱着病怏怏的王翼,姑姑牵着王一,坐班车到了铜西。下车后母亲忽然提出,让姑姑把病孩子王翼背到茶园带,她自己带王一回官渡滩。

姑姑惊呆了。她说:"大嫂,这是你的孙子。我只是姑婆。二毛病成这个样子,我不敢带走。"

母亲说:"我家里,就我一个人,要上坡做活路,又要喂牲口,还要带孙子……二毛这个样子,我怕是带不出来……"母亲说着流了泪,"你比我年轻,家里有你跟启平两个大人,又有三个娃儿,你家人气旺……茶园离医院也近,娃儿有个什么,你跟启平抱着朝医院跑,也来得及……"

有时候我想,我的姑姑和姑父,简直就是为收留我们而存在的。当晚,姑父就请了村里的医生上门来,给娃儿掐穴位、推拿。姑姑整夜给孩子换拉黄水的草纸,坐在床边,看着气悠悠的孩子,不敢入睡。姑父也不睡,整夜陪姑姑守着孩子。

寨子的人都说,王淑云胆子大,王家娃儿灯焰这么弱(我们那里的说法,指生命力弱),她也敢接手。如果把人家的娃儿带丢了,怎么给王家办交割?

后来她说,当时她也很害怕。但有姑父在,她安心了些。她跟姑父背着王翼去小河场上看医生,又请人挝(zhuā)背篼神,占卜结果并无凶兆,才放了心。

哥哥每次出车,交了货,就在当地寻医问药,带回一包包的草药,跟母亲一起,背着王一,提着草药,送到茶园。姑姑对那些草药十分虔诚。她细细地煎熬,草药的气味笼罩着整个庭院。头道药熬好,母亲忧心忡忡地给王翼喂了药,哥哥抱着王翼在院坝里游走一会儿,才带着王一离开。不知道是哪方郎中发挥了威力,还是姑姑姑父的虔诚感动了老天,总之,王翼拉稀的次数渐渐减少,鼓胀的肚子也慢慢消了下去。姑姑每天把茶罐坐在火塘边,小心翼翼熬米羹,她用羹匙滗起浮面的米油,轻轻吹凉,一勺勺地喂孩子喝下。两个月后,孩子的脸终于有了点儿血色,小屁股也圆起来。大家都松了口气。

等王翼积了点儿元气,姑父外出杀猪或者是办席,就带上他了。我多么感谢这位乡村杀猪匠兼刨口匠啊,他背着背篼,让王翼骑坐在他的脖子上打马马肩儿。王翼跟着姑公走村串户吃四方。若主家是杀猪,这孩子则跟着姑公吃顿猪肝、猪腰子。茶园的人良善,王翼爱吃猪尾巴,每次杀猪,都把猪尾巴割下来,送给姑父带回家炖给孩子吃。若主家是办席,他则能吃到乡村的全席。吃完席,主家还要把席面没上完的肉菜、豆腐装上一些,让姑父带回家。

第二年开春,王翼已经长得圆圆胖胖、精精神神了。姑父用木板给他做了辆架子车,锯了棕树干做四只轮子。不到三岁的孩子骑坐在木板车上,从姑姑家的院坝沿着坡道骑滑到房前的大路上,一路冲一路喊:"王师傅来了!王师傅来了!"

12

我工作后第一次回家,攒的工资全都给家人买了礼物。给父亲的是一瓶沱牌大曲、一条黔龙牌香烟;给母亲的是一件红色开司米开衫;给姐姐的是一条花格围巾;给哥哥的是一包宜居茶;给侄子王一和王翼一人一顶绿色解放军帽,外加一把玩具枪。

听说我回家了,姑姑姑父也下山来了。他们看我穿着灰色制服,戴着大盘盘帽,肩章又硬挺又明亮。姑父很高兴,说:"国家干部就是不一样,看起洋盘,派头好。"

姑姑喜滋滋看着我,摸摸我的衣服,说:"小伙子更好看了。"

父亲坐在火铺上,拆了我买的香烟,一人发一支,说这是王伟用工资买的。吃饭时,父亲大声吆喝母亲:"把王伟用工资买的酒拿出来喝。"吃完饭,又吩咐姐姐,把我用工资买给哥哥的茶叶也拿出来泡了,高调得很。他得意地说:"老幺给他妈他姐都买了衣服。这娃儿不光有孝心,还有爱心,连两个侄子都放在心头的。"

姑姑当时正拿调羹给王翼喂饭,听到父亲的话,转过头来看了我一眼,眼睛里闪过不易察觉的微妙神色。

母亲使了个眼色,把我叫到里屋,问我:"给嬢嬢姑爷买东西了吗?"

我说给家人买东西,刚好把钱花完了。再说,他们是亲戚。

母亲教训我的话,我至今都记得。这位一贯沉默寡言的人声色俱厉,让我不寒而栗。

她说:"需要人家的时候,就把人家当家人。把人家好处得了,人家就是亲戚了!"

我无言以对。想了想,说:"我过年的时候给嬢嬢也买一件衣服。给姑爷也买一条烟。"

母亲不高兴地说:"人家现在就在你眼皮底下,你还想推到过年!去!把我的衣服给嬢嬢!"

我只好拿着红毛衣出来,捧给姑姑,说,这是我给嬢嬢买的。

姑姑惊得站了起来。她可能从来没接受过别人的礼物。她连连摆手,说不要不要,穿衣服是父母才有的福分呢,当姑姑的哪受得起!

父亲发话了。父亲说:"嬢嬢姑爷是少有的仁义,待我几个娃儿,不比父母差。娃儿孝敬父母和嬢嬢,也不分彼此。这衣服,就是他孝敬嬢嬢的。嬢嬢穿上,穿上。"

父亲一言九鼎,姑姑只好把衣服穿上,那神色又惊喜又羞赧。母亲高大，她个子娇小，红毛衣穿在她身上，明显又大又长。她的眼里有丝疑虑闪过。我看在眼里，心里颤了一下。最后，姑姑脱下毛衣，递给母亲，说："王伟给我买衣服买大了。还是大嫂穿吧。大嫂个子高大，穿上合适。"

她说得那么柔和、合理，不易辩驳。我说不出话来。我们都敏感地意识到，这是我们关系的一个重大转折。粗心的人不会觉察，但这转折毕竟来了。

13

我工作非常努力，也非常能吃苦。不到半年，我就从所里调进县局工作。局里分了宿舍，我在城里就算是有安身之处了。一安顿好，我就把王一接到城里，送他到机关幼儿园上学。每天早上，我把孩子洗好、穿好，做好早餐，陪他吃完，就送他上幼儿园。幼儿园离局里只隔着一条马路。有时候王一在幼儿园尿裤子了，老师就打电话到办公室，让我送裤子过去。那时候，我一个人对接黔江地区财政局的会计事务科，还负责财政科研、会计函授站、会计学会等事务性工作，忙得八只脚都跑不开堂，还要给电大、职高的学生上课。有时候老师打电话过来，我忙不过来，王一就穿着尿湿的裤子一直到放学。第二天送孩子上学的时候，老师就站在幼儿园门口大声批评我。

有一次，老师又打电话让送裤子过去，我实在脱不开身，就把裤子交给局里一位姑娘，请她帮我送过去。那位姑娘把裤子送到幼儿园，给孩子换上，又带回脏裤子，在单位的洗手池洗好，用衣架撑开晾在锅炉边。下班的时候我过去，见裤子已经干了。

那位姑娘大学学的是数学，聪明善良、善解人意，性格又温柔委婉。有时候幼儿园放学，我没空，她就代我去幼儿园接王一。她把孩子带到她办公室，买了糕点哄孩子，等我下班时，才把孩子带过来交给我。有一次我下班到姑娘办公室，见她正在本子上画羊，教王一数数，一只羊，两只羊，三只羊……她画得那么仔细，一边画一边柔和地说："看，这是王一的羊，这是幺爸的羊，我们来看，一共有多少只羊？"

王一抬起头看着那姑娘说："我幺爸不放羊了。我们家都不放羊了。"

那姑娘"哦"一声，说不对呀，你幺爸现在还在放羊呢。那只羊，就是你。说着，手在王一的脸蛋上抚摸了一下。

就是她对孩子的抚摸，让我的心暖暖地颤了一下。

过了半年，那位姑娘带我见她的父母和家人。姑娘的母亲照例问起我额上的伤疤。我如实相告，最后，还告诉她，我二十一岁，从官渡滩到县里工作，还带着小侄子到县里幼园上学。您的女儿——我指指那位姑娘——经常帮我接送孩子、照料孩子,幸亏有她。那位母亲有些意外。我继续说,我的工作十分辛苦、十分忙碌,但我十分愉快。有人说我傻,有人说我脑子有毛病,还有人说我骨子里是个农民,只会干活儿不会享受。我笑了笑,接着对这位母亲说:"没人知道在繁忙的工作中我能得到那么多乐趣。也没人知道,一个农民家庭出生的人,能有这么一份工作,多么地来之不易,我是多么地珍惜。"

这位母亲"哦"了一声,看了看她的女儿。她女儿朝她笑笑。她就明白了。做父亲的爽朗地说:"很好,年轻人。"他开阔爽朗地说,"很好!"

多年后,我对这对慈父母提起第一次上他们家的情形,他们也记忆犹新。

我问:"爸爸妈妈当年怎么那么信任我呢?"

岳母笑着说:"是上幼儿园那孩子帮了你的忙。"

岳父则说:"是你眼里的光吸引了我。"

我是多么感谢这对慈父母啊。我经常想起岳父说的:"一个人眼里有光。那光,跟家境、阶层无关,甚至跟知识也无关。"

我跟他们的女儿结婚了。我们在县城举行了简单的婚礼。我的姑姑姑父也赶来参加婚礼。我的母亲在婚礼上因为激动而显得局促紧张,她不知道怎么说话,也不大会向女方家的客人问候致谢。姑姑站出来,代表男方的长辈招呼客人和亲戚,谦逊有礼、周到大方。

婚礼结束后,岳父告诉我,你孃孃不简单。

我问岳父何以见得?

他答:"她眼里有很特别的光亮。"

我告诉他,参加我们的婚礼,是她第三次进县城。第一次是到城里看守所看望姑父,第二次是去城里接牛病的干翼。

岳父听完,叹道:"有的人被命运蒙蔽了。即使这样,生活也没能遮蔽他们内心的光芒。"

14

哥哥不开车了。他先是做苞谷籽生意,后来又开苗圃养花木卖。苗圃请了十几个人,父亲也过去帮着搞管理,生意越做越大,侄子们也长大了。姐姐的几个孩子也陆续上了大学。我的女儿春雨出生后,我跟李虹从县里调到地区,又从地区调到市里,最后从重庆分别,调到部里工作。

父亲得意地说:"我们家都是朝上走的。"

姑姑姑父听了,不接他的话。

我每次工作调动后,都会接父母和姑姑姑父一同过去看看，住一段时间。起先，我在地区、市里，姑姑姑父还会一同去，小住几天。后来到了北京，再邀请，姑姑就以种种理由婉拒了。

我懂得这种微妙，就不再邀请他们了。只是每次回老家，会买丰富的礼物去看望他们，再送上红包。

母亲跟姑姑，都没上过一天学，不识一个字。母亲高大、敦厚，寡言少语。姑姑小巧、伶俐、机敏，会说话，说话也总能说到人的心坎上。有一回，姑姑跟我说，我母亲像个活菩萨。在我们那里，活菩萨是骂人的。但是她说，福气恰恰就在活菩萨那里，说得少，手脚慢，是积福的。福就在那个"慢"字上。

离得远，见面不容易，我就给她买了一部手机，把我的电话号码存上去。我有空的时候就跟姑姑打电话。她周到、细致、聪明，多久的事情都记得清清楚楚，理得顺顺展展，说得利利落落，还是总能说到人的心坎上。她的声音隔着几千公里传到我耳边，语气明媚、清亮、温柔。

表弟冉明和表妹小红念完小学就不上学了。冉建念完初中，也不肯再念下去了。姑姑很伤心，说姑公是读过书的，姑父也是读书的好材料，不过是没遇到好时代。家传不差嘛，这几个细娃儿，怎么硬是念不下去呢？但姑婆护短，姑婆说几个孙娃儿活蹦乱跳的，多认几个字、少认几个字有么事？

姑姑说，妹妹小红去东莞打工了。先是在电子元件厂，又去玩具厂,后来又去了鞋厂。三脚猫一个,在哪里都待不长。从小被姑父娇惯着,吃不得苦。不吃苦看怎么过?

我的母亲给我下了任务,不让妹妹在外面下力吃苦,要我给她在北京找工作。我说,要不,让妹妹来北京?

她说,那就要搬盘你了呀!

她不识字,但每次我的电话打过去,她接通,第一句话就是:"王伟呀!"

我逗她:"嬢嬢说不识字,倒认得我的名字。"

她说:"每次这两个字一现,你的声音就出来了。时间长了,像认人认样貌一样了。"

然而数字她认得。给母亲买衣服的时候,也会给她买。她看着吊牌上打的四位数,又高兴又不安,再打电话过去的时候,她就话里有话地套问,买衣服花了这么多钱,你这个月还剩多少?够不够吃饭?

我每年都要回几趟老家,跟姑姑姑父都会见面。她家里有大事,像姑婆去世、弟弟妹妹结婚这些,我也会专程回去吊贺。跟这些大事相关的小事,她也会给我打电话。

姑婆去世了。这位雍容大气的老太太算是享了几天福才辞世的。她去世时穿的老衣,是大时代来临前就与姑公的老衣一起置办好的。那时候,他们都以为到此为止,不能进入新的社会。姑公一生慈悲、善良,在周围行善积德,以至于解放时躲过了枪子儿,茶园人连对他的批斗也是敷衍了事。于是老衣好好放着。哪晓得1961年的灾荒，高大壮实的姑公没撑得下，先穿了奢华的老衣匆匆走了，留下姑婆和她那一整套老衣，继续活了下来。姑姑在电话里说，姑婆的老衣齐整、周全、讲究，是大户人家才穿得起的。她感叹，姑婆一生受苦，只有死才死得像个大富人家的女子。

我就说不止，姑婆的开头和结尾都是大富人家。

有段时间，电视里不断播报有人贪污了，腐化了，被抓了，她就很紧张，又不好跟我的父母商量，就打我电话。她在电话里兜兜转转地问我每个月的工资有多少，都怎么花的，平素都跟哪些人来往，单位的女子多不多，那些女子精怪不？我听了不得要领，李虹倒是明白了。她说，孃孃这是担心你呢。

我就十分愉快地笑了。

姑姑听到我的笑声，像是很安心，也十分愉快地笑了。

那些年一直在路上，四处辗转，心比天高。静下来的时候，才发现，姑姑姑父老了。表弟冉明的斜视不见好转。当母亲的，若孩子身上有点儿疼，自己心里就一直有根刺，脸上的笑容也总掺着凄凉的意味。我的母亲和姐姐四处张罗，给冉明提亲，但总没有合适的姻缘，冉明干脆也去了东莞。没过多久，老三冉建也去了东莞。

有一天，姑姑打电话：妹妹小红来北京了。她说："这孩子真的过来搬盘你们了。"

我赶紧把妹妹接到家里,安顿她住下,马上给她找工作。那时候,我已经调到出版社工作。出版社下面有个酒店,我就托经理给妹妹安排个事儿做。一到妹妹休息的日子,我们就开车去接妹妹来家,吃顿好的,陪她四处逛逛,又开车送她回酒店。

直到这时,我才真正关注我的这位妹妹。她长得漂亮,性格也很温柔,十分羞涩。她只上完小学,不会说普通话,也不大听得懂普通话。她在酒店前台工作,一边比画一边用小河话跟客人交流,急得满脸通红,客人还是不得要领。于是换到客房部。在客房部当服务员也不行。于是又联系出版社的书库当保管员。书库保管在进货、发货时,是需要清点、核算并做记录的。妹妹算不好账,记录也不准确,出了几次差错后,连仓库保管也做不下去了。我就托一位朋友在他的公司给妹妹找份事儿做。

那段时间,我每给妹妹做一件针尖儿大的事,姑姑都会打电话过来道谢,末了十分抱歉地说,拖累我了。我就笑,我只有这一个妹妹,如果不为她做点事,我心头空落得很呢。

过了不到一个月,妹妹在朋友的公司又不肯做了。她可能觉得结婚才是最好的工作,于是我们就替她打点好行装,送她回老家。

妹妹嫁得早,离得也早。她带着儿子回到茶园时,才二十三岁,儿子一岁多。没过多久,她把儿子往姑姑姑父面前一丢,又出门打工了。不知道这个妹妹走了哪些地方,吃了多少苦,这以后,再打电话,姑姑就有些沉默。直到有一天,她在电话里说,小红还是去了广东,跟她哥哥冉明一起打工了。

这样,姑姑的三个孩子都去了广东。他们都在那个南方省份里安顿下来,一边打工,一边等待着姻缘。

不知道怎么了,我也替姑姑父松了口气。

在广东,兄妹仨都下苦力,挣了点血汗钱,各自回来。妹妹又嫁了个人家。冉明娶上了媳妇。冉建也找到了女朋友,那姑娘的家就在离县城不远的板溪王家河,比茶园条件好,那家又没有儿子,于是,冉建就入赘到那户人家。

15

2012年,侄子王一结婚。我回官渡滩接姑姑进城参加婚礼。那次我开车,走的是沿江公路,车过龚滩、沿岩,路过彭水县。我一路走一路给姑姑介绍窗外的景致。路过一所中学时,我指着学校的牌子告诉她:"这是著名的鹿角中学。"我看见姑姑愣了一下,忽然像晕车的样子,就要吐,她捂着嘴,嘴里发出难受的声音。我开到山弯一处宽阔处,把车停下。她下车，蹲在排水沟边就呕吐起来。她吐得很厉害，呕吐的声音像要把喉咙划破。我把水递给她，她喝了一口，又喷射出来。她不停呕吐，吐到绝望，眼泪汪汪地看着我。

我扶她上车，安顿她坐好，开了一会儿，才问她："樊老师是鹿角中学的吗？"

天长路远，那天在车上，她给我讲起那位樊老师。

她说，这么多年过去了，以为早就忘记了。哪晓得你把我带到这里来。她说那所学校的名字，就像刺扎进心口，一辈子想拔也拔不出来。

她说，樊老师是岩鹰头一户人家的亲戚，来官渡滩吃酒，在酒席上看见了她，回去后，就托亲戚上门来做媒。

她说她当时像被雷打一样呆住了。她不相信那么好的樊老师，会欢喜她。媒人问了我的祖母和母亲，婆媳都很高兴，末了都说，要祥胜答应了才算数。

她说，那段时间，父亲一直在外面做事情，很久不回家。那中间，樊老师去过几次。樊老师帮着她带王琦，拿粉笔头在院坝的石板上写简单的字教王琦认字，那认真的样子让她很欢喜，她蹲在一边看入了神。她为自己不识字感到羞惭。他就笑着说，虽然不识字，但强过好多识字的人。他说话的时候，露出一口白牙齿。他说，要是她想识字，他就教她。

她说，她要等把侄子带大，才能考虑婚嫁。

他说没关系，正好也可以多点时间谈谈爱情。

她问爱情是什么？

他说，爱情就是欢喜。我欢喜你，你也欢喜我。

"我欢喜你，你也欢喜我。"那话像符咒一样勾住了她的魂。

有一次，樊老师来，带来两绞鲜红的羊毛线。他说："不能只会做鞋子，当教师家属，要学会打毛线衣。打毛衣才高级。"那两绞羊毛线红艳艳的，捧在手里，照得眼睛都花了，人也眩晕了。她想，这是真的吗？

谷子黄了。每到这时候，我的父亲无论走多远，都要赶回来挞谷子。父亲回来，祖母就跟他提起樊老师提亲的事情。

她说，你老汉当时就跳起来了。你老汉说，"茶园冉家跟我们王家，是老亲老戚。这路亲戚不能断在我们这一辈，要续上。孃孃下来提亲了吗？表哥不松口，表妹不许走，这是古理"。

她说，我没办法，就去找你祖母哭诉。你祖母说，这个家是祥胜当家。家有家规，由祥胜说了算，她不好参言。一句话就撇得干干净净。

她说，那时候天天跟你老汉吵架。吵来吵去，也没得解交的（没得解决办法），想毛了，就跟你老汉说，要跳河，要上吊，反正不想活了。

你老汉说："死也给我死到茶园去！"

"其实，哪舍得死呢？樊老师还等着我回话呢。

"你妈也不敢劝,就让我到当门坝你书香孃孃家躲了几天。你老汉打听到了我的下落,就找人带信给我,说老躲在别人家里也不是个办法,让我回家,有话好商量。说再啷个,也是骨肉至亲,未必还要整人?

"我信了,拎着包袱兴冲冲回了家。

"你老汉一见我,长叹一声,说:'妹,不是我逼你。茶园冉家对我们有恩。灾荒年辰,家家都饿死了人。我们孃孃颠着小脚,半夜三更送了十几斤苦荞下来,救了我们的命。这是大仁大义!灾荒啷个狠,我家没抛撒(丢失)一个人。有恩不报,人皮难背!'

"我说,我欢喜樊老师。

"你老汉就问我:'不是那十几斤苦荞,怕你那小命儿早就没了。也可能,我这老命也没了。是欢喜大,还是恩情大?'"

她不哭也不闹了。

她托媒人带话,请樊老师来官渡滩。她给樊老师做了一顿好饭,她坐在一旁目不转睛地看着他吃完,收拾好碗筷,就从柜子里取出一双黑色灯芯绒布鞋,那是她跟樊老师认识后,夜夜背着家人悄悄在灯下做好的。那鞋子鞋样周正,针脚整齐密实,鞋背上的黑炮钉也钉得端正大方。这鞋原是准备等樊家上门认亲时,作为订亲的回礼送给樊老师的。现在,她把布鞋取出来,郑重地递给樊老师,说:"走四方,行千里。"说着,眼泪就涌了出来。

那天,樊老师是抱着两绞红色的羊毛线离开官渡滩的。他出门的时候,人们见他把鲜红的毛线捂在胸口,身子向前屈了下去,像被人打断了脊梁。

16

王一结婚后不久,二侄子王翼也结婚。就是那个小时候患了病,被姑姑姑父治疗调理的孩子。姑姑姑父来重庆参加婚礼,很高兴。婚宴上,侄子侄媳为姑婆姑公敬酒,以谢养育之恩和救命之恩。王翼说去茶园,是他的重生之路。两个孩子十分恳切,父母也很动情,姑姑眼里含了热泪。

我对姑姑的眼泪印象极深。

我们家有个传统,一家人无论平时多忙,离得多远,到了年节和父母的生日,都要赶回官渡滩老家跟父母团聚。

哥哥的两个儿子都结婚生子,三儿子也快长大成人。姐姐姐夫也儿孙绕膝了。这个大家庭有二十多口人,逢年过节,一大家人回官渡滩,又有亲戚走动,不光住不下,家里连摆饭桌都没地方了。哥哥就和我商量在老屋旁边起个楼房,一家人回来,再加上人来客往,才安顿得下。

哥哥请人做了设计，完整保留了老屋，新屋依着坡势次第而上，坡下一层，是停车场，以及大厨房和大餐厅。坡上与院坝齐平建三层楼，全用作房间。新楼工程虽然大，但不显山不露水，看起来，就像是老屋的护卫。工程预算二百多万。这在农房修建中，不算小的了。工程全部由哥哥出资修建。为了省钱，哥哥用的是小包，就是自己买材料，请工程队施工。

哥哥一家常年在重庆主城，我更是鞭长莫及。于是就商量着请个监工，就是甲方代表。父亲说他自己盯着就是。其时他年近八十，哪行？外人也请不了，附近几个寨子懂行的人都上工地撑板、轧钢筋、和灰浆挣大钱了，哪个看得起做监工这点儿面面钱？

于是就想到姑父。记不起最初是谁先想到姑父的。一提出来，大家都觉得合适，再没有比姑父更合适的了。那些年，我们家的人东一个西一个跑得散、隔得远，家里有事儿都指靠不上。姑姑姑父还不算老，还使得起力。他们一直在茶园，离我家不近不远，不声不响，平时不咸不淡。我们只要有事，就想到他们。他们总是在那里，他们一直在那里，好像一直专门等待我们召唤。

姑父当即应允。他说，这是王家的好事。外人都要帮，更何况是大哥大嫂家里的事。我们老了，亲戚这样亲，花钱又这么多，按说我们有钱都该凑点儿钱的。只怪嬢嬢姑爷穷。说出力呢，也是把老骨头了，只要你们不嫌弃，我就在这里打个闲杂，算是凑个热闹吧。

他把话说得这么妥帖，说得我们都觉得不请他就不对，反而不觉得欠他人情。

姑父就背着背篼来了。背篼里除了简单的日用品、换洗衣物，还有罗盘、皮尺、算盘、水平仪。姑姑也跟着他来了。王家要盖楼了，她也很高兴。哥哥在桂花树下铺开图纸，比画着告诉姑父这是什么，那是什么，这里该怎样，那里该怎样。姑父拿个小本本在旁边仔细记着，密密麻麻写了好几页。这栋还没影子的小楼，他已了然于胸。姑姑在一旁边看边听，像是也明白了，不住地点头。

姑父其时已经七十三岁了。他在县城的建筑工地下过苦力，人聪明，工程的事情好多他都懂。在实操中，还有些不明白的，他就问包工头。遇到跟施工方意见不统一的，就用手机跟哥哥在电话里细细商量，再不厌其烦地跟工人解释，软中带硬地提要求，虽然脸上一直带着笑，但滴水不漏。工人们都服他，包工头跟他也十分友好。起初父亲站在院坝里，按以往的经验对工人发号施令，但完全不得要领。工人们也愉快地跟他开玩笑。没过多久，他就甩手不管了，只是每天像个小孩子一样，兴奋地看着工人忙碌，殷勤地端茶送水。

姑父身兼多职：项目管理、监理、甲方代表、财务。施工方说了一个数据，他得用算盘打一次才认账。他的算盘打得飞快，这得益于他童年上小学练就的扎实的童子功。他同时也是一名建筑工人，一名搬运工人。遇到送材料上门，工人忙不过来，他就躬下肩背沙子、扛水泥、拖钢筋，满身泥灰，像个好不容易找到工作因而十分珍惜、十分敬业的老打工仔。

父亲说，官渡滩谁家也没有这样实诚的亲戚了，这是我们王家的福气。

不光是建筑监工的事。我们都不在家，姑父事事负责任，事事为我们家着想。起初，几个工人在我家吃饭。母亲年纪大了，哥哥就请了个乡邻来家做饭，每月付工资。没过几天，姑父就悄悄跟父亲说不用花这冤枉钱，再说，请的人也未必有他的手艺好。莫忘记了，他本身就是个刨口匠呢。于是，父母及工人的一日三餐，就由他负责了。哥哥说也行，但说好了，厨师钱另算。姑父说，一家人怎么说两家话呢。再说，监工的工钱已经出得够高的了，比寨里的人出门撑板、轧钢筋都挣得多。再另外说钱，就不厚道了。如果不是看亲戚的面子，哪家老板肯给一个半劳力的老头子出这么高的工钱呢？

他说得那么恳切，又那么合乎情理，让人不好再说什么。

于是姑父监工兼厨师。每天快到做饭的时候，他就摘下沾满泥灰的围裙，系上白围裙，套上白袖笼，上灶做饭，母亲则在一旁给他打下手。不到一个钟头，味道又好又实惠的一桌饭菜就上桌了。

姑姑偶尔也下山，帮着母亲料理打扫，也帮姑父做饭。遇上汽车拉材料，她也帮着从梯坎下搬材料上院坝。房子是春节后开的工。到秋天,楼的主体工程完工了。这时候,院坝里茉莉开了。往年茉莉开花的时候,母亲会仔细地摘了花朵,铺在晒席上晒干,放到姑姑带来的茶叶里,给父亲做茉莉花茶。那年,院坝施工,满地尘灰,一树洁白的茉莉花整天蒙着灰尘,香气也没了。母亲说,可惜今年的茉莉花了。

土建完工后,该做附属工程,给楼梯、阳台安装栏杆了。姑姑又下山来了。父母和姑姑姑父站在院子里,看着小楼侍立在老屋旁,像低调谦逊的儿子垂手立在威严的老父身旁。父亲很满意,很得意。他顺手一指,就把客厅旁边一个房间划给了姑姑姑父。他说:"淑云,启平,你们对王家有恩。王家忘不了你们。房子修好,你俩搬过来。这个家是我们的,也有你们的份儿。我跟你们嫂子有干的吃,就不能让你们吃稀的。让儿孙们自己去蹦跶,我们四个老的偎起养老。不拖累他们,不拖累他们。"

姑父说,老了老了,不过是凑个热闹,使不上什么力,哪敢来占房子。

父亲又大手一挥说:"他们几个都是嬢嬢背大的,孝敬嬢嬢姑爷是应该的。"

姑姑温柔地说:"大,你的好心我们领了。好日子好福气是你们的。各是各的命。你们在你们的命里享福,我们在我们的命里劳碌。这才是正道理。"

四位老人站在院坝里,互相说着客气话,但心里还是高兴的。

没安装栏杆的阳台只是一块台板。父亲指着十几张台板打趣道："像从喉咙里伸出来的舌头，伸起等吞口。"

姑父说，过两天，阳台栏杆安装好，就好看了。栏杆已经订好了，就是厂家来不及送货。

姑姑说："启平，这新楼没安装栏杆，上上下下，进进出出，要下细哦！眼睛要看清楚了才下脚哦。"

姑父说晓得。

17

那段时间，我上眼皮一直跳，没来由地心慌。我给哥哥打电话："家里都好吧？"

哥哥说都好着呢。

我又问："孃孃姑爷他们呢？"

哥哥说，也挺好。姑爷实在能干得很，那些工人都服他。工程进展也顺利，过两天就安装栏杆了。

2017年6月2日中午，我正在午睡，手机响了。我一看屏幕上是哥哥的名字，脑子里"咣当"一下。事情来了。

哥哥在电话里简短地说，姑父在新房子三楼的阳台上指挥工人装栏杆，后退时脚踏了空，摔到院坝里。还没送到医院，人就走了。

我的心也像预制板破了，碎片不住往下坠。

过了好一会儿，我才想起问，孃孃呢，她还好吧？

"她知道了，反应正常。"哥哥说。

我当即订机票回家。下了飞机，先去官渡滩看父母。母亲因为惊惶、恐惧和悲伤，已经坐不住，倒床了。父亲在床边坐着，一句话不说。姐姐在劝慰母亲，自己却不住流泪。

我宽慰了二老几句，让姐姐继续留在家里陪着二老，就朝茶园姑姑家赶。

车到茶园，远远就听到丧锣在响，村口的高杆上飘着丧幡。

我走进姑姑家，见院坝里搭起了丧棚。姑父的棺木停在席棚里。按我们老家的风俗，死在外面的人是不能进堂屋的。姑姑的两个孙子蹲在棺前的大铁锅前烧纸钱。几个先生身着道袍，坐在棺前，敲着锣，咿咿呀呀地唱着丧歌。我的哥哥木木地坐在棺前沉着头。屋边已经垒起了临时的柴灶，架了锅，亲邻们忙碌着准备丧席。姑父的弟弟——我们喊三爷——在现场安排事务，嗓子已经说不出话来了。两个表弟披麻戴孝，在院坝里默默地忙碌着。不幸来得如此突然，他们来不及反应，茫然中接受了命运，人却已经麻木了。在那些人中间，姑姑镇定自若,平静地跟前来吊唁的亲朋和村邻打招呼、道辛苦,张罗着落座、吃茶,又不断跟帮忙的人交代。

哥哥看见了我,站起身朝我走过来。我们看着姑姑,我问哥哥:"她一直这样吗?"

哥哥说:"从姑爷进院坝,大半天了,她一直这样,一滴眼泪都没流。恰恰是这样,让我最不放心。还有那两个老表,他们一句责备的话、赔偿的话都不说。这比打我还难受。"

遗像里的姑父怎么看也不像会死的人。在纸钱香烛烟火的缭绕中,他开怀笑着,十分乐天的样子,仿佛还听得到笑出金属般的爽朗声音。我喊了声"姑爷",眼泪就涌了出来。我深深地跪伏下去,泣不成声。哥哥也陪我跪下来。

姑姑走过来了。她蹲下来,一手拉着哥哥,一手拉着我。我冲动地抱住她的肩膀,叫她:"孃孃!"

她把我的手抓紧,又把我的手贴到她脸颊上。末了,是她抓住我的肩,对我说:"你看姑爷他笑眯眯的样子,我现在都还听得到他哈哈的笑声。你说,他这个时候,是想看你们哭,还是想看你们笑?"

我难过极了。

乡间的葬礼要到天黑时才热闹起来。吊孝的亲友们带着歌队,陆续到来,一进村就响起悲伤的锣鼓。我们那里的葬礼,跳丧、挽灵,是重头戏。在乡间,一个人活到六十岁,就算圆满了。他的死去,就像瓜熟蒂落一样自然。歌队敲锣打鼓,在灵堂绕着棺木且歌且舞,以乐志哀,完成对亡者的追念。离去的人入土为安,留下的人平静地活下去,这是山地土家族人达观自然的生命观的体现。人人都自然、顺命。但姑父是非正常死亡,且为了亲戚殒命,就带着深重的悲伤。孝子孝孙披麻戴孝,在灵前白压压跪了一大片。每一轮跳丧结束,他们就伏地痛哭,直到第二轮跳丧开始,他们才立起身来,站在灵前。

然而妹妹小红的痛哭一直停不下来。姑姑一直在旁边陪着她,把她搂住,又是劝又是哄。几位女性亲戚也帮着劝,小红的哭声才慢慢停下来。

父亲是在第三轮跳丧结束时到达的。作为冉家婆媳两代的娘家至亲,他算是葬礼上最重要的客人。他带着一支人数齐全的歌队,由王一王翼左右搀扶着走上院坝。他的到来,让葬礼的气氛更加凝重。他手一挥,制止了歌队的锣鼓唢呐。院子里顿时静了下来,人们让开一条道。我要上前去搀他,他手一摆制止了我。我看着他径直走到姑父棺前,叫了一声"启平",就哽咽了。

姑姑就是那一刻失控的。她从棺木前立起身,梦游似的走到父亲面前,怔怔看着父亲,叫了一声"大",就扑倒在父亲脚下,痛哭起来。她抱住父亲的腿,边哭边把额头往父亲膝上撞。父亲咬着嘴唇,任由姑姑撞,一动不动。那是自姑父出事后,姑姑第一次哭出来。她哭得撕心裂肺,哭得肝肠寸断。

院坝里的女人也都抽泣起来。

父亲老泪纵横。他一定难受极了。他转过头去对冉明、冉建说:"明,建,你哥俩拿把斧头,把我这把老骨头劈了吧!我这把老骨头交给你哥俩,你俩把我劈了吧!"

两个表弟手里端着托盘站在棺前,木然看着父亲,悲哀已经让他们不能回答了。

哥哥说:"爹!这是我们的事情,跟您老人家没关系。"

父亲指着哥哥喝道:"你把嘴巴给我闭起!没你说话的地方!"他用手指指着我们兄弟俩和两个侄子,说:"你们给我听着!从今天起,嬢嬢就由你们养老。这个家庭,只要有用得着我们的地方,你们谁敢推,我拿斧头砍谁!"

我们都应声喏喏。

乡村农历五月,年轻人都出门打工,留家的在地里忙了一天,也都疲累了,平时都睡得早。因为姑姑一家的好人缘,也因为姑父的非正常死亡,留家的人,无论远近都来了。大家守在姑父灵前,说起姑父生前的好,都不胜唏嘘。看见我们家的人在场,又欲言又止。

夜里到了三更,锣鼓停了。道士先生也睡了。夜晚安静下来。寨人和亲戚们守在姑父棺前,一边烧纸钱,一边谈论亡人旧事。大家都念姑父的好,说他聪明,说他能干,又说起他一辈子辛苦,苦了自家苦亲戚,都说他是少见的仁义。姑父在照片上乐呵呵地,像是都听到了,开心得要笑出声来。

我站起来，走到院边。月亮圆了，起得迟，半夜才当顶。茶园远远近近的浅丘，排布在月色里，圆和、温软。风里都听得到万物生长的声音。几十里地的苞谷正在月光下"咔嚓咔嚓"拔节，奋力向上生长。那无数的苞谷啊，它们是否知道有一个兄弟今日跌倒，再也爬不起来了？

这时候，姑父的弟弟——我们叫三爷的——叫我们过去说话。王一、王翼不放心，要跟我们去，被哥哥摆手制止了。

我跟哥哥恭敬地坐在三爷家桌前。

"有子替得父。"三爷开门见山地说，"祥胜哥年纪大了，我就不劳烦他。"

我赶紧说："三爷，我们对不起姑父，对不起孃孃，对不起他们一家。您老无论怎么安排，我们都落实。"

哥哥补充道："该拿钱拿钱，该出力出力。绝不打折扣。三爷您尽管提要求。"

三爷冷笑一声："拿钱？如果是为钱，我就不劳请你哥俩了。我的亲哥哥，早上还好说好笑的，过中午人就没了。你说，这是钱的事吗？"

我心里一沉："那您的意思是？"

三爷长叹一声说："人都没了，我还能有什么意思？你们听着，你们家，几十年来，对我大哥大嫂好，我是看在眼里的。我大哥一辈子对你们家巴心巴肠，我心里也是有数的。但巴心巴肠的人没好下场。这是他的命。"

我悲哀得说不出话。

三爷的眼泪忽然涌了出来:"不然,我不会放过你们!"

他仰起脖子,像是要把眼泪倒回眼眶里。过了会儿,他说:"你嬢嬢疼你们,把你老汉当父亲敬,把你们当儿子亲。十指连着心啊,我懂。我大嫂她,"他哽咽了,"往后,心头再痛,都不肯呻唤一声了。"

这时,表弟冉建进屋来。他对三爷说:"三爷,我妈说了,有什么话,由她来跟大舅说。你就不要拗难两个哥哥。"

三爷站起身来,抹掉眼泪,大声朝我跟哥哥说:"王琦王伟,这就是你们嬢嬢!还有哪里有这么好的人!"他不让我们答话,就转向冉建说:"黄泉路上无怨鬼,来生还是多福人!建,你老汉福往西方,福兮乐兮!"

18

父亲说,最初的那一个月,他夜里不能入睡,一闭上眼睛就见姑父站在他面前,系着洋围裙,手里抱只罗盘,笑吟吟地叫他:"大啊!"母亲倒一次也没梦见过姑父。她不止一次地哭着说,启平不像妹夫,像亲弟弟。她问:"他不肯来托梦,他在那边好过不?"

奇怪的是，离去的是姑父，我想到的却是姑姑。只要闲下来，满脑子都是姑姑。想到姑父把我放在肩上打马马肩儿，她在一旁大喊："小心点儿，莫把细娃儿弄落下来！"姑父出门杀猪回来，她站在阶前，从姑父肩上卸下背篼，又把热茶递上去。她在灯下擀荞面条，下到锅里，锅里热气腾腾，在她的脸上投下忽明忽暗的光影。我们吃荞面条，她吃苦荞粑，一个人坐在灯影外，一块一块掰下来，放嘴里慢慢嚼，她微微皱了眉，那样子不像在吃苦荞粑，像是在吃苦。她躬着身子背牛草、背麦秸、背荞稞、背苞谷秆，她那么小，草捆巨大，遮盖了她，草捆像长了脚在大地上行走。苦荞开花时节，我去茶园，她穿过一大片荞地，到老场上来接我。荞麦开花真是乡村的盛典，深秋的天空是铅灰色的，大地寒凉，厚绒绒、粉嘟嘟的荞花铺陈在大地上，遍地都是洁白宽阔的哀伤。姑姑从荞花深处走来，一边走一边喊我的名字。荞花洁白、柔软。她走在荞花中，像腾云驾雾，脱离了尘世的泥泞与悲伤。年轻时她想嫁给一位斯文干净的教书匠，最后却安于做一名杀猪匠兼刨口匠、劳改犯、泥水匠的妻子。不，这都奢侈了。最后，她成了一名未亡人。

我想给她打电话，但是又不敢。我小心翼翼地把电话打给表弟冉明，问孃孃好些了吗？仿佛过问的是姑姑一个人的病痛，而不是为死去的姑父，以及姑父的离去带给这个家庭的巨大悲哀。

冉明说还好。他语气抑郁，说姑姑每顿能吃小半碗饭，还在安慰小红。小红像是垮了。

再回到茶园，是姑父的"毕七"。才一个多月，苞谷就高过了人，苞谷秆头顶散了穗，腰间结实的苞谷棒子嘴上也蔫了须。快黄昏了，落霞照进苞谷林，梭镖样的苞谷叶喊喊喳喳喧哗不已。风吹来时，苞谷林涌过浓绿的潮声。风停了，苞谷身子立了正，翠绿泼辣梭镖样的叶子还在不住喊喊喳喳哗响。最能体现大地澎湃、磅礴的，就是除了河流，就是苞谷。那真是大地喷涌啊！晚霞中，有蜻蜓高高低低地飞，蝉声此起彼伏，长一声，短一声。

姑姑坐在阶沿边抹嫩苞谷，膝盖上搁个小塑料盆，埋着头，一粒粒抠嫩苞谷籽，她抠得很慢，很小心，像生怕把嫩苞谷籽掐碎，又像舍不得把手里的苞谷抹完。她就是找个事情占手，混时间。她已瘦得脱了形，像被风吹掉了一圈儿。听见我叫她，她抬起头，愣了一下，才把小盆放在地上，两手扶着膝盖，费劲地站起来。她眼巴巴地看着我，手足无措的样子，又愣了一会儿，才看着我，清凉地笑了。

我请了几天假，准备陪她几天。她平静地给表弟一家和我做饭，收拾家里。这个家没有姑父的笑声、说话声和脚步声了，显得格外冷清。姑姑和表弟一家也不怎么说话。我跟他们说话，帮着做家务，夸张地想努力弄出些喧闹和嘈杂。姑姑看在眼里，也不多言。第二天早晨，她做了早饭，陪我吃过，说："吃了饭，去望望你妈老汉，就回北京去上班。"

她说，人要朝前看，道理我懂，你不要担心我。

她说，这句话跟你老汉也说说。让他也要朝前看。

19

姑父出事后的那一年，姑姑不敢回官渡滩，怕踏进那个院坝。跟我家就中断了走动。王翼的女儿出生后，哥哥一大家子带着婴儿回官渡滩看望老祖。那是家里的大事，我也回去了。趁父母和亲戚们围着那婴儿逗玩，我跟哥哥带着王翼开车去了茶园。

我告诉姑姑，她养大的王翼给她添曾侄孙女了，我们想接她去家，接受那个曾侄孙女喊老祖。她低着头不说话，王翼上前又哄又撒娇，过了好一会儿，才答应了。她进房间磨磨蹭蹭地换衣服，耽搁了很久，才走出来，跟我们上了车。

一路上，我们跟她说话，说起小时候上茶园，她对我的种种好，对王翼的好，说起我的种种糗事，又说王翼的糗事。她想笑，没笑出来。我的笑也被噎回去了。我又说到妹妹小红，说到小红的儿子和冉明的女儿，本来是想逗她高兴，她还是沉默。我也闭了嘴。

车到关口的时候,她才说:"你莫担心我。该啷个还啷个,我不得出错。"

下了车,上了院坝,母亲率众儿孙在家门口迎接姑姑。大家簇拥着她走上院坝,她朝新楼看了一眼,眼泪就流出来。侄媳抱着婴儿迎了出来,依着孩子叫"老祖",说您老祖添曾孙了哦,把婴儿递到她面前。她像有些不好意思,抹了泪,目光落在那粉嘟嘟的婴儿身上,怔怔地。进了屋坐下,她抱过那婴儿,仔细地看着,慢慢地,脸上就漾起了微笑,那笑温良、慈祥,让人落泪。她从衣襟里摸出一个红包,揣进婴儿的褴褛,柔声说:"我们王家添丁进口,家又旺了。我欢喜呢。"

我这才放下心来。

晚辈们花团锦簇围在父母和姑姑的身边,闹哄哄的。不一会儿,姑姑就悄悄出了屋,坐在院坝的桂花树下,背朝着老屋和新楼的方向,看着河对岸出神。黄昏的夕照,给她的背影镀上一道金边。她的白发在风中飘,像明亮的银线。我帮着做家务,进进出出的,看见她以一个姿势坐了很久。我想叫醒她,请她进屋跟一家人坐在一起。

嫂子阻止了我。嫂子说,让她就那样坐一会儿吧。

20

我们那里有个说法——孝子有三年不顺,是说父母离世三年内,会遇到些坎坷,经受些磨难。我们让冉明请道士先生做了特别的法事,父亲又单独为姑父祈愿,祈求他保佑两家的儿女。

接下来,姑姑一家还是没能摆脱这古老的谶语。

2017年年底,猪肉涨价,涨得离谱。一时间,大家都一哄而上搞生猪养殖。两位表弟也摩拳擦掌,提着打工挣来的血汗钱披挂上阵了。冉明投资了三十万,建了养猪场。冉建在他上门的地方——王家河水库边的山里建了牛场,投资了八十万。

开局都良好,都欣欣向荣。

我知道这事的时候,兄弟俩的养殖场已经建好,牲畜也进了圈。他俩在深圳打工的钱,全都投了进去,各自又贷了一大笔钱。

我给冉建打电话:"你们怎么不先跟我商量一下?"

"放心吧,哥!"冉建意气风发,"几十年难遇这样的行情,这养的哪是黄牛嘛,分明是金牛!"

姑姑也给我打电话,说了兄弟俩养殖的事,忧心忡忡。她不相信人间的好运能平白无故地落到儿女们的身上。

我说:"孃孃,以后家里有这样大的投资,要记得先跟我商量。事情不光看一步,还要看两步。"

她答应了,欲言又止。

非洲猪瘟就是那一年来的。冉明的猪长到百来斤一头,一夜之间就死了一大半,没死的也被县上的执法大队拿电枪打死,连同死猪埋进三米深的地里。那几天冉明在院里进出,悲伤又愤怒,脚步呼哧呼哧的,像要把地皮踩穿,眼里的火能把斜对面的人点燃。没过多久,又听说小河镇上的小户差不多全军覆没,连县里的都未能幸免,就平静了,认为这是运。命不可抗,运也不可抗的。

非洲猪瘟不传染牛。但养牛的冉建运气比冉明更霉。冉建的牛养到半大,环保部门上门了。王家河水库承担下游龙麻大坝饮用水供给,水源地方圆三公里不准养殖。政府关闭了冉建的牛场,投资八十多万的牛场,只赔偿了二十万。赔偿款下来那天,冉建提着砖头去镇上砸人,结果手一软,砖头掉下去砸了自己的脚。

据说他们当初都曾想到向我求助,央求姑姑给我打电话,找我借钱,或者让我给县上的领导打招呼,关闭养殖场时网开一面,至少在补偿上高靠些,也减轻点儿损失。不知姑姑是碍于面子，还是怕我为难，她的答复是："要打你们自己打。"她是想把这决定交给她的儿子们的。结果儿子们的理解是：她拒绝了，她不管他们了。

那段日子，我久滞不前的仕途忽然现出一线曙光。我像冬眠多年的昆虫瞬间被激活，又像飞蛾扑火一样不顾一切地朝着那希望奔赴，眼里心里都是那把明晃晃的椅子，别的什么都顾不上了。冉建打来电话向我求助这事我是记得的。我甚至记得冉建在电话里的声音，像王家河的芭茅一样被秋风吹得飘悠悠的，单薄，无助。冉建说，哥，你一定要帮帮我。你打个电话，他们准会给面子。谁会不给哥面子？他说，哥，那是八十万哪。

我说，我晓得了。

作为一名环保干部，水源地不准养殖，这是底线，我知道不可违。同时也顾及自己的前程，在这节骨眼儿上，哪怕一根头发丝都不能来搅我的局。这时候我必须谨慎又谨慎，静候佳音。我把兄弟俩的事情草草托付给我的哥哥，让他找县里的朋友帮忙，在赔偿标准上浮动浮动，减轻表弟的损失。安排好，我又一心一意等我的好运降临。

没过多久，提拔结果出来，我又落空了。消息出来的那天，我彻底沉静了。我一个人坐在六楼的办公室，透过落地窗朝窗外看。夕阳像个巨大的蛋黄悬在北京灰蒙蒙的上空，要落不落的。整座城市浸在漫漫黄沙里，上不上、下不下。我就是在那一刻想到故土、想到亲人的,在那一刻,想到了姑姑。我想到她时常担心我工作太忙伤了身体,又担心有人奉迎我把我拉下水,还担心有异性跟我走得太近惹我犯错误。她总是担心我这样担心我那样,而在他的两个儿子遭遇厄运时,她夜夜流着眼泪不能入睡,却不肯给远在北京的侄子打一个求助的电话。

那一刻,我想,姑姑你再也不用为我担心了。

21

冉明的猪场全军覆没后,村委会动了恻隐之心,安排冉明管电。像是苦难终于有了尽头,姑姑安下心来。她把我们给她的钱拿出来,两个弟弟一家一半,让他们凑起还借款。那点钱实在是杯水车薪。她就自我安慰:"蚀财免灾。"

然而蚀得那么多,灾祸却没免得了。

先是冉明在检修线路时,电闸被不知情的人不慎合上,冉明的两根手指头被烧没了。

姑姑白天悉心照料着受伤的冉明,却不敢看那断指。没想到祸不单行,两个月后,冉建的妻子骑摩托车在王家河水库的乡路上出了车祸,把一个赶集的路人撞成了植物人。

姑姑完全蒙了。她不明白一个骑摩托车的穷苦人怎么会摊上这么大的灾祸。儿媳长期在对方家里照顾伤者,她带上孙子去那户人家探望。在一个破败的屋子里,那个不幸的人闭着眼睛躺在床上,全身上下只剩下吞咽和排泄的能力。她忍不住落了泪。她把我们给她的钱掏出来,塞给那人的妻子。回去的时候,她一路想了又想,却想不明白——厄运怎么专找受苦的人。

车祸事故协调下来,冉建赔偿五十万元。

据说那段日子姑姑每晚都不能入睡。表兄弟让她打电话找我和哥哥借钱。她后来说她也动过这个念头,因为除了我跟哥哥,这世上她再也指望不上别的什么人了。但数目太大了,放谁头上都难,她开不了口。于是,她去了官渡滩,想请我的母亲替她开口。一进门,就见父亲在发火,雷公火闪的,像要吃人。母亲在一边抹着眼泪不说话。一问,才知道我辞了公职,成了打工仔,与她的冉明冉建冉小红无二了。于是,借钱的话,就咽下了。

22

我年近半百才辞去公职,赤手空拳,个中甘苦,唯有自知。我四处奔波，一年费的力，比以前三年都多。笨鸟先飞，笨鸟早飞，我白天工作，一天当三天拼。早晚都在学习，经常通宵达旦。陌生的领域，事事从头开始，我像一只蜘蛛，在空茫的人世奋力编织一张网，以期把自己挂在网中央。

如果有一段时间没打电话给她，她就不安了，让冉明拨通我的电话，说要跟我说两句。她每次打电话，都像是命运专门为我准备的锦囊妙计。急难时我打开，解了心中许多困惑。开头总是那句话："嬢嬢说两句话你不要嫌难听。"

我说我正等着听呢。

有一次，我飞三个钟头，到一个偏远省份，求见省厅一位领导。我在厅长门外走廊里等候两个钟头后，却被告知，厅长马上外出办事，没空听我汇报。离开那栋办公楼时我自嘲地说："今不如昔，人心不古啊！"

她说："古语说得好，在官三日人问我，离官三日我问人。这世道就这样啊，这世道不是为难你一个人。"

我说晓得。

为了项目上一个小小的枝节，我奔波到半夜，才停歇下来。严冬时节我去了青海的一个小县，白雪覆盖，严重的高原反应让我头痛欲裂，半夜里被送到医院吸氧。那是一段拼命的日子。高强度的工作，巨大的压力，早起照镜子，见两鬓已斑白，头顶也秃了一圈儿。在青海工作时因心脏受损留在脸颊上的青痕，也更黑了。一位亲戚跟我见过面后，回去对人说:"王伟打工一年,老了五岁。"

她打电话过来说:"孃孃讲两句话你不要嫌难听。"

我笑道:"我正等着您讲呢。"

电话那边好一会儿都没声音。我忐忑了,问她:"您倒是说话呀!我听着呢。"

她在电话里又沉默了一会儿,才说:"挣得多,花的人也多。"语气闷闷的。我说:"花的人多,挣得就多呀!"

她说:"这样说来,挣得再多有什么用?你挣得少,花钱处就少。细细算起来,挣多挣少不是一样吗?"

我愉快地笑着说:"听孃孃的话,我少挣钱,娘儿母子热热乎乎的够吃够穿就是了。"

她就笑了。笑后,又有些惆怅地说:"唉,听得见声音,看不见人样。"

我给她买了一部智能手机,让妹妹小红的儿子教会了她打视频电话。

她收到手机后的第一个电话,就是打给我的。电话打过来的时候,我正躺在医院的病床上,全身接满检测仪器,肩上还披挂着动态监测仪。我因为过度劳累晕倒在地,住进医院,虚弱、疲惫,像一个溺水者。

她看见我,就哭了。

从此,我再给她钱,她就不肯要了。

23

姑父离世，再加上表兄弟们的磨难和厄运，让她迅速衰老了，疾病也缠上了她。她比父亲小十四岁，却过早地患了肺气肿、冠心病。每年春天，倒春寒来临，数病齐发，她撑不住，就倒了床。医药费是笔不小的开支。她怕花钱，怕拖累小的，熬着不肯去医院。我把我的医保卡送给她。她坚决不要，我告诉她，我有两张医保卡，用不了，就分她一张。她才犹犹豫豫地收下了。起初，她生病了还是硬撑着，舍不得刷卡买药，到年底我一查，卡上的钱动得极少。我就给她打电话，说卡上的钱没花完，到年底剩下的，国家就会收回去。她又急又气，后来竟哭了，好像那几千块钱被她疏忽大意弄丢了。

每次给她钱，她跟我们打架似的推来搡去，不肯收下。她那么需要钱。每一分钱都需要——孙子上学，房屋整修，冉明、冉建亏损和赔款，冉明疗伤，她自己治病——家里那么大的洞，多少钱都填补不了。她却羞于接受。我们的生活，无不浸透着她的恩情，都跟她最初的艰辛哺育有关。我们记得这个，她却忘记了。每次她手里捏着我们强塞给她的一点儿钱，把感激的好话说尽，最后嗫嗫嚅嚅，局促又羞愧的样子，让人心酸。

哥哥嫂嫂和两个侄子侄媳每次去,也是又买东西又拿钱的,比我们拿得多。她悄悄攒着,觉得欠了很大的人情。我们走的时候,她把这家给的钱,用红包包着,塞给那家的孩子。把那家给的钱,又用红包包着,给这家的孩子。她一辈子都在给予,像流水一样自然,对获得却那么羞怯和不安,而从不会思量这世上到底谁在亏欠着谁。我们给予的那么微不足道,而她,却像被巨大的恩惠笼罩,迫使她倾其所有回报我们,还生怕与我们的生活不匹配。我们坚决地拒绝。她手里捏着红包,可怜兮兮地站在那里,整个人像被遗弃了。那羞惭又落寞的样子,让人难过。

我要了她的银行账户,每月定期定额往她的账户上打一笔钱,保障她的日常生活、吃穿用度和人情往来,让她避免了每次拿钱的尴尬。我还跟她约定,不准提钱的事情。但她做不到,像不提钱,就忘恩负义一样。

她养了二十几只鸡,一心一意地侍候鸡们生蛋。捡了蛋,埋在豆子里,把装豆子的桶贴地放置。每次我们接她去官渡滩,她就把装鸡蛋的坛子直接抱到车上。坛子里装着三百个鸡蛋,哥哥家两百个,姐姐家一百个。她很想匀一百个鸡蛋,让我带到北京,给李虹和春雨吃。我告诉她,飞机上不许带鸡蛋。她就叹口气,很遗憾的样子。后来,她听说我在园子里养了鸡,鸡生了蛋,才安心了。

她用苞谷、红薯、萝卜、青菜养了两头猪，她的三个儿女分一头，我家三个侄儿女分一头。冬月里杀猪后，每天在火铺上烧柏树枝熏腊肉，分送给孩子们。

她耐心地伺候那一小片茶林。每年清明前，她就细细地掐了嫩叶，燃豆萁炒好茶，让冉明给她的侄儿侄女和侄孙们，一家一包，快递出去。老家的茶很烈，喝了常常整夜失眠，但又贪恋新茶的芳香，夜半三更我辗转反侧，失眠让我在深夜里反反复复想一些事情。

我原以为，赎罪于我们，是漫长的劳役，我们的内心永不安宁。哪晓得最终，却成了她漫长的劳役，她也不得心安。

我的母亲离世时，她哭得非常伤心。我知道，其中有一大半哭的是姑父。她哭得极沉痛，以至于有亲戚不得不丢下我们，转过去劝慰她。葬礼结束，她留在我家帮忙收拾、料理后续事务。我们离家时，她站在院门口看我们乘车离开，我习惯性地看后视镜，见她在院边朝我摇摇手。

母亲去世后，姑姑每星期来官渡滩住一两天，给父亲做饭，陪他说话，给他拆洗衣被，把要穿的衣服找出来一样一样地摆在他床边。每次住一两天就得回去。我给她打电话，看见她坐在我家的桂花树下。她说，父亲抱怨腿脚酸软，夜里忽冷忽热，睡不安稳，皮肤瘙痒，被他抓破了皮，满腿是血。她心疼了。

过了一会儿，她在电话里跟我说："自己家里也有孙子、有牲口、有菜地需要照料。住一两天就得回去。要是你姑爷还在,就能来陪你老汉了。可惜——"她那句话听得我肝痛,"可惜你姑爷他没得这个福气。"

24

年轻的时候,她被长兄嫁到茶园,在那里领受了命运给她的所有苦果,包括我们家给她的。她一律算在命运的头上,对我们不说半个字。姑父遇难后,我跟哥哥想把她移回这个家庭,跟我们在一起。有好几年,我跟哥哥请父亲和她去北京,住在我家里,或者住在重庆哥哥家里。如果不习惯,住一段时间回去也可以。她都婉言谢绝了。她柔声说道,土里长的,地上跑的,都离不得人呢。

去年,她同意来北京了。因为,我的父亲答应来北京住一段时间。

有客人来家,陪父亲说话,善意地奉承他。姑姑静静坐在父亲身旁,脸上始终浮着谦恭温和的微笑。她仔细观察客人的脸色,又观察李虹的脸色,不怎么说话。朋友给父亲带了红包和礼物,也不忘给她一份。她就坚决拒绝,说她只是亲戚,怎好让你们破费。父亲豪迈地说:"有我的,就有我妹的。"推辞不过,只得收下。客人前脚离家,她就把红包交给李虹。李虹劝她,好话说尽,她只得收下,但离京回家时,她把钱悄悄留在了我家。

清晨,李虹上班,父亲在表哥表嫂的陪同下出去散步了。我在园子里整理花草,姑姑蹲在水边出神。那是一小段流水,水流清澈玲珑,水中央有一两块岩石,水流过,像丝帛被划破。水边长了青翠的菖蒲。姑姑像不敢相信那水是真的,我看到她把手插进水里,清凉的水流从她的指缝流过,过了好一会儿,才把手抽出来,叹了口气。

我叫她:"孃孃。"

她像被惊醒,回头应了一声,朝我笑笑。

我说:"孃孃,妈在的时候跟我说起过,当初,老汉不把你分给樊老师,害了你一辈子。"

她把流水边的杂草拔起来,挽成结,轻轻放在旁边的桂化树下。她脸上的表情是平静的,语气也是淡淡的:"早过去了。人各有命。你老汉也说过,命不是他派的,是天命。天命难违。"

她说,她听了那句话,就死了心,嫁给了姑父。生子,种地,喂猪,帮着杀猪匠姑父杀猪、卖肉。农忙的季节,她跟姑父一起,回官渡滩帮着我的母亲干农活儿。若父亲在家,她看都不看他一眼。两家的孩子们一天天长大了。老人也老了。她先是送走了我的母亲,后又送走了我的婆母。岩鹰头离官渡滩和茶园都不远，有认识的人忍不住想跟她提起樊老师，刚起话头，她扭头就走了。

她说，好多年后，她又见到樊老师。

她说，那时候，冉明冉建小红都长大了。那年，苦荞刚打完，她跟姑父去小岗场卖猪肉。两人一人一头，把一扇猪肉从姑父的背笼里抬出来，摆在案板上。她在收拾背笼，姑父拿砍刀在磨刀棒上嚓嚓嚓地来回蹭，爽朗地招呼赶场的人："买肉啦！买肉啦！今早刚杀的新鲜猪肉啦！自家种的苞谷红苕慢慢喂出的肥猪啦！"这时候，一个人在肉案前停了步，抬起头来，是多年不见的樊老师。

我的善良聪明的杀猪匠姑父端着杯子就去场镇头的饭店找开水喝了，剩下姑姑跟樊老师隔着肉案立着。她抬头看见樊老师的鬓角起了些白霜。多少年过去了啊。她顿了一会儿，大方泼辣地招呼樊老师道："割块肉回去给细娃儿炒着吃吧——有几个细娃了？"樊老师说一个。问你家几个？她说有三个。接下来樊老师就不知说什么了，只是隔着肉案望着她。她抡起刀就要给樊老师割肉。樊老师急了，连说"不要，不要！"抬起手来阻拦，最后白皙斯文的手就按在了她的长满茧子、开满麻皱子的手上。她羞愧得浑身一震，迅速抽回手，缩回衣袋里。这时候，我的姑父端着茶水回来了，他抓过刀，"咔嚓"一声，砍下一块肉，要递给樊老师。樊老师推辞着，语无伦次地道了谢，逃也似的走了。她从姑父手里拿过刀，埋着头细细地从后腿肉里剔出大骨，等她把大骨剔净，握在手里，抬起头，见小小的小岗场已经齐场了，人潮如涌，她往人群里望了又望，望不见樊老师的身影。

就见了那一次。后来再也没见过了。后来，你带我坐车经过他的学校。不晓得他还在那里不。说完，又笑了笑。

我问了一句话："孃孃，你恨我老汉吗？"

她说不恨。她说，一个人心上举个"恨"字，走不了路。再说，大跟她是亲骨肉，你在心头恨，他就在心头疼。何苦呢？一辈子都过去了。

她想了想，又说："如果你老汉不把我分到茶园，我就没有冉明冉建冉小红。你说，我啷个恨得起来呢？"

25

第二天是周末。李虹陪着父亲去学校看望姐姐的孙子，表哥开车，表嫂也同行。一家人吵吵嚷嚷出了门。

园子里静下来了。姑姑跟我坐在桌边，她又望着那段流水出神。

我说："孃孃。"

她答："嗯。"

我说:"昨晚跟李虹商量了,我们希望你跟父亲就住我们家。你在这园子里种菜、喂鸡,烧柴火做饭吃,跟老家,也没两样。父亲跟你有个头疼脑热的,上医院也方便。你的外孙向可如果愿意,往后也可以来北京找个事做,家里也住得下。"

她说:"你跟李虹仁义,心意我领了。但哪能这样拖累你们呢?好日子是你们的。各是各的藤,各有各的瓜。我一个亲戚插进来,我过得不安心,你们也过得不安生。"

她又说:"你们的心思,我都懂。你们过得好,我盘养的儿女没出息。你们对我再好,我领受起来,像是偷来的,内心羞愧。"

我不说话。她看着我,很慢地说:"我没盘养你,到头来,享的还是你的福,吃你的,穿你的,花你的,家里大小难事都找你。连孙子都来拖累你。欠你这么大的情,不晓得哪个才还得清……"

我笑着说:"你把我当成你的儿子,我跟嬢嬢就是一根藤上的瓜,就不说欠情还情的事了。"

她看着我,泪水涌了出来:"要是没有你,这日子哪个过得下去?"

我问:"嬢嬢,你记得小时候,你背大了王家几个孩子吗?你记得你如何疼我吗?"

她说:"那不过是下力的事情。嬢嬢没本事,只有下力。下再大的力,都不及你动动手指头帮的忙大。"

这话让我差点儿落泪。

26

春节到了。哥哥、姐姐和我三家成员悉数回到官渡滩。我去茶园把姑姑接回官渡滩。

家里很热闹。父亲被一大群小辈簇拥，姑姑陪伴在他身边，既是长辈，又是客人，她的欢喜、客气和自然，都十分有分寸。她对哥哥三儿子的女朋友和我女儿春雨的男朋友格外爱怜，又把王翼的二女儿搂在怀里很久。她抱着那小孩子，跟我的姐姐、嫂子和李虹坐在火塘边聊天。那时候，春雨已经收到了硕士研究生的录取通知书，春节后就出国，正准备入学资料。闲下来的时候，她就下楼来，坐在一旁，静静地听着长辈们聊天。姑姑、姐姐、春雨，还有姑姑怀里抱着的王翼的女儿，王家四代女儿坐在一起，让人格外感动。

姑姑说起她小时候背侄儿女的事情。

姑姑说，王珍生下来瘦，但妈的奶水养人，不出几个月，就吃得又白又胖。

这时候，姑姑怀里的小孩把手指伸进姑姑嘴里撩舌头玩。姑姑呛了一下，舌头把那小指头轻轻顶出来。

姑姑说，王琦小时候又调皮又逗人爱。他站在背篼里，看人顺眼的时候，就朝人家甜眯眯地笑。看不顺眼的时候，就朝人家吐口水。

"得罪了好多人啊！天天给人赔礼道歉。"姑姑笑着说。

大家就一齐看着哥哥笑。

姑姑说："那时候多亏了王珍。才四五岁，就帮着我带王琦。"

姐姐由衷地说："小时候，生活真苦。没想到后来享弟弟们的福。"她说，"我真的幸运，没像孃孃那样，为后家拖累。"

姑姑淡淡笑着，说："啷个是拖累呢？我后家家大、族大，我也跟着沾光，享后家的福呢。"

大家就说享什么福哦，我们都是托孃孃的福。

这时候，姑姑慢慢地说，我这一辈子，啥都认了，就只怨一事——我大不送我读书。

大家就看父亲。其时，父亲怀里抱着王翼三岁多的大女儿，那小孩子正奶声奶气地教老祖玩手机，父亲兴致勃勃地在小孩子的指导下，认真地在手机上划着。姑姑忽然提高了声音："大！你听到没？我这一辈子，啥都认了，啥都不怨，就怨你不送我读书！"

父亲转过头来，茫然地看着我们，又看了看姑姑，像是什么都没听到，又低下头，在小姑娘的指导下在手机屏幕上笨拙地划拨。

姑姑说:"大!我那时候小,不懂事,你哄我,说姑娘家读书没得用。把侄儿女背大了,好日子就来了。"

父亲转过头来朝我们笑笑,指了指手机,又指指小孩子,说道:"这细娃儿样样都会呀!"

大家就不说话了。

姑姑朝父亲大声喊道:"大!你说,一个人不读书,好日子从哪里来?"父亲又转过头来朝她看了看,莫名其妙地,像是不知道她在说什么。

姑姑看着我们,悲伤地说:"他听不见!这句话我一辈子都没说出口。今天第一次说,他就听不见!"

姐姐问姑姑:"你不恨老汉把你分到茶园?"

姑姑说不恨。她说,我恨的是一辈子没读过书。

过了一会儿,她说,一个人读了书,才算睁开了眼睛。读了书,报恩也好,还情也好,不用像我这么苦。

大家不知道说什么好。春雨的男朋友端了些吃的过来,分送给长辈们。几代女性又聊起这孩子,李虹说他还有一个上小学的弟弟,也蛮精灵可爱的。这时候,我的父亲忽然转过头来,说:"让小伙子到王家上门。"他说,"春雨是孙辈中的独女儿,不能外嫁到别人家去受苦。让那小伙子到王家上门。"

大家笑了,只有姑姑笑不出来。

27

大年初四那天,哥哥一大家子浩浩荡荡回了重庆。姐姐也跟她的儿女们去了重庆。李虹跟春雨、春雨的男朋友回了北京。热闹像潮水一样到来,又像潮水一样退去。家里恢复了寂寥,父亲首先落寞下来,在火铺一角默默坐着,不说话。

母亲去世后,父亲一个人住在官渡滩老屋里。我们先后请了好几个人陪伴照顾他,给他做饭。没过多久,他就把人打发走了。他的理由五花八门,但我们都明白,核心只有一条:心疼我们的钱。他一个人住在家里,饿了就泡碗方便面,或者蒸些红薯土豆,对付半天。他膝关节疼痛,身子内热,腿抽筋,肚子上的皮肤瘙痒。他夜里睡不着,醒来时,坐在床上,像个小孩子一样抱怨嘀咕。

我一个人又上了茶园。一路上忧心忡忡,百感交集。多少年来,我们这一家,有困难就上茶园。茶园对于我们,到底是什么呢?

那是我参加工作后,跟姑姑待得最久的一次,跟她说话最多的一次。那天,姑姑家也很清静,表弟表妹们带着孩子走亲戚了,只有姑姑跟我在家。我们坐在火塘边,姑姑给我煮了鸡蛋醪糟，给我烤了油香，我一边吃一边跟姑姑聊天，聊幼年我到茶园吃面，聊我被蜈蚣咬了，姑姑用嘴嘬出虫毒。聊表弟小时候聪明顽皮，聊表妹漂亮。聊我年轻时屡屡受挫的婚事，聊哥哥的孩子们和我的女儿，再聊到表弟表妹们的生意和生活。姑姑最挂念的，是表弟冉明和表妹的儿子。哥哥把冉明请到公司工作，好给他买全额社保。表妹的儿子也到哥哥的公司工作了一段时间，不太适应。我跟哥哥商量，派这孩子到我一个朋友那里学习新的技能。到时候学成回来，由我们两家出资开一个店，由那孩子来打理。"到时候，那孩子就是老板了。"姑姑就安心了。我们闲话说了很久，烤油香吃了一个又一个，还在不停地说。

我不知道怎么才能把想说的话说出口。

姑姑说："你一来，我就晓得你要说什么。我也晓得你不好开口。我们家这一代，就剩下我大跟我了。你姐王珍的儿媳妇怀孕了，你姐又要到重庆照顾她。我大没人照看。这时节，除了我，还有哪个？"

她卖掉了家里养的二十几只鸡，收拾好园子里的菜蔬。在我离家前一晚，她背着背篼到了官渡滩，住了下来。父亲住的是新楼的房间。然而姑姑不肯住新楼，我就跟她在老房子里给她收拾了房间。她说："大，你有事就叫我。"

我离家回京那天早晨，父亲很低落，坐在火铺边不看我一眼。姑姑送我出门，立在院门口，看着我上了车，说："你放心。"

我坐上汽车开出家门,看见她在远远地朝我招手。

28

许多年来,我从一个城市,到另一个城市,其中,遇到过一些跟姑姑年纪相仿的女性。她们有的是我的老师,有的是领导和同事,有的是朋友,还有的是工作上的伙伴,以及因为其他原因偶尔遇见的人。她们穿戴齐整,相貌洁净,聪明干练且善解人意,长着一副好心肠,一心一意要对你好。她们跟你细声细气地说话,声音清澈又明媚。她们看着你的时候,眼睛像要看到你的心里去。这时候,我就忍不住想到我的姑姑,不由自主地拿姑姑跟她们比较,为姑姑做一番假设。如果我的姑姑出生时,能有起码的温饱,她童年的小脊背不必背负一个又一个侄儿侄女。如果她在该上学的时候上了学,念了书,识了字,也许,她能通过考学或者参军、招工,或者其他偶然的机缘——谁能说呢?在那个时代,常常有非常偶然的机缘——她得以进入城市,成为一个城里人。她有一份工作,有一个令人称羡的家庭,不愁吃穿,儿女争气。丈夫受过良好的教育,她穿着整齐,言谈举止优雅、端庄,体面,受人尊敬。

或者，她们也像我姑姑那样，生在我们那个地方，中国西南山地的一个小小的贫穷的寨子，又恰好与我的姑姑同龄。她们跟我姑姑一样，在土地上度过了坎坷又漫长的一生。无休无止的劳苦和疲惫摧残了她们。她们老得皱皱巴巴，皱纹和眼神里藏着泥土的表情。苦荞开花的深秋时节，在某个萧瑟的午后，她们坐在院门口的石磴上，疲惫、茫然，风把荞花吹起，她们花白的头上落了些荞花。

这样的假设惊心动魄。

有一年端午回老家，我跟哥哥去茶园看姑姑。在路上我跟哥哥说起，如果姑姑念了书，生活在城市，她跟我们周围的好些女性比起来，都不逊色。哥哥说，这样的假设没得意思得。他说，你能假设我们留在官渡滩，就像他——他指着河边披着蓑衣放牛的一位老人说——就像他那样吗？我们不必这样假设和比较。没得意思得。

乡村的人都有亲戚。这些乡村亲戚在别人需要的时候，总是悄无声息地出现在我们面前。辛苦过后，又客气地、谦恭地默默退回自己的生活。如果我们再一次需要，他们又会不顾一切地，倾其所有地给予我们，而对我们的点滴回报如沐深恩。

一个过于善良的人，注定会成为别人生活里的一份牺牲。有一次，父亲说我姑姑小时候，有人给她测过八字，说她命中旺亲不旺族。我听了不禁怅然。这世上哪有仅凭生辰八字就给别人带来好运和福气的事？这么多年来，她像水母一样温暖、包围着的，是像海绵一样吸取他们水分和血液的人。人生漫长，我们辛苦劳碌，种瓜得瓜，种豆得豆，不过是另有一些人腐朽在我们的根下。

在我的一生中，除了我的母亲，还有几位女性也曾经养育过我，并参与构建了我的命运，形成我情感和性格的底色。她们是我的姑姑、我的姐姐、我的妻子，以及我在年轻时短暂爱过的人。她们天性善良，像水母一样忍耐、包容。因为她们的缘故，我的性情中也另有温软和松弛的一面。受她们的影响，长期以来，我吃朴素的饭食，衣服不破不更新。自己种菜蔬、瓜果，喂鸡、养鱼。周末在院子洗车。我肠胃清素，四肢劳累，内心平静。每天走路，向遇到的每一个人微笑。我尽心尽力地帮扶兄姐，提携子侄。尤其是近几年，因为年龄的缘故，我越来越多地对遇到的人和事怀着温情：遭受火灾的村邻，靠打工挣学费和生活费的大学生，微信朋友转发"水滴筹"患病的陌生人，创业初期遇到困境的青年。我尽自己所能做一些事情，那些事情很小，我并不认为是通常意义上的帮扶与善举。不过是活在人世，有机会与刚好遇到的人相互拉扯，并肩同行。

我们家族这四代都只有一个女儿，我的姑婆，我的姑姑，我的姐姐，以及我的女儿。是的，我只有一个女儿，没有儿子。我从来没想过要一个儿子。年轻时也没想过。从某种意义上说，我宁愿我的女儿是独养女儿，这样，她就不必成为姐妹，成为姑姑和姨妈，为亲戚呕心沥血、吐尽蚕丝，而后，被亲戚感恩、被铭记，甚至被负疚。不，我不许我的女儿这样。我希望她从小到大，只需要一心一意爱自己，结婚后一心一意爱丈夫，生育后一心一意爱儿女，而不必在家族的河流里，做一个引领者，一个浮渡者，一个牺牲者。如果一定要有亲戚关系，我希望她是女儿，是妹妹，是被疼爱、被保护的那一个。

我的姑婆有一只银手镯，那是她曾经的富裕生活里硕果仅存的一件宝贝。她历尽艰辛，把这件宝贝留了下来，说是要给王家的女儿一代代传下去。当然后来，这只手镯由姑婆传给了我的姑姑。我姐姐结婚的时候，姑姑把这只手镯送给了姐姐。姐姐年轻的时候，有时候也拿出来戴戴，照照镜子，又褪下来放进箱子里。后来，就再也没拿出来过。她的丈夫和孩子们给她买了不少首饰，她对这个年老的传家宝没什么兴趣，并且从未想到，要把它传给我的女儿春雨。

就这样吧。这样才是最好的。

29

官渡滩的老家安装了摄像头。一有空闲，我就会在手机APP上看姑姑和老父亲，不胜感慨。几十年过去了，这对兄妹经历了无数悲欢苦乐，最后，他们聚在官渡滩老屋里，像最初一样。这时候，长兄不再如父，成了一个任性的、脆弱的、孤独的小孩儿。他睡不好觉，常常半夜醒过来，坐在床沿抽烟，抽了一会儿，又在黑暗里嘀咕，有时候，他会突然抽泣起来。每当这时候，我看见姑姑披衣到父亲的房间，百般劝慰。她拍着他的肩背，耐心、温和地哄他，像母亲在哄儿子。

白天，兄妹俩喜欢久久地坐在院坝里。父亲总是两肘支在栏杆上，长久地眺望群山。姑姑则背靠栏杆，望着老屋和新屋。兄妹俩会那样坐很久，两人各有各的往事，各有各的念想。

摄像头的拾音功能很强大，隔着几千公里，兄妹俩的声音会清晰地传到我的耳边。

我看见父亲向她回过头，满脸困惑，像从一场沉梦中醒过来。

他问，父亲去世的时候，你记得不？

她也在她的沉梦中。父亲的问话,把她惊醒过来。她想了想,说,我那时还小,怎么记得到?

父亲嗫嗫嚅嚅地说,那年下好大的雪。

她"哦"了一声,两人不再说话,又朝着各自方向转过身。

过了好一会儿,姑姑接上父亲的话说:"接二哥回来的时节,坝了里也垫了好厚的雪。两个哥哥走上院坝,身上披着雪。我当时欢喜死了。"

父亲说:"也幸亏把祥星接回来了。要不回来,妈也活不下去了。"

她就不说话了。

过了一会儿,父亲又转过身来,说:"玉香经常说,她过门那天,箱子里装了好多粑粑过来,悄悄塞给你。你吃得小肚子胀鼓鼓的。玉香说你小时候逗人欢喜得很,不像妹,像个女儿。"

她就不说话了。

又过了一会儿,她又说:"给新大嫂端洗脸水得了喜钱,悄悄藏了起来,等用来买嫁妆。拿到场上,才晓得那点儿钱,啥嫁妆都买不上。大嫂又凑上些,给我扯布做了件新衣裳。娶嫂子没穿上的新衣服,后来穿上了。"

父亲说:"祥星和你差不多一样大,小时候,一个一声不吭,一个叽叽喳喳,官渡滩的人就说,这哪像两兄妹?"

她就笑了,说:"你跟我们,也不像兄妹,你像爹。"

父亲就不说话了。许多年过去了。这中间,经历了多少悲欢苦乐啊!最初,在这个院子里,长兄像慈父一样抚养着妹妹。那时候,长兄每天从自己的坡上劳动回来,妹妹跌跌撞撞、奶声奶气地扑过去,像是向父亲投奔。几十年岁月长啊,那些来到他们中间的人和事,有的已经退场,有的也去了远方。剩下这对兄妹,留在这个院子里,像是潮水退去,留在沙洲上的两条鱼,又一次相濡以沫。

像从未经历中间的几十年。像祖父离世时,他第一次像父亲一样把她搂在怀里。那时候,她两岁,他十五岁。

附 录

消逝与重构
——母亲辞世一周年祭

母亲去年腊月初九辞世,到今天,整整一年了。这一年来,我常常梦见她。在梦里,有时候是她赶集回来,从衣袋里摸出几粒水果硬糖,悄悄递给我。我剥开糖纸,把糖放进嘴里,刚尝到甜头,她就转身走了。我口里噙着糖,跺脚哭喊着妈,但她头也不回,越走越远,背上还背着没来得及放下的背篓。

有一次,好像是一个秋雨连绵的午后,母亲坐在门边小板凳上,一双新鞋刚做好,她咬断线头,让我试鞋。新做的布鞋有些松。母亲就在针线篓里找团棉花,扯成两半,塞进鞋尖,再穿上,竟然稳稳的,不掉跟了。她柔声说:"细娃儿家脚长得快,穿两三个月,就把棉花扯出来。"我喜滋滋在屋里走来走去,脚在新鞋里又温暖又舒服。等抬眼再看,母亲已经出门,天还下着雨,她背着背篓,下了院坝梯坎,从吊脚楼下走出去,不见了。我哭喊着追出去,新布鞋蹚在雨水里,打湿了。我赶紧脱下来抱在怀里,光着脚追到河边,母亲已经过了河。我怀里的鞋被雨水浸透,湿漉漉滴着水。我巴望她转身回来揍我一顿,可她连回过头来看我一眼都不肯。还有一次,是北京下雪的日子,我在书房打盹,母亲悄悄上楼来,提一只竹篾烘笼,轻轻放在我脚边。我顿时觉得双脚生暖。母亲拿抹布轻轻擦拭我落在桌上的烟灰——她走后,我有些时刻伤心难抑,就抽上了烟——她抹净了桌面,拿起烟缸要去冲洗。我自己要去洗,她把烟缸藏在身后,柔声说:"好生读书,锅里炖了嘎嘎(武陵山区人说肉是嘎嘎),读完就下来吃。"我去夺烟缸,她避让着,一推搡,我醒了,睁眼看书房只有我一人。我下楼去厨房,厨房也静静的,灶上也没有咕嘟咕嘟炖着一锅肉汤。我开门出去,院里积了厚厚的白雪,雪地上连一个脚印也没有。空中雪花漫卷,我立在风雪中,像被世界遗弃了。

母亲走后,我曾想找一个贯通阴阳的通道。经过那通道,我就能看见她。梦就是那个通道吧?在梦里与母亲相逢,是我最欣慰的事。梦里她带着糖、带着吃食、带着新鞋、带着炉火而来,像是明白我活在人世,只需要这几样东西——吃饱、穿暖，还有偶尔的甜。她每次来，好像只为给我带来短暂的礼物，然后转身就走，甚至都不多看我一眼。她带来的饱暖与甜蜜让我酸楚不已，尤其是她离去的时候，背上的背篓，更是让我无限伤感。

还有些时候，在梦里，我明知母亲已经离世，但她又回来了，真真切切站在我面前，也不说话，只专注看着我，神情有些疑惑，又有些哀伤。我怔怔地望着她，悲哀得说不出话来。等我想起上前去抱住她叫一声"妈"，她的身影却慢慢隐去。梦境一转，下一个梦已没有她了。

有时候从梦里醒来，我躺着一动也不敢动，想等母亲从梦里走出来，哪怕影影绰绰地让我看一眼也好。屋里静寂，窗外是无边无际的夜。母亲终究没有从黑暗里走来。我赶紧再入睡，想把梦接着做下去。睡是睡着了，美好的梦境却续不上了。

逝者如斯。一年了，我还是没学会离别。

中秋节，我回老家陪父亲过节。汽车进入铜鼓乡，沿途庄稼都收过了。经过我家庄稼地时，我下了车。不知道这片土地现在由谁家在耕种，也不知道这一季收成好不好。苞谷和大豆都收过了，秸秆束成捆，一个个立在地边的桄子树下，像是劳累终年，终于歇下来的疲惫农人。我走进地里，坐在一棵桄子树下。秋凉了，阳光爽朗，但风已经有些硬了，从沟头浩浩荡荡吹到沟尾，草木在风中飒飒作响。我想在风中，母亲在地头窸窸窣窣地拾掇豆萁，拿镰刀把土埂边的杂草割去。但是没有。她在这片地里耗尽了疲倦微末的一生，她的希望与忍耐，劳苦与疲惫，都融入了土地。她的儿子纵然再是想念，也无法从眼前万物中一一捡拾提取，将她一笑一颦、一举手一投足重新塑型、构建，最后还原成一个亲爱的母亲。

我在地里坐到近黄昏。进村时，家家火明锅响，人语喧哗。母亲没有从暮霭中走来，站在院门口的桂花树下迎接我。第二天我和姐姐陪父亲赶场，铜鼓乡场上摩肩接踵，人潮里攒动着许多张脸庞，我多希望其间有母亲的一张脸，在熙熙攘攘的人群里朝着我笑，叫我："我的幺儿啊！"但是没有。

母亲走了，亲族里几位年长的女眷还颤巍巍地活着，姑姑、婶娘、舅妈、伯母。她们一见到我，咧着嘴豁着牙说："王伟啊，你回来了。一望见你，就像望见你妈。"我坐下来，听她们有一句没一句地说话。她们说："你长得真像你妈啊，也是一副软心肠。"说着抹起老泪。她们说母亲年轻的时候长得很好看，脾气好，能吃苦，也能受气。在土地上，在人世间，吃苦耐劳、逆来顺受，就是一个女子最大的美德了。

一位老伯母说："起先，是你奶奶看上你妈的。你奶奶看你妈面相好，就悄悄托人去问了生辰年庚，找人一算，跟你老汉的八字很合，就托人去提了亲。你老汉家虽穷，但后来也过上了好日子。这全靠你妈。"

我长久地陪坐在她们身边,在她们的絮叨里,我重获一个活着的母亲,一个我所不知道的母亲。

父亲也陷入一场又一场叙述。只要有儿女坐在他身边,他就不断提起母亲。他耳朵不好,我们跟他说话少,只听他一个劲儿地说下去。

他说起他跟母亲相濡以沫六十多年中的点点滴滴,有甘苦,有困顿,有忍耐,也有幸福和喜悦。有次提到母亲刚嫁过来的场景,他说我们那地林木茂盛,外婆家虽然穷,但嫁妆里,木器是一件也不少,大八仙桌、小方桌,装苞谷和稻谷的大揭柜,都上着红漆。可能也是因为穷,油漆不够,装大豆、小麦、高粱、荞麦等杂粮的米柜,只上了桐油,看起来就像是裸柏木。而铺笼帐被一类,就更是寒酸。这倒跟当时父亲的家很般配。但母亲秀气沉稳,温吞厚道,寡言少语,是有福的样子。尤其是为他生养了三个儿女,这让父亲很满意。"你妈劳苦,但福分好。我们都是托你妈的福。"他像是给我们说,也像是说给自己听。

他说他第一次以未婚女婿的身份去母亲家时,只有十七岁,母亲也十七岁。十七岁的姑娘,谨严持重,照顾寡母,扶养幼弟,把家料理得齐齐整整,无论是日常衣食,还是人情往来,虽朴素俭省,却妥帖得当,极有分寸。尤其是她把弟弟当个宝来宠,十分耐心温柔,周到细致,那神情,简直就像个小母亲。就是那神情打动了他,让他心生敬意,也让他心软。

父亲说,母亲嫁过来,心里还是放不下外婆和小舅舅,三天两头回去照料娘俩。好在外婆家离得近,就在河对岸。"一心挂两头,比别家的人辛苦。"父亲说,起初,祖母对此有些不满。但父亲不介意,聪明的祖母就不好多说什么了。"人说你妈旺族又旺亲,不是她八字好,是她比别人做得多,吃的苦多,有福报。"

有一次父亲告诉我,母亲虽然能吃苦,但怕羞,怕见人,怕经事。说到这,父亲笑了起来。我也笑了。笑着笑着,两人忽然就笑出泪来。

母亲丢下我的第一年,我过完了。

这一年,我勉力活着,每天忙碌又疲惫。母亲活着的时候,我理所当然地觉得天长地久。她走了,我才知道人间万事其实都有限数。生命有限,何不多承受一些劳碌和担当?

只是,我变得越来越软弱,越来越容易伤感,眼眶像没了沿(xián),常常不由自主地,眼泪一满(mēn),就流了出来。

母亲把我带到世上,把我养大,敦促我上进。但终究她还是离开了。就像面前那堵墙忽然倒了,我顿失了掩护,只得迎头招架这劈面而来的世界。

辛丑年腊月初九于官渡滩

菜园小记
——母亲辞世两周年祭

2021年5月12日,是西方的母亲节。这是母亲弃养后的第一个母亲节。我平素不过洋节。那天早晨起来,打开手机,满屏都是母亲节祝福,我实在无心阅读,就关了手机,走出园子,沿着沙河河畔漫无目的地走。

树荫下有位老妇人在卖菜苗。我走过去,在她身边坐下来,默默地看着她捡菜秧、分装菜秧,掏出印了二维码的纸片收钱。生意有一搭没一搭的,老人也沉默。我坐了好一会,才开口说话。我请老人把剩下的菜秧卖给我。老人看了看我,用皮筋把辣椒秧、茄子秧、黄瓜秧、番茄秧分别扎好,在盆里吃上水,用荷叶包上,默默递给我。

我回到园子,铲掉东南角一块草皮,辟出一小片地,大约一分的样子。我把土挖松,平整好,刨成一畦一畦,整齐地打上浅窝,把柔嫩的菜根小心摁进窝里,刨了些细土瓮上。菜秧栽好后,又按母亲当年种夏菜的习惯,折了些树枝和草叶盖上。

李虹说，你这是要在家里再造一个田园啊。

那段时间，我每天早晨起来，第一件事情就是整理菜园，给蔬菜锄草、浇水、理叶。北京的五月阳光充足，菜苗在地里一日三寸地生长。我给四季豆立了竿儿，柔软的藤蔓顺着竿子往上爬了。给黄瓜牵了绳，瓜蔓缠上绳子探头探脑地朝前爬。茄子开了小紫花，辣椒开了小白花。小小的菜地生机勃勃，让人欣喜又安慰。

我又买了十几只半大鸡仔放在庭院里。抓上谷米，回想母亲以前唤鸡的声调，啄啄啄声声呼唤，苦口婆心，唤鸡归栏。

远离耕种多年，重新劳作，像是千头万绪中忽然理出一根线头。这小小的牵挂给我带来新的生活内容。每天忙完回到家，先去菜园边坐坐。鱼在水里游。树在池边生长。鸡在阳光下打盹。土里的瓜菜，丝丝啦啦牵藤攀须，噼里啪啦开花结果。这土地上的一切都跟我有了联系。它们一批一批地，亲切地挂在枝头。最先出头的是黄瓜，长出拇指大的瓜条，在晌午的阳光下，像是山长水远的故乡捎来的口信。四季豆密密麻麻垂下浅绿的豆角。青椒泼辣，齐簇簇地朝天举起尖尖角儿。只有茄子本分低调，紫色的肚子吊藏在枝叶里，沉沉的快要及地了。最喜人的是蕃茄，才几天工夫就一坨坨挤满枝头，热闹旺盛得喜气洋洋。恰巧那几天，樱桃也熟了，红得扶不住了。这小小的欣欣向荣、生生不息冲淡了悲哀，我慢慢平静下来。这期间，鸡们也在长大，认了家门，黄昏时，一只只迈着方步,从容不迫地走进鸡舍,温顺地卧倒,一夜无话。

我家使劲儿吃菜,无奈雄心和力量再大,都敌不过园子里蓬勃强劲的势头。青椒、蕃茄、茄子,一天熟一批,不可抵挡。恰好这时,鸡们也开始下蛋了。那些羞涩的小母鸡下的第一批蛋洁白、小巧、晶莹,带着血丝,让人爱怜。它们一开始生蛋,就很勤勉,每天都能捡到六七只。

有天黄昏,我捡了蛋,立起身,见篱笆边站着一对中年男女,正饶有兴致地看着我。那位男士友好地跟我打招呼。我两手握满鸡蛋,伸过去就要送给他们。女士客气地推辞,最后兴致勃勃地接受了。

就这样,我认识了王导和他的夫人殷老师。

两人兴趣盎然地参观了园子。我陪他们摘了些黄瓜、茄子、蕃茄、辣椒、樱桃,姹紫嫣红的一篮,送给两位。"远离故土,忽然想在园子里整点农业,绿色、生态、环保。权当糊口,也请邻居品尝一下我的劳动成果。"我对王导开玩笑。这位英俊的艺术家爽朗地说:"多好的'农业'啊!我对农业很有感情,也有一些心得。"

王导早年是军队艺术家,后来转业做了电视导演,负责农业频道。他在电视台工作了很多年,跑遍了中国的大部分农业区域,对农业、农村、农民相当熟悉。我们聊得很愉快,分别时,互相加了微信。

第二天,王导和殷老师就带着酒和精致的菜肴,来到园子里。他是读了我微信的文章,才过来的。"借你的宝地,殷老师也想来园子体验摘菜、炒菜的感觉。"

那天跟王导夫妇一道来的,还有两位客人,他们是王导的朋友——艺术家彭委员和她的先生。

李虹陪着两位女客进园子摘菜。三位女士摘了些青椒、茄子、蕃茄,掐了些小白菜,提着满篮子蔬菜笑吟吟地从菜园出来。李虹陪殷老师炒了青椒腊肉,煮了香肠,拌了烧椒茄子,又用蕃茄煮了鸡蛋汤,就着王导的酒菜,主客用了愉快的一餐。

四位客人对李虹的手艺赞不绝口。"这是官渡滩媳妇的必备技艺。"李虹笑着说。

我告诉客人,在我的家乡,中国西南山地的土家族地区,普通人家待客、过节,常吃的也就是这几样菜。我的母亲,我的姐姐,我们那里的女性,一生就这样种菜、做菜。被这些朴素饭菜喂养长大的儿孙,无论走到哪里,过上怎样的生计,牵念的,还是遥远故乡。

王导说,多年来,他的工作就是试图从取景框里看生活,并以相框的方式呈现给观众。他常想,以这样的方式看见,并经过剪辑、拼贴、过滤过的生活,是真正的生活,还是被选择的、审美主义的生活?

"由兄弟这片微观的、邮票大小的'田园',我看到了背后广大的乡土和赤诚真挚的农民。这是便携式的田园,走到哪里就带到哪里。乡土养育了你们,也慰藉了你们。你们是真正有故乡的人,是真正有乡愁的人。"

那天王导显然喝得有些高了,说了很多话,很动情。

我也喝高了。我问王导:"所谓故土、田园、乡愁,不过是蜗牛的壳,我们走到哪里,就背到哪里。这难道是宿命?"

"不是蜗牛壳,是内心的宫殿。"王导说。

彭委员早年是舞蹈家,后来改行做影视表演,最后又做了导演。由于她在政府里担任了某种荣誉职务,大家就亲切地称她为"彭委员"。

彭委员定期茹素、礼佛,这跟她的母亲有关。

十年前,彭委员的母亲得了一种十分罕见的病,几乎不保。彭委员带着母亲辗转于国内数家大医院,都无解。又托人四处找寻民间偏方,仍然无果。母亲认了命,暗暗下了赴死的决心。彭委员几近崩溃,却不甘心。她带着母亲到了美国。医院大夫给老太太做了详细的检查后,冷静地作出判断。那判断像冰块灼伤了彭委员的心。这位东方美人忽然失控,她像一头狂怒的狮子,诘问大夫,诘问医院,诘问老天,最后,她诘问自己,诘问自己从母亲那里获得生命,却救不了母亲的命,这样做女儿做得实在痛苦,这样的女儿活着有什么用?她问得自己泪水滂沱。

她哭了很久,才在医生和助理的劝慰下平静下来。她向大夫道了谢,用流畅的英语(彭委员在美国生活了很多年,美式英语很好)慢慢地对医生说,在中国古代,有一个八岁的孩子叫沉香,他的母亲被压在一座大山下受苦。沉香吃尽千辛万苦,学习百般武艺,最后用斧头劈开大山,救出了母亲。

白皮肤蓝眼睛大夫听得一愣一愣的,问彭委员:"小孩子砍大山?"彭委员说是的,在中国,每一个儿女都是沉香,为救母亲的命,都是砍大山的勇者,永不绝望。不信你看着吧。

不知是这位东方美人的盛怒和悲哀,还是古老的东方神话打动了白皮肤蓝眼睛的大夫,那位大夫写了一张纸条,交给彭委员,说:"这是联邦诊所的大夫。他和他的团队一直在进行这方面的试验,最近有了进展。你去试试。祝砍大山的女士和她的母亲好运!"

彭委员陪着母亲住进了联邦诊所。她分分钟不离地侍候母亲,同时暗暗向遥远东方的神灵虔诚祈祷,求神渡她的母亲过此难关。不知道是先进的医疗技术发挥了作用,还是佛祖显了灵,彭委员母亲的病情一日日向好。三个月后,母亲康复了。彭委员含着泪水,双手合十,向医生鞠躬致谢,这位在美国生活十多年的女士,嘴里说出的竟然是东方式感激:"阿弥陀佛!"

"这是我今生做过最成功的事。我为此骄傲。"彭委员说,"家母生病前,我从来就是疾风骤雨的,甚至像瀑布。是母亲的治疗和痊愈让我获得平静。"

这以后,彭委员的先生也陪着太太茹素、礼佛,两人一起做慈善,捐办了几所学校。"生命充满了欣喜,忍不住想去做更多有价值的事情。这是家母生还带给我的崭新的意义。"

彭委员的先生坐在她身边,安静温和地看着年轻漂亮的妻子。他一向沉默,却洞悉人世。他说:"人活于世,跟母亲相处的方式,有遇见,有怀念。老弟,"他转向我,"昨天跟小彭一起读你的文章,感觉你对令堂的爱与怀念如静水流深。你的菜园,是怀念。"

"也是遇见。"他年轻的妻子说,"如果你去园子里走一回。"

又一个母亲节来临。我把菜地整饬好,就沿着沙河岸,去找去年卖菜苗的那位老人。我从小区门口走到沙河水库大坝,都没遇见她。河边的树下有位中年妇女在卖菜苗,我向她打听,她也一脸茫然。我从她那儿买了一些菜苗。这一次,李虹给我帮忙,我们把菜苗栽好。

这一年菜园的产出更加丰富。

园里果树开满繁花,鱼在池里游得欢,鸡继续勤勉下蛋,小狗布丁天天在园子里,一会儿跟鸡追逐打闹,一会儿立在水边静静观鱼。有客人来,它立即黏上去,又亲又挠,十分殷勤热情,俨然半个园主。

王导一家、彭委员一家,还有几户邻居,以及我和妻子的朋友们相继来到家里,在园子里摘些菜蔬,炒上些家常菜,捞条鱼上来用大铁锅炖上,煮上柴火锅巴饭,简单地吃完,就在园子里坐下来,喝茶、聊天,彼此间都长出了些亲人般的情愫。还有的邻居,需要蔬菜和水果的,直接端着小盆来园里摘。

我内心生出一些欣慰和安然。

最后一茬菜蔬还没收获完,北京的秋天就来了。

姐姐来北京了。她是送她的长外孙来上大学的。那孩子考上的大学,恰好是李虹的母校,我的姐姐尤其开心。"浩子"——那孩子的小名——"上的是舅婆的大学,熟人熟事的,放心。"仿佛她的弟媳三十年前从那所学校毕业,如今余温尚存,尚能关照她的孙子。

我们去北京西站接站,见浩子挺拔帅气,背着书包,拉着箱子,阳光满面地随着人群走出来。我的姐姐跟在后面,拉着两只大箱子。

姐姐到家,打开一只箱子,把里面的东西一样一样取出来递给李虹,有腊肉、香肠、苞谷粑、绿豆粉、荞麦面、油香、豆丁、鲊海椒、土豆片、新米、新豆。官渡有的,她差不多都给我带上了。她又打开另一只箱子,抱出一只硕大的麻袋。她把麻袋打开,里面赫然装着一大包带枝叶的芋头。

"这是妈种在屋后水井边的芋头,挖了发,发了挖,都几十年了。临过来前,我去挖芋头过来栽。老汉说芋头长南方,还要地湿。北京地干,怕是栽不活哦。我说带过来试试。实在不行,就让王伟在芋头地边掏个水洼。"

这些年,姐姐对我家宽阔的园子竟然只种花树和青草表示十分遗憾。她听说我辟了一小片菜地,当即表示要过来给我好好种些菜。她匆匆吃过李虹准备的午餐,就起了身,先把芋头浸进水里,便开始腾园子。

秋天的菜园有些美人迟暮的景象。四季豆的豆角稀落了,辣椒半青半红,秋茄子瘦了。土里卧着的几个老南瓜,也是一副老迈相。姐姐干起活儿像一阵风。她提只篮子,把瓜菜都摘净,把藤秧拔起来,铺在地里晾晒。我要去帮她,被她赶出来了。李虹给她送顶草帽,她接过去顺手挂到篱笆上。

菜园腾空后,姐姐挖松了土,刨了深窝,把芋头放进窝里,刨了土瓮住芋头,又用锄头把泥土砸紧实。她栽好一棵,就后退一步,栽下一棵。她的身子躬得很低,芋头阔大的绿叶盖过了她的头。这一生,我见到姐姐的背影,大多都是躬着身子。她躬着身子割猪草。躬着身子在河边洗衣服,整个冬天两手开满麻皴子。三月里她躬着身子在地里点玉米。五月躬着身子在田里栽秧,腿肚子上扎进几条蚂蟥,鲜血直流,却来不及把蚂蟥拍下来扔在田埂上。

姐姐栽好芋头,直起身来。她说,我们那里有句老话,芋头发家,越有越挖。过了霜降,就能挖芋头吃了。

我说晓得。

姐姐说，这芋头对我们家有恩呢。困难年头，锅里续不上了，妈就挖芋头。一次只挖三五个芋头，奶奶跟妈吃芋梗，芋头蒸熟给我们姐弟仨吃。妈跟奶奶吃白水煮芋梗，吃得要吐。姐姐要跟奶奶和妈换着吃。妈不让，说王珍，你再大也只是个娃儿。

第二天早晨，我跟姐姐去园里看芋头。一行碧绿的芋头立在篱笆边，婷婷玉立，蓬蓬勃勃，叶掌中央，滚动着莹莹的露珠。"活了。"姐姐说。我问："你怎么知道？"姐姐说："你看那露水珠子，又大又圆，就看出这芋头在你园里生根了。"

接下来两三天，姐姐处理腾园子摘下的瓜菜。辣椒放铁锅里炒蔫，加上大蒜，用菜刀剁碎，密封在玻璃坛里。秋茄子裹上面粉和香料，鲊在坛子里。豇豆焯了水，晾在园子的绳子上。老南瓜旋了皮，晒在筛子里。有天黄昏，我外出回来，见姐姐在园子里点起枯藤秧烧起了腊肉。秸草燃烧的香气和腊肉烧焦的香气混在一起，在园子里飘荡。那香气让人回想起从前在官渡滩。

姐姐在园子里下了菜种。浩子开学后，她在我家住了下来。在等菜种发芽的日子，她每天清晨醒来，就打扫园子，把落叶扫拢，堆在菜园一角沤肥，又用笊篱打捞鱼池里的浮渣。

那段时间我在家办公，她每天早晨换着花样用铁锅给我做早餐，下鸡蛋面，蒸苞谷粑，擀荞面条，烙苕粑块。晚上，李虹和春雨回家来，姐姐就用从家里带来的东西给我们做上一桌晚餐。她的手艺跟母亲那么像，蒸煮都略融一点儿，煎炒都略焦一点儿，盐都略咸一点儿。

白天，我想带她出门游玩，她没兴趣，只想留在家里帮我们收拾。她把整个家彻底清理打扫了一遍，把所有的炊具餐具都擦拭过，把过期的食物清理出来，搬到鸡舍。把闲置的用品和衣物打包，准备带回老家送给亲戚。她干完活儿，就不声不响地坐在我身边，默默地看着我，不说话。

10月11日是姐姐的六十岁生日。在我们官渡滩，六十岁是大生。春雨提出要给姐姐庆生。上午，李虹带姐姐上街买了衣服。春雨订了蛋糕，又在全聚德叫了烤鸭和另外几个菜，李虹又下厨炒了几个小菜。晚餐摆在园子里，几位晚辈亲友也过来凑热闹。那天恰好是农历八月十六，月亮又大又圆，桂花香气馥郁。女儿为姐姐戴上了寿星的桂冠。烛光映着姐姐的脸庞。女儿请姐姐"讲几句"。姐姐有些害羞，有些局促，迟疑了好一会儿，才嗫嚅着说："啷个就六十了……这人老起来硬是不知不觉啊！"顿了顿，又说："没了妈在前边儿挡着，我们说老就老了。"

李虹说："姐姐你不老，你只是孙子大了！"

春雨看了看我，又看了看姐姐，忽然问："如果是现在，爷爷拿扁担打我爸爸，孃孃您还会护着我爸爸吗？"

姐姐不假思索地答："会！"

女儿由衷地说:"嬢嬢真好!"

姐姐笑了,吹灭了蜡烛。

李虹带着春雨、馨馨和几个晚辈帮着姐姐切蛋糕。姐姐也很兴奋。我看着女士们忙碌,既安慰,又惆怅。我注视着姐姐,这两年,她确实苍老了些。在我们官渡滩,六十岁就算进入老年了。母亲走了,像是前面的队列忽然倒了下去,后面的只好迎头赶上。

第二天,姐姐离开北京,回到了酉阳。

2023年4月5日

后 记

2020年春天,葬别奶奶后,爸爸也结束了在重庆的工作,回到北京。那段时间,他很少出门,即使在家里,也不爱说话。有时候他一个人坐着,忽然就泪水盈眶。直到有一天,他告诉我们,他在写文章。

妈妈跟我都鼓励他,把对奶奶的爱与怀念写出来,他心里会好过些。他写一段,就发到我们家的三人群里。他在文中记叙了他对奶奶深沉的爱,还有一些我们从不知道的经历。

那段时间,他不断打电话给家人和亲戚,请大家帮忙回忆从前生活的细节,回忆奶奶活着时的点点滴滴。有时候他写好一个情节,又打电话回老家请人帮忙核实。他要靠写实性的记录,还原一个奶奶。大家都很支持,提供了许多记忆,补充了许多细节。那些往事很珍贵,也很庞杂。他很快进行情节的梳理和细节的取舍,拎清了线索。他写得很动情,非常感人,我跟妈妈读了,也忍不住流泪。

我就提醒他控制情绪，尽可能地描写、叙述。忍不住要抒情的时候，就起来走走，四处看看，再想想老家官渡滩门前那条河流，想象它风平浪静时的流淌，波澜都在水下。事实证明，这个方法是有效的。他写出来的文字，就像流水般的行板，是我欣赏的气息和节奏。

那段时间，因为疫情，我滞留在家里，迟迟不能返校，得以见证爸爸写作的整个过程。这样的写作，像小蚂蚁垒大堤，用最真挚的情感和最真实的经历，用泥土一样的回忆，耐心细致的塑造，还原了我的奶奶，留住了奶奶给我们的无限关怀和无私的爱。

《大地上的母亲》写完的时候，已经是五月了。爸爸每天在朋友圈发布，引起许多人的共鸣，也看哭许多人。他还是没控制得住情感。许多人读了这篇文章，明白行孝要及时，有的赶紧打电话给家里的老人，有的赶回家陪伴老人，以各种方式及时行孝。朋友们说这篇文章的价值不在文学，而在孝悌。爸爸听了，感到欣慰。

我的家乡在重庆酉阳一个土家族村寨。村子很小，村前有条河流，河两岸是大山。河水不知道流了多少年。从爸爸到爷爷，他们讲述的家族往事里，总离不开那条河。我们的族人生活在这里，亲戚也不远，常来常往，熟络如同兄弟姐妹。

爷爷奶奶和家族上一代的人，一生过得很苦。但他们从不提及。我想可能是几十年艰辛劳苦的生活让他们认为，受苦是生活的本质,忍耐是辛苦人的本分,也是一种习惯。爷爷不喜欢看人流泪,如果家里有人哭被他看见,他就会大骂。他撑起一个家庭,靠的不仅是勤劳、勇敢和聪明,还有一身硬气。

离家工作的几十年里,虽然离家很远,也非常忙碌,但爸爸经常回老家陪伴爷爷奶奶,看望亲戚。他很恋家,把家人和家乡看得非常重。妈妈开玩笑说,爷爷奶奶在爸爸腰上拴了一根皮筋,无论相距多远,通过皮筋的传导,爸爸都能与故乡同频共振。爷爷奶奶想爸爸了,在皮筋的那头轻轻一拉,几个钟头后,爸爸就会出现在他们面前。

写完《大地上的母亲》,爸爸又写了爷爷,写了姑婆,还以官渡滩为题写了一组风土人情的文章。在这些文章中,他写家族历史,写成长历程。他写苦难,从没有忿懑和怨恨,甚至连委屈都没有,对故土和亲人怀着慈悲和温情。他在河边出生长大,流水始终贯穿他的精神和情感。他的文章不疾不徐,像村前的河水自然流淌。文章写的是普通人家的家族往事和成长历程。他克制,平静,笔尖流露出来,我们还是看到了波澜。

在写姑婆的文章里,他写大山里的女儿,写中国式的亲戚,写姑婆对娘家的奉献和牺牲,写她对娘家的宽恕和爱,写得极为沉痛。文章的最后,他提到了我:

我只有一个女儿，没有儿子。我从来没想过要一个儿子。年轻时也没想过。从某种意义上说，我宁愿我的女儿是独养女儿，这样，她就不必成为姐妹，成为姑姑和姨妈，为亲戚呕心沥血、吐尽蚕丝，而后，被亲戚感恩、被铭记，甚至被负疚。不，我不许我的女儿这样。我希望她从小到大，只需要一心一意爱自己，结婚后一心一意爱丈夫，生育后一心一意爱儿女，而不必在家族的河流里，做一个引领者，一个浮渡者，一个牺牲者。如果一定要有亲戚关系，我希望她是女儿，是妹妹，是被疼爱、被保护的那一个。

读到这篇文章的时候，我正在南半球一所大学里学习，读到这里，我的眼泪就流出来了。

春雨
2023年12月